《野草》赏读

陈亮亮　主编

辽海出版社

图书在版编目（CIP）数据

《野草》赏读／陈亮亮主编. －－沈阳：辽海出版社，2019. 3

ISBN 978－7－5451－5284－5

Ⅰ. ①野… Ⅱ. ①陈… Ⅲ. ①《野草》－诗歌欣赏 Ⅳ①I210. 97

中国版本图书馆 CIP 数据核字（2019）第 058269 号

责任编辑：柳海松
责任校对：顾 季
装帧设计：廖 海
成品尺寸：145mm×210mm
印 张：8
字 数：208 千字
出版时间：2019 年 3 月第 1 版
印刷时间：2019 年 3 月第 1 次印刷

出 版 者：辽海出版社
印 刷 者：北京中振源印务有限公司

ISBN 978－7－5451－5284－5 定 价：38. 00 元

目　录

野　草

题　辞①

　　当我沉默着的时候，我觉得充实；我将开口，同时感到空虚。

　　过去的生命已经死亡。我对于这死亡有大欢喜②，因为我借此知道它曾经存活。死亡的生命已经朽腐。我对于这朽腐有大欢喜，因为我借此知道它还非空虚。

　　生命的泥委弃在地面上，不生乔木，只生野草，这是我的罪过。

　　野草，根本不深，花叶不美，然而吸取露，吸取水，吸取陈死人③的血和肉，各各夺取它的生存。当生存时，还是将遭践踏，将遭删刈，直至于死亡而朽腐。

　　但我坦然，欣然。我将大笑，我将歌唱。

　　我自爱我的野草，但我憎恶这以野草作装饰的地面。

　　地火在地下运行，奔突；熔岩一旦喷出，将烧尽一切野草，以及乔木，于是并且无可朽腐。

　　但我坦然，欣然。我将大笑，我将歌唱。

　　天地有如此静穆，我不能大笑而且歌唱。天地即不如此静穆，我或者也将不能。我以这一丛野草，在明与暗，生与死，过去与未来之际，献于友与仇，人与兽，爱者与不爱者之前作证。

---

　　① 《野草》所含篇幅自 1924 年 9 月至 1926 年 4 月皆刊登于北京《语丝》周刊。

　　② 大欢喜：佛家语，指达到目的而感到极度满足的一种境界。

　　③ 陈死人：指死去很久的人。

为我自己，为友与仇，人与兽，爱者与不爱者，我希望这野草的死亡与朽腐，火速到来。要不然，我先就未曾生存，这实在比死亡与朽腐更其不幸。

　　去罢，野草，连着我的题辞！

　　　一九二七年四月二十六日，鲁迅记于广州之白云楼上。

　　【评析：本篇最初发表于一九二七年七月二日北京《语丝》周刊第一三八期，曾被国民党书报检查机关抽去，一九四一年上海鲁迅全集出版社出版《鲁迅三十年集》时才重新收入。本篇作于广州，当时正值蒋介石在上海发动"四一二"反革命政变和广州发生"四一五"反革命大屠杀后不久，它反映了作者在险恶环境下的悲愤心情和革命信念。

　　《野草》的语言风格也很有特色。激越、明快、泼辣、温润，它都具有；但是更多的是深沉悲抑，迂回曲折，神秘幽深。作者表现的主要是一种悲剧性情绪，它源自生命深处，许多奇幻的想象，其实都是由此派生而来，因此，最富含热情的语言也都留有寒冷的气息，恰如冰的火，火的冰。】

秋　夜

　　在我的后园，可以看见墙外有两株树，一株是枣树，还有一株也是枣树。

　　这上面的夜的天空，奇怪而高，我生平没有见过这样奇怪而高的天空。他①仿佛要离开人间而去，使人们仰面不再看见。然而现在却非常之蓝，闪闪地映着几十个星星的眼，冷眼。他的口角上现出微笑，似乎自以为大有深意，而将繁霜洒在我的园里的野花草上。

---

　　① 他：在五四初期的白话文中，不管称第三人称的女性还是称物都用"他"。此文中的"他""他们"即分别指代天空、花草、枣树等。

我不知道那些花草真叫什么名字，人们叫他们什么名字。我记得有一种开过极细小的粉红花，现在还开着，但是更极细小了，她在冷的夜气中，瑟缩地做梦，梦见春的到来，梦见秋的到来，梦见瘦的诗人将眼泪擦在她最末的花瓣上，告诉她秋虽然来，冬虽然来，而此后接着还是春，胡蝶乱飞，蜜蜂都唱起春词来了。她于是一笑，虽然颜色冻得红惨惨地，仍然瑟缩着。

枣树，他们简直落尽了叶子。先前，还有一两个孩子来打他们别人打剩的枣子，现在是一个也不剩了，连叶子也落尽了。他知道小粉红花的梦，秋后要有春；他也知道落叶的梦，春后还是秋。他简直落尽叶子，单剩干子，然而脱了当初满树是果实和叶子时候的弧形，欠伸得很舒服。但是，有几枝还低亚着，护定他从打枣的竿梢所得的皮伤，而最直最长的几枝，却已默默地铁似的直刺着奇怪而高的天空，使天空闪闪地鬼睒眼；直刺着天空中圆满的月亮，使月亮窘得发白。

鬼睒眼的天空越加非常之蓝，不安了，仿佛想离去人间，避开枣树，只将月亮剩下。然而月亮也暗暗地躲到东边去了，而一无所有的干子，却仍然默默地铁似的直刺着奇怪而高的天空，一意要制他的死命，不管他各式各样地睒着许多蛊惑的眼睛。

哇的一声，夜游的恶鸟飞过了。

我忽而听到夜半的笑声，吃吃地，似乎不愿意惊动睡着的人，然而四围的空气都应和着笑。夜半，没有别的人，我即刻听出这声音就在我嘴里，我也即刻被这笑声所驱逐，回进自己的房。灯火的带子也即刻被我旋高了。

后窗的玻璃上丁丁地响，还有许多小飞虫乱撞。不多久，几个进来了，许是从窗纸的破孔进来的。他们一进来，又在玻璃的灯罩上撞得丁丁地响。一个从上面撞进去了，他于是遇到火，而且我以为这火是真的。两三个却休息在灯的纸罩上喘气。那罩是昨晚新换的罩，雪白的纸，折出波浪纹的迭痕，一角还画出一枝猩红色的栀子。

猩红的栀子开花时，枣树又要做小粉红花的梦，青葱地弯成弧

4

形了。……我又听到夜半的笑声，我赶紧砍断我的心绪，看那老①在白纸罩上的小青虫，头大尾小，向日葵子似的，只有半粒小麦那么大，遍身的颜色苍翠得可爱，可怜。

我打一个呵欠，点起一支纸烟，喷出烟来，对着灯默默地敬奠这些苍翠精致的英雄们。

一九二四年九月十五日。

【评析：《秋夜》是现代文学家鲁迅于 1924 年创作的一首叙事兼抒情的散文诗。作者采用象征手法，赋予秋夜后园中不同景物以人的性格，代表不同类型的社会人物，"奇怪而高"的天空象征着压迫和摧残进步力量的势力，在冷的夜气中瑟缩做着"春的到来"的梦的小红花象征着善良的弱者，耸立在后园的两株枣树，象征着与黑恶势力抗争的进步力量。通过对这些景物的含蓄描绘，表达了鲁迅对恶势力的抗争和愤怒，对英勇抗击恶势力的革命者的崇敬和赞美，也表达了自己与恶势力作韧性战斗的意志。此文语言精致，意象空灵，结构严谨，为象征散文诗民族化的创造，提供了一种全新的风范。

作者通过对秋夜所见所感的抒写，刻画了枣树敢于正视现实、敢于反抗恶势力的韧性战斗精神，表达了对恶势力的憎恶和蔑视、对弱小的被压迫者的同情，以及对追求光明的奋斗者的热诚赞颂。在艺术上，作者刻意将景物人格化，并借景物所赋予的特定象征意义，触及时事，借景抒怀，托物寓意，使其既符合自然景物的特征，又蕴含丰富的人生哲理。作者还采用环境烘托、正反形象对比等多种手法，着力塑造枣树的形象，从而深化了主题，增强了作品的思想性。】

影的告别

人睡到不知道时候的时候，就会有影来告别，说出那些话——

---

① 老：死的意思。

有我所不乐意的在天堂里，我不愿去；有我所不乐意的在地狱里，我不愿去；有我所不乐意的在你们将来的黄金世界里，我不愿去。

然而你就是我所不乐意的。

朋友，我不想跟随你了，我不愿住。

我不愿意！

呜乎呜乎，我不愿意，我不如彷徨于无地。

我不过一个影，要别你而沉没在黑暗里了。然而黑暗又会吞并我，然而光明又会使我消失。

然而我不愿彷徨于明暗之间，我不如在黑暗里沉没①。

然而我终于彷徨于明暗之间，我不知道是黄昏还是黎明。我姑且举灰黑的手装作喝干一杯酒，我将在不知道时候的时候独自远行。

呜乎呜乎，倘若黄昏，黑夜自然会来沉没我，否则我要被白天消失，如果现是黎明。

朋友，时候近了。

我将向黑暗里彷徨于无地。

你还想我的赠品。我能献你甚么呢？无已，则仍是黑暗和虚空而已。但是，我愿意只是黑暗，或者会消失于你的白天；我愿意只是虚空，决不占你的心地。

我愿意这样，朋友——

我独自远行，不但没有你，并且再没有别的影在黑暗里。只有

————————————

① 1925 年 3 月 18 日鲁迅在给许广平的信中曾说："我的作品，太黑暗了，因为我常觉得惟'黑暗与虚无'乃是'实有'，却偏要向这些作绝望的抗战，所以很多着偏激的声音。其实这或者是年龄和经历的关系，也许未必一定的确的，因为我终于不能证实：惟黑暗与虚无乃是实有。"

6

我被黑暗沉没，那世界全属于我自己。

一九二四年九月二十四日。

【评析：《影的告别》是现代文学家鲁迅于 1924 年创作的一首散文诗。这篇散文诗写了一个梦境：人的影子不愿意做一个不明不暗的影，不愿意偷生苟活于不明不暗的境地，不愿意跟随人了，所以，向人告别。

全篇语言精练，深沉悲抑，神秘幽深。较为独特的是，文章自始至终笼罩着浓郁的象征主义色彩。"影"作为中心意象，实际上就是作者内心的真实反映，是作者在绝望中又不忍沉迷于绝望的焦虑、悲愤和彷徨等复杂的矛盾心理。】

求乞者

我顺着剥落的高墙走路，踏着松的灰土。另外有几个人，各自走路。微风起来，露在墙头的高树的枝条带着还未干枯的叶子在我头上摇动。

微风起来，四面都是灰土。

一个孩子向我求乞，也穿着夹衣，也不见得悲戚，而拦着磕头，追着哀呼。

我厌恶他的声调，态度。我憎恶他并不悲哀，近于儿戏；我烦厌他这追着哀呼。

我走路。另外有几个人各自走路。微风起来，四面都是灰土。

一个孩子向我求乞，也穿着夹衣，也不见得悲戚，但是哑的，摊开手，装着手势。

我就憎恶他这手势。而且，他或者并不哑，这不过是一种求乞的法子。

我不布施，我无布施心，我但居布施者之上，给与烦腻，疑心，憎恶。

我顺着倒败的泥墙走路，断砖叠在墙缺口，墙里面没有什么。

微风起来，送秋寒穿透我的夹衣；四面都是灰土。

我想着我将用什么方法求乞：发声，用怎样声调？装哑，用怎样手势？……

另外有几个人各自走路。

我将得不到布施，得不到布施心；我将得到自居于布施之上者的烦腻，疑心，憎恶。

我将用无所为和沉默求乞……

我至少将得到虚无。

微风起来，四面都是灰土。另外有几个人各自走路。

灰土，灰土……

灰土……

一九二四年九月二十四日。

【评析：这篇文章写于 1924 年 9 月 24 日，整篇文章篇幅虽然很短，但却给人们展现出了一个灰暗颓败的社会。

《求乞者》和写作于同一天的《影的告别》一样，都是作者心中谱写多年的奏鸣曲。一个热爱平等自由的伟大的文学家思想家，为谋生计混迹于官场十四年，阅遍钻营、冷眼和恶心，这期间的屈辱和自责，以及烦腻和憎恶，只有一样长期屈辱于谋生中的人方可体会。

通过表达对求乞者的烦腻，疑心与憎恶的感受和如何求乞的思考，鲁迅还批判了一种虚假麻木的做戏人格和缺乏耻辱感与抗争精神的奴性人格。】

复仇①

人的皮肤之厚，大概不到半分，鲜红的热血，就循着那后面，在比密密层层地爬在墙壁上的槐蚕更其密的血管里奔流，散出温热。于是各以这温热互相蛊惑，煽动，牵引，拼命地希求偎倚，接吻，拥抱，以得生命的沉酣的大欢喜。

但倘若用一柄尖锐的利刃，只一击，穿透这桃红色的，菲薄的皮肤，将见那鲜红的热血激箭似的以所有温热直接灌溉杀戮者；其次，则给以冰冷的呼吸，示以淡白的嘴唇，使之人性茫然，得到生命的飞扬的极致的大欢喜；而其自身，则永远沉浸于生命的飞扬的极致的大欢喜中。

这样，所以，有他们俩裸着全身，捏着利刃，对立于广漠的旷野之上。

他们俩将要拥抱，将要杀戮……

路人们从四面奔来，密密层层地，如槐蚕爬上墙壁，如马蚁要扛鲞头。衣服都漂亮，手倒空的。然而从四面奔来，而且拼命地伸长脖子，要赏鉴这拥抱或杀戮。他们已经豫觉着事后的自己的舌上的汗或血的鲜味。

然而他们俩对立着，在广漠的旷野之上，裸着全身，捏着利刃，然而也不拥抱，也不杀戮，而且也不见有拥抱或杀戮之意。

他们俩这样地至于永久，圆活的身体，已将干枯，然而毫不见有拥抱或杀戮之意。

路人们于是乎无聊；觉得有无聊钻进他们的毛孔，觉得有无聊

---

① 作者在《〈野草〉英文译本序》中说："因为憎恶社会上旁观者之多，作《复仇》第一篇"；在1934年5月16日致郑振铎信中说："不动笔诚然最好。我在《野草》中，曾记一男一女，持刀对立旷野中，无聊人竟随而往，以为必有事件，慰其无聊，而二人从此毫无动作，以致无聊人仍然无聊，至于老死，题曰《复仇》，亦是此意。但此亦不过愤激之谈，该二人或相爱，或相杀，还是照所欲而行的为是。"

从他们自己的心中由毛孔钻出，爬满旷野，又钻进别人的毛孔中。他们于是觉得喉舌干燥，脖子也乏了；终至于面面相觑，慢慢走散；甚而至于居然觉得干枯到失了生趣。

于是只剩下广漠的旷野，而他们俩在其间裸着全身，捏着利刃，干枯地立着；以死人似的眼光，赏鉴这路人们的干枯，无血的大戮，而永远沉浸于生命的飞扬的极致的大欢喜中。

一九二四年十二月二十日。

【评析："复仇"是鲁迅从早年至晚年，念兹在兹、一以贯之的一个思绪。几十年间在他心头萦绕不去，回环往复，多次谈及，遂成为其作品和思想的重要主题之一。

鲁迅揭示的中国国民的劣根性之一，即是"看客"心理："庸众"因"无聊"而将他人的一切举动"事件"化、"戏剧"化，从而"旁观"之，"赏鉴"之，以慰其无聊；他人特别是其中的所谓"独异个人"，因之被迫成为表演者，其庄严神圣的爱与死，都在无聊看客的围观中成为作秀。而被赏鉴者欲摆脱此一地位，则只有"毫无动作"，使路人"无戏可看"，以此向看客们"复仇"！这种令普通人感到匪夷所思的思绪，却是极其深刻的情思，它构成了独特的鲁迅式复仇哲学的丰富内涵。

本篇正是以散文诗的形式，集中而深刻地表现了以"毫无动作"对"看客""复仇"这一主题。】

复　仇（其二）

因为他自以为神之子，以色列的王，所以去钉十字架。

兵丁们给他穿上紫袍，戴上荆冠，庆贺他；又拿一根苇子打他的头，吐他，屈膝拜他；戏弄完了，就给他脱了紫袍，仍穿他自己的衣服。

看哪，他们打他的头，吐他，拜他……

10

他不肯喝那用没药①调和的酒，要分明地玩味以色列人怎样对付他们的神之子，而且较永久地悲悯他们的前途，然而仇恨他们的现在。

四面都是敌意，可悲悯的，可咒诅的。

丁丁地响，钉尖从掌心穿透，他们要钉杀他们的神之子了，可悯的人们呵，使他痛得柔和。

丁丁地响，钉尖从脚背穿透，钉碎了一块骨，痛楚也透到心髓中，然而他们自己钉杀着他们的神之子了，可咒诅的人们呵，这使他痛得舒服。

十字架竖起来了；他悬在虚空中。

他没有喝那用没药调和的酒，要分明地玩味以色列人怎样对付他们的神之子，而且较永久地悲悯他们的前途，然而仇恨他们的现在。

路人都辱骂他，祭司长和文士也戏弄他，和他同钉的两个强盗也讥诮他。

看哪，和他同钉的……

四面都是敌意，可悲悯的，可咒诅的。

他在手足的痛楚中，玩味着可悯的人们的钉杀神之子的悲哀和可咒诅的人们要钉杀神之子，而神之子就要被钉杀了的欢喜。突然间，碎骨的大痛楚透到心髓了，他即沉酣于大欢喜和大悲悯中。

他腹部波动了，悲悯和咒诅的痛楚的波。

遍地都黑暗了。

"以罗伊，以罗伊，拉马撒巴各大尼?!"（翻出来，就是：我的上帝，你为什么离弃我?!）

上帝离弃了他，他终于还是一个"人之子"；然而以色列人连"人之子"都钉杀了。

钉杀了"人之子"的人们的身上，比钉杀了"神之子"的尤其

----

① 没（mò）药：中药名，是橄榄科植物地丁树或哈地丁树的干燥树脂，有镇静、麻醉等作用。

血污，血腥。

一九二四年十二月二十日。

【评析：这首散文诗所写的故事情节和细节，均取材于《新约全书·马可福音》，但鲁迅竭力把神之子手足被钉的痛楚，同玩味着神之子被钉杀的可悲悯可诅咒的人们的欢喜，作了鲜明而强烈的对照，这就使宗教神话故事获得了新的意蕴。

文章借用宗教神话故事，表现先觉者在被他希望拯救的庸众迫害的大痛楚中，以对庸众的悲悯和诅咒来作为复仇，他痛得"柔和"和"舒服"，都因为这玩味——复仇之故。这种复仇当然更没有复仇意味，只是牺牲自己以期庸众将来的醒悟。

《复仇》与《复仇（其二）》在思想上是统一的，但在艺术上却呈现出迥异的风采。《复仇》是一幅几乎静止，几乎无声的艺术画面。《复仇（其二）》却充满动感和声响，就连复仇的大悲悯和大诅咒，也是通过"他腹部都波动了"的肢体形象和喊出"我的上帝，你为什么离弃我"的声音形象来表现的。

鲁迅希望用自己的笔去唤醒民众，他坚信自己的笔总有一天能划开那厚重的乌云。】

希 望①

我的心分外地寂寞。

然而我的心很平安：没有爱憎，没有哀乐，也没有颜色和声音。

我大概老了。我的头发已经苍白，不是很明白的事么？我的手颤抖着，不是很明白的事么？那么，我的灵魂的手一定也颤抖着，头发也一定苍白了。

然而这是许多年前的事了。

---

① 作者在《〈野草〉英文译本序》中说："因为惊异于青年之消沉，作《希望》。"

12

这以前，我的心也曾充满过血腥的歌声：血和铁，火焰和毒，恢复和报仇。而忽然这些都空虚了，但有时故意地填以没奈何的自欺的希望。

希望，希望，用这希望的盾，抗拒那空虚中的暗夜的袭来，虽然盾后面也依然是空虚中的暗夜。然而就是如此，陆续地耗尽了我的青春。

我早先岂不知我的青春已经逝去了？但以为身外的青春固在：星，月光，僵坠的蝴蝶，暗中的花，猫头鹰的不祥之言，杜鹃的啼血，笑的渺茫，爱的翔舞……虽然是悲凉漂渺的青春罢，然而究竟是青春。

然而现在何以如此寂寞？难道连身外的青春也都逝去，世上的青年也多衰老了么？

我只得由我来肉薄这空虚中的暗夜了。我放下了希望之盾，我听到 Petöfi Sándor（1823—1849）的"希望"之歌：

> 希望是什么？是娼妓：
> 她对谁都蛊惑，将一切都献给；
> 待你牺牲了极多的宝贝——
> 你的青春——她就弃掉你。

这伟大的抒情诗人，匈牙利的爱国者，为了祖国而死在可萨克兵的矛尖上，已经七十五年了。悲哉死也，然而更可悲的是他的诗至今没有死。

但是，可惨的人生！桀骜英勇如 Petöfi，也终于对了暗夜止步，回顾茫茫的东方了。他说：

> 绝望之为虚妄，正与希望相同。

倘使我还得偷生在不明不暗的这"虚妄"中，我就还要寻求那逝去的悲凉漂渺的青春，但不妨在我的身外。因为身外的青春倘一消灭，我身中的迟暮也即凋零了。

然而现在没有星和月光，没有僵坠的蝴蝶以至笑的渺茫，爱的翔舞。然而青年们很平安。

我只得由我来肉薄这空虚中的暗夜了，纵使寻不到身外的青春，也总得自己来一掷我身中的迟暮。但暗夜又在那里呢？现在没有星，没有月光以至没有笑的渺茫和爱的翔舞；青年们很平安，而我的面前又竟至于并且没有真的暗夜。

绝望之为虚妄，正与希望相同！

一九二五年一月一日。

【评析：作者首先因生命的疲惫和苍老以及青春的流逝而感到空虚，然后用希望（身外的青春和青年）抗拒空虚和暗夜，但是感到希望也虚妄，故放下希望之盾，肉搏空虚和暗夜，用与解构希望相同的思维模式解构绝望，从而否定了彻底绝望，并给自己留了希望，再寻身外的青春。

寻而不得再次转而依靠自身肉搏空虚中的暗夜并摆脱暮气，发现并无暗夜，反复犹豫，确认绝望为虚妄，虽然不是非常乐观的希望，虽然仍有怀疑，虽然仍有强烈的虚无和黑夜感，但至少没有彻底绝望，仍为自己保留了一点希望，就是未必黑暗和虚无就是实有，未必希望就一定虚妄。

"然而"一词的反复出现正表明了作者犹豫徘徊始终无法找到希望和依靠的心态。实际上作者是在青春流逝，经过太多的奔波战斗呐喊及黑暗虚无之后在绝望和寂寞苍老中试图唤回青春和激情，摆脱迟暮之气和虚无黑暗，寻找到生命的希望和幸福的努力和挣扎。

但几经反复，始终无法寻找到外在的依靠希望和拯救，也始终无法面对空虚绝望和黑暗的处境，只得依靠内在的生命强力以一种"挺住就是一切"的姿态硬唱凯歌。】

14

雪

暖国的雨，向来没有变过冰冷的坚硬的灿烂的雪花。博识的人们觉得他单调，他自己也以为不幸否耶？江南的雪，可是滋润美艳之至了；那是还在隐约着的青春的消息，是极壮健的处子的皮肤。雪野中有血红的宝珠山茶，白中隐青的单瓣梅花，深黄的磬口的腊梅花；雪下面还有冷绿的杂草。蝴蝶确乎没有；蜜蜂是否来采山茶花和梅花的蜜，我可记不真切了。但我的眼前仿佛看见冬花开在雪野中，有许多蜜蜂们忙碌地飞着，也听得他们嗡嗡地闹着。

孩子们呵着冻得通红，像紫芽姜一般的小手，七八个一齐来塑雪罗汉。因为不成功，谁的父亲也来帮忙了。罗汉就塑得比孩子们高得多，虽然不过是上小下大的一堆，终于分不清是壶卢还是罗汉，然而很洁白，很明艳，以自身的滋润相粘结，整个地闪闪地生光。孩子们用龙眼核给他做眼珠，又从谁的母亲的脂粉奁①中偷得胭脂来涂在嘴唇上。这回确是一个大阿罗汉了。他也就目光灼灼地嘴唇通红地坐在雪地里。

第二天还有几个孩子来访问他；对了他拍手，点头，嘻笑。但他终于独自坐着了。晴天又来消释他的皮肤，寒夜又使他结一层冰，化作不透明的模样，连续的晴天又使他成为不知道算什么，而嘴上的胭脂也褪尽了。

但是，朔方的雪花在纷飞之后，却永远如粉，如沙，他们决不粘连，撒在屋上，地上，枯草上，就是这样。屋上的雪是早已就有消化了的，因为屋里居人的火的温热。别的，在晴天之下，旋风忽来，便蓬勃地奋飞，在日光中灿灿地生光，如包藏火焰的大雾，旋转而且升腾，弥漫太空，使太空旋转而且升腾地闪烁。

在无边的旷野上，在凛冽的天宇下，闪闪地旋转升腾着的是雨

---

① 奁（lián）：盒子。

的精魂……

是的，那是孤独的雪，是死掉的雨，是雨的精魂。

一九二五年一月十八日。

【评析：鲁迅先生的《雪》是一首文字优美而又寓意深邃的抒情散文诗，看似写自然之景，实际是借写雪，写社会，写自己，具有深刻的政治寓意和人生哲理。

中国由于地理环境的不同，各地的雪和雨给人的感受是有差别的。作为一个在南方长大的人，童年的鲁迅自然对南国的雪和雨有自己独特的认识；而对于一个多年在北方生活的人，成年的鲁迅对北方的雨和雪又有自己的不同感受和品味。

雨宁可死去变成雪，也值得。变成雪的过程，就实现了自我。雨的价值就在这里。这个过程是美的，是雨所期盼的。成不了雪，不能去战斗，就实现不了自己的价值。因为作者喜欢那种冰冷，喜欢那种坚硬，喜欢那种独特的灿灿。雪给人联想，给人无限的幻想。作者喜欢江南的雪，更喜欢北方的雪。】

风　筝

北京的冬季，地上还有积雪，灰黑色的秃树枝丫叉于晴朗的天空中，而远处有一二风筝浮动，在我是一种惊异和悲哀。

故乡的风筝时节，是春二月，倘听到沙沙的风轮声，仰头便能看见一个淡墨色的蟹风筝或嫩蓝色的蜈蚣风筝。还有寂寞的瓦片风筝，没有风轮，又放得很低，伶仃地显出憔悴可怜模样。但此时地上的杨柳已经发芽，早的山桃也多吐蕾，和孩子们的天上的点缀相照应，打成一片春日的温和。我现在在那里呢？四面都还是严冬的肃杀，而久经诀别的故乡的久经逝去的春天，却就在这天空中荡漾了。

但我是向来不爱放风筝的，不但不爱，并且嫌恶他，因为我以为这是没出息孩子所做的玩艺。和我相反的是我的小兄弟①，他那时大概十岁内外罢，多病，瘦得不堪，然而最喜欢风筝，自己买不起，我又不许放，他只得张着小嘴，呆看着空中出神，有时至于小半日。远处的蟹风筝突然落下来了，他惊呼；两个瓦片风筝的缠绕解开了，他高兴得跳跃。他的这些，在我看来都是笑柄，可鄙的。

有一天，我忽然想起，似乎多日不很看见他了，但记得曾见他在后园拾枯竹。我恍然大悟似的，便跑向少有人去的一间堆积杂物的小屋去，推开门，果然就在尘封的什物堆中发见了他。他向着大方凳，坐在小凳上；便很惊惶地站了起来，失了色瑟缩着。大方凳旁靠着一个胡蝶风筝的竹骨，还没有糊上纸，凳上是一对做眼睛用的小风轮，正用红纸条装饰着，将要完工了。我在破获秘密的满足中，又很愤怒他的瞒了我的眼睛，这样苦心孤诣地来偷做没出息孩子的玩艺。我即刻伸手抓断了胡蝶的一支翅骨，又将风轮掷在地下，踏扁了。论长幼，论力气，他是都敌不过我的，我当然得到完全的胜利，于是傲然走出，留他绝望地站在小屋里。后来他怎样，我不知道，也没有留心。

然而我的惩罚终于轮到了，在我们离别得很久之后，我已经是中年。我不幸偶而看了一本外国的讲论儿童的书，才知道游戏是儿童最正当的行为，玩具是儿童的天使。于是二十年来毫不忆及的幼小时候对于精神的虐杀的这一幕，忽地在眼前展开，而我的心也仿佛同时变了铅块，很重很重地堕下去了。

但心又不竟堕下去而至于断绝，它只是很重很重地堕着，堕着。

我也知道补过的方法的：送他风筝，赞成他放，劝他放，我和他一同放。我们嚷着，跑着，笑着。——然而他其时已经和我一样，早已有了胡子了。

我也知道还有一个补过的方法的：去讨他的宽恕，等他说，"我可是毫不怪你呵。"那么，我的心一定就轻松了，这确是一个可行的方法。有一回，我们会面的时候，是脸上都已添刻了许多"生"的

_____

① 小兄弟：这里指的是鲁迅的三弟周建人。

17

辛苦的条纹，而我的心很沉重。我们渐渐谈起儿时的旧事来，我便叙述到这一节，自说少年时代的胡涂。"我可是毫不怪你呵。"我想，他要说了，我即刻便受了宽恕，我的心从此也宽松了罢。

"有过这样的事么？"他惊异地笑着说，就像旁听着别人的故事一样。他什么也不记得了。

全然忘却，毫无怨恨，又有什么宽恕之可言呢？无怨的恕，说谎罢了。

我还能希求什么呢？我的心只得沉重着。

现在，故乡的春天又在这异地的空中了，既给我久经逝去的儿时的回忆，而一并也带着无可把握的悲哀。我倒不如躲到肃杀的严冬中去罢，——但是，四面又明明是严冬，正给我非常的寒威和冷气。

一九二五年一月二十四日。

【评析：这是一篇回忆性的散文。文章以风筝为引线，对"我"粗暴对待小弟的言行，作了深刻的反思。同时对小弟这样的人的不觉悟表示出深深的悲哀。这无疑是对封建宗族制度摧残儿童的罪恶进行控诉。

叙述往事与抒情紧密结合是文章的突出特点。全文虽以叙事为主，但深深地融汇了作者的思想感情，在关键的地方，则又通过凝炼的语言，作了画龙点睛的点染，使文章感情的表达更加明朗。

想起幼时欺凌小兄弟之事。"我"在这里进行了反思。透过这个小"我"，看到旧的伦理道德统治下的整个社会面貌——大"我"——家长式的管理、长幼尊卑的秩序是何等的神圣，何等的残酷，何等的愚昧无知，它扼杀了儿童的天性，当作者挖掘的酿成悲剧的社会原因。"我"的回忆是对封建宗族制度的摧残儿童的控诉，——具有深刻的思想性。"我"经过深刻反省认识到这一地可挽回的过错过后，心情无比沉重。这种忏悔意识，否定了旧"我"，催生了新"我"，"我"的思想演进轨迹明晰了，"我"的复杂心理状

态显示了，正是这些原因，所以当"我"，看到北京天空中的风筝，而感到"惊异与悲哀"。】

好的故事

灯火渐渐地缩小了，在预告石油的已经不多；石油又不是老牌，早熏得灯罩很昏暗。鞭爆的繁响在四近，烟草的烟雾在身边：是昏沉的夜。

我闭了眼睛，向后一仰，靠在椅背上；捏着《初学记》的手搁在膝髁上。

我在朦胧中，看见一个好的故事。

这故事很美丽，幽雅，有趣。许多美的人和美的事，错综起来像一天云锦，而且万颗奔星似的飞动着，同时又展开去，以至于无穷。

我仿佛记得曾坐小船经过山阴道，两岸边的乌桕、新禾、野花、鸡、狗、丛树和枯树、茅屋、塔、伽蓝①、农夫和村妇、村女，晒着的衣裳、和尚、蓑笠、天、云、竹……都倒影在澄碧的小河中，随着每一打桨，各各夹带了闪烁的日光，并水里的萍藻游鱼，一同荡漾。诸影诸物，无不解散，而且摇动，扩大，互相融和；刚一融和，却又退缩，复近于原形。边缘都参差如夏云头，镶着日光，发出水银色焰。凡是我所经过的河，都是如此。

现在我所见的故事也如此。水中的青天的底子，一切事物统在上面交错，织成一篇，永是生动，永是展开，我看不见这一篇的结束。

河边枯柳树下的几株瘦削的一丈红，该是村女种的罢。大红花和斑红花，都在水里面浮动，忽而碎散，拉长了，如缕缕的胭脂水，然而没有晕。茅屋、狗、塔、村女、云……也都浮动着。大红花一

---

① 伽蓝：梵语"僧伽蓝摩"的略称，意思是僧众所住的园林，后泛指寺庙。

19

朵朵全被拉长了，这时是泼剌奔进的红锦带。带织入狗中，狗织入白云中，白云织入村女中……在一瞬间，他们又将退缩了。但斑红花影也已碎散，伸长，就要织进塔、村女、狗、茅屋、云里去。

现在我所见的故事清楚起来了，美丽，幽雅，有趣，而且分明。青天上面，有无数美的人和美的事，我一一看见，一一知道。

我就要凝视他们……

我正要凝视他们时，骤然一惊，睁开眼，云锦也已皱蹙，凌乱，仿佛有谁掷一块大石下河水中，水波陡然起立，将整篇的影子撕成片片了。我无意识地赶忙捏住几乎坠地的《初学记》，眼前还剩着几点虹霓色的碎影。

我真爱这一篇好的故事，趁碎影还在，我要追回他，完成他，留下他。我抛了书，欠身伸手去取笔，——何尝有一丝碎影，只见昏暗的灯光，我不在小船里了。

但我总记得见过这一篇好的故事，在昏沉的夜……

一九二五年二月二十四日。

【评析：《好的故事》是鲁迅第一篇描写梦境的文章，尽管他没有明确说是在做梦，但是这确实是一个梦，一个短暂的瞌睡一般的梦。梦里，"我"看到"许多美的人和事"，如诗如幻一般。鲁迅用了一大堆意象来描绘这个梦：两岸边的乌桕、新禾、野花、鸡、狗、丛树和枯树、茅屋、塔、伽蓝、农夫和村妇、村女，晒着的衣裳、和尚、蓑笠、天、云、竹……

这是一幅安宁静谧的画面，我们可以想象一下，一个与世隔绝似的乡村里，人们在过着安稳的生活，没有硝烟，天那么蓝，水那么清澈，一切是那么的和谐。如果我们置身其中，即使再躁动不安的心也会被这份恬静所吸引，而忘了身外的烦恼。这难道不就是传说中的桃花源，这难道不是从魏晋以来，人们就一直在寻找而始终未得的世界吗？由此可见，在鲁迅心中，他所渴望的，是一份安宁。】

过客①

时：

　　　或一日的黄昏。

地：

　　　或一处。

人：

　　　老翁——约七十岁，白须发，黑长袍。

　　　女孩——约十岁，紫发，乌眼珠，白地黑方格长衫。

　　　过客——约三四十岁，状态困顿倔强，眼光阴沉，黑须，乱发，黑色短衣裤皆破碎，赤足著破鞋，胁下挂一个口袋，支着等身的竹杖。

　　东，是几株杂树和瓦砾；西，是荒凉破败的丛葬；其间有一条似路非路的痕迹。一间小土屋向这痕迹开着一扇门；门侧有一段枯树根。

　　（女孩正要将坐在树根上的老翁搀起。）

　　翁——孩子。喂，孩子！怎么不动了呢？

　　孩——（向东望着，）有谁走来了，看一看罢。

　　翁——不用看他。扶我进去罢。太阳要下去了。

　　孩——我，——看一看。

　　翁——唉，你这孩子！天天看见天，看见土，看见风，还不够好看么？什么也不比这些好看。你偏是要看谁。太阳下去时候出现的东西，不会给你什么好处的……还是进去罢。

　　孩——可是，已经近来了。阿阿，是一个乞丐。

---

① 鲁迅在写下本文不久后给许广平的信中说："同我有关的活着，我倒不放心，死了，我就安心，这意思也在《过客》中说过。"

翁——乞丐？不见得罢。

（过客从东面的杂树间跄踉走出，暂时踌躇之后，慢慢地走近老翁去。）

客——老丈，你晚上好？

翁——阿，好！托福。你好？

客——老丈，我实在冒昧，我想在你那里讨一杯水喝。我走得渴极了。这地方又没有一个池塘，一个水洼。

翁——唔，可以可以。你请坐罢。（向女孩，）孩子，你拿水来，杯子要洗干净。

（女孩默默地走进土屋去。）

翁——客官，你请坐。你是怎么称呼的？

客——称呼？——我不知道。从我还能记得的时候起，我就只一个人，我不知道我本来叫什么。我一路走，有时人们也随便称呼我，各式各样，我也记不清楚了，况且相同的称呼也没有听到过第二回。

翁——阿阿。那么，你是从那里来的呢？

客——（略略迟疑，）我不知道。从我还能记得的时候起，我就在这么走。

翁——对了。那么，我可以问你到那里去么？

客——自然可以。——但是，我不知道。从我还能记得的时候起，我就在这么走，要走到一个地方去，这地方就在前面。我单记得走了许多路，现在来到这里了。我接着就要走向那边去，（西指，）前面！

（女孩小心地捧出一个木杯来，递去。）

客——（接杯，）多谢，姑娘。（将水两口喝尽，还杯，）多谢，姑娘。这真是少有的好意。我真不知道应该怎样感激！

翁——不要这么感激。这于你是没有好处的。

客——是的，这于我没有好处。可是我现在很恢复了些力气了。我就要前去。老丈，你大约是久住在这里的，你可知道前面是怎么一个所在么？

翁——前面？前面，是坟。

客——（诧异地，）坟？

孩——不，不，不的。那里有许多许多野百合、野蔷薇，我常常去玩，去看他们的。

客——（西顾，仿佛微笑，）不错。那些地方有许多许多野百合、野蔷薇，我也常常去玩过，去看过的。但是，那是坟。（向老翁，）老丈，走完了那坟地之后呢？

翁——走完之后？那我可不知道。我没有走过。

客——不知道？！

孩——我也不知道。

翁——我单知道南边；北边；东边，你的来路。那是我最熟悉的地方，也许倒是于你们最好的地方。你莫怪我多嘴，据我看来，你已经这么劳顿了，还不如回转去，因为你前去也料不定可能走完。

客——料不定可能走完？……（沉思，忽然惊起，）那不行！我只得走。回到那里去，就没一处没有名目，没一处没有地主，没一处没有驱逐和牢笼，没一处没有皮面的笑容，没一处没有眶外的眼泪。我憎恶他们，我不回转去！

翁——那也不然。你也会遇见心底的眼泪，为你的悲哀。

客——不。我不愿看见他们心底的眼泪，不要他们为我的悲哀！

翁——那么，你，（摇头，）你只得走了。

客——是的，我只得走了。况且还有声音常在前面催促我，叫唤我，使我息不下。可恨的是我的脚早经走破了，有许多伤，流了许多血。（举起一足给老人看，）因此，我的血不够了；我要喝些血。但血在那里呢？可是我也不愿意喝无论谁的血。我只得喝些水，来补充我的血。一路上总有水，我倒也并不感到什么不足。只是我的力气太稀薄了，血里面太多了水的缘故罢。今天连一个小水洼也遇不到，也就是少走了路的缘故罢。

翁——那也未必。太阳下去了，我想，还不如休息一会的好罢。

客——但是，那前面的声音叫我走。

翁——我知道。

客——你知道？你知道那声音么？

翁——是的。他似乎曾经也叫过我。

　　客——那也就是现在叫我的声音么?

　　翁——那我可不知道。他也就是叫过几声,我不理他,他也就不叫了,我也就记不清楚了。

　　客——唉唉,不理他……(沉思,忽然吃惊,倾听着,)不行!我还是走的好。我息不下。可恨我的脚早经走破了。(准备走路。)

　　孩——给你!(递给一片布,)裹上你的伤去。

　　客——多谢,(接取,)姑娘。这真是……这真是极少有的好意。这能使我可以走更多的路。(就断砖坐下,要将布缠在踝上,)但是,不行!(竭力站起,)姑娘,还了你罢,还是裹不下。况且这太多的好意,我没法感激。

　　翁——你不要这么感激,这于你没有好处。

　　客——是的,这于我没有什么好处。但在我,这布施是最上的东西了。你看,我全身上可有这样的。

　　翁——你不要当真就是。

　　客——是的。但是我不能。我怕我会这样:倘使我得到了谁的布施,我就要像兀鹰看见死尸一样,在四近徘徊,祝愿她的灭亡,给我亲自看见;或者咒诅她以外的一切全都灭亡,连我自己,因为我就应该得到咒诅。但是我还没有这样的力量;即使有这力量,我也不愿意她有这样的境遇,因为她们大概总不愿意有这样的境遇。我想,这最稳当。(向女孩,)姑娘,你这布片太好,可是太小一点了,还了你罢。

　　孩——(惊惧,退后,)我不要了!你带走!

　　客——(似笑,)哦哦……因为我拿过了?

　　孩——(点头,指口袋,)你装在那里,去玩玩。

　　客——(颓唐地退后,)但这背在身上,怎么走呢?……

　　翁——你息不下,也就背不动。——休息一会,就没有什么了。

　　客——对咧,休息……(但忽然惊醒,倾听。)不!我不能!我还是走好。

　　翁——你总不愿意休息么?

　　客——我愿意休息。

24

翁——那么，你就休息一会罢。

客——但是，我不能……

翁——你总还是觉得走好么？

客——是的。还是走好。

翁——那么，你还是走好罢。

客——（将腰一伸，）好，我告别了。我很感激你们。（向着女孩，）姑娘，这还你，请你收回去。

（女孩惊惧，敛手，要躲进土屋里去。）

翁——你带去罢。要是太重了，可以随时抛在坟地里面的。

孩——（走向前，）阿阿，那不行！

客——阿阿，那不行的。

翁——那么，你挂在野百合野蔷薇上就是了。

孩——（拍手，）哈哈！好！

翁——哦哦……

（极暂时中，沉默。）

翁——那么，再见了。祝你平安。（站起，向女孩，）孩子，扶我进去罢。你看，太阳早已下去了。（转身向门。）

客——多谢你们。祝你们平安。（徘徊，沉思，忽然吃惊，）然而我不能！我只得走。我还是走好罢……（即刻昂了头，奋然向西走去。）

（女孩扶老人走进土屋，随即阖了门。过客向野地里跄跄踉踉地闯进去，夜色跟在他后面。）

一九二五年三月二日。

【评析：剧本《过客》写的是一个赶路人经过一户人家的事。这个赶路人不是一个普通的赶路人，是鲁迅对自己的生存状态的隐射。而那户人家的老翁和小姑娘在生活中也有符号象征的意义。当我们仔细品味文中昏暗、阴沉、荒凉的背景，那个赶路者毫无目的地向远方疲惫的赶路，而且在路途中流血将尽的苍凉，我们对于这个疲惫者是否有一丝的尊敬和同情。

人世沧桑，人与人之间的相遇其实也是如过客一般的。所以，过客——即作者自己在大多数人心中是留不下什么影象的。所以，"别人随便称呼我"。而且走路的过程是每个人的生命状态，而且是唯一的生命状态。所以，他说"从我还能记得的时候起，我就在这么走"。而且，这种人生的走是没有方向和终点的。这更增加了人生的悲凉和无奈。】

死　火

我梦见自己在冰山间奔驰。

这是高大的冰山，上接冰天，天上冻云弥漫，片片如鱼鳞模样。山麓有冰树林，枝叶都如松杉。一切冰冷，一切青白。

但我忽然坠在冰谷中。

上下四旁无不冰冷，青白。而一切青白冰上，却有红影无数，纠结如珊瑚网。我俯看脚下，有火焰在。

这是死火。有炎炎的形，但毫不摇动，全体冰结，像珊瑚枝；尖端还有凝固的黑烟，疑这才从火宅中出，所以枯焦。这样，映在冰的四壁，而且互相反映，化为无量数影，使这冰谷，成红珊瑚色。

哈哈！

当我幼小的时候，本就爱看快艇激起的浪花，洪炉喷出的烈焰。不但爱看，还想看清。可惜他们都息息变幻，永无定形。虽然凝视又凝视，总不留下怎样一定的迹象。

死的火焰，现在得到了你了！

我拾起死火，正要细看，那冷气已使我的指头焦灼；但是，我还熬着，将他塞入衣袋中间。冰谷四面，登时完全青白。我一面思索着走出冰谷的法子。

我的身上喷出一缕黑烟，上升如铁线蛇。冰谷四面，又登时满有红焰流动，如大火聚①，将我包围。我低头一看，死火已经燃烧，

_____

①　火聚：佛家语，指烈火聚集的地狱。

26

烧穿了我的衣裳，流在冰地上了。

"唉，朋友！你用了你的温热，将我惊醒了。"他说。

我连忙和他招呼，问他名姓。

"我原先被人遗弃在冰谷中，"他答非所问地说，"遗弃我的早已灭亡，消尽了。我也被冰冻得要死。倘使你不给我温热，使我重新烧起，我不久就须灭亡。"

"你的醒来，使我欢喜。我正在想着走出冰谷的方法；我愿意携带你去，使你永不冰结，永得燃烧。"

"唉唉！那么，我将烧完！"

"你的烧完，使我惋惜。我便将你留下，仍在这里罢。"

"唉唉！那么，我将冻灭了！"

"那么，怎么办呢？"

"但你自己，又怎么办呢？"他反而问。

"我说过了：我要出这冰谷……"

"那我就不如烧完！"

他忽而跃起，如红彗星，并我都出冰谷口外。有大石车突然驰来，我终于碾死在车轮底下，但我还来得及看见那车就坠入冰谷中。

"哈哈！你们是再也遇不着死火了！"我得意地笑着说，仿佛就愿意这样似的。

一九二五年四月二十三日。

【评析：《死火》是具有鲁迅式想象力的一篇文章。人类关于火有种种想象，总的说来，人们是把火视为一种生命的象征。但是鲁迅想象的是"死火"，集中了生命和死亡两种意思。我们看他是怎样展开独特想象的。

《野草》体现了鲁迅那种重视过程而不重视结果的人生哲学。文中关于"冻灭"和"烧完"的命题实际上告诉我们，人的自我选择、自我实现的极端的有限性。你不能把人的选择的可能性想入非非，人就是在冻灭和烧完之间作极其有限的选择。但是毕竟还是有

选择的余地的，所以王瑶先生对我说，与其坐以待毙，不如垂死挣扎，因为垂死挣扎也有一种挣扎之美。】

狗的驳诘

我梦见自己在隘巷中行走，衣履破碎，像乞食者。

一条狗在背后叫起来了。

我傲慢地回顾，叱咤说：

"呔！住口！你这势利的狗！"

"嘻嘻！"他笑了，还接着说，"不敢，愧不如人呢。"

"什么!?"我气愤了，觉得这是一个极端的侮辱。

"我惭愧：我终于还不知道分别铜和银；还不知道分别布和绸；还不知道分别官和民；还不知道分别主和奴；还不知道……"

我逃走了。

"且慢！我们再谈谈……"他在后面大声挽留。

我一径逃走，尽力地走，直到逃出梦境，躺在自己的床上。

一九二五年四月二十三日。

【评析：《狗的驳诘》是现代文学家鲁迅于 1925 年创作的一首散文诗。这首诗巧妙地通过狗的"愧不如人"的反驳，指出狗虽势利，但那些知道根据铜银、布绸、官民、主奴的贵贱而分别采取不同态度的"人"，是比狗还更加势利的，从而对那些势力的人进行了辛辣的讽刺。】

失掉的好地狱①

我梦见自己躺在床上，在荒寒的野外，地狱的旁边。一切鬼魂们的叫唤无不低微，然有秩序，与火焰的怒吼，油的沸腾，钢叉的震颤相和鸣，造成醉心的大乐，布告三界：天下太平。

有一个伟大的男子站在我面前，美丽，慈悲，遍身有大光辉，然而我知道他是魔鬼。

"一切都已完结，一切都已完结！可怜的鬼魂们将那好的地狱失掉了！"他悲愤地说，于是坐下，讲给我一个他所知道的故事——

"天地作蜂蜜色的时候，就是魔鬼战胜天神，掌握了主宰一切的大威权的时候。他收得天国，收得人间，也收得地狱。他于是亲临地狱，坐在中央，遍身发大光辉，照见一切鬼众。

"地狱原已废弛得很久了：剑树②消却光芒；沸油的边际早不腾涌；大火聚有时不过冒些青烟；远处还萌生曼陀罗花，花极细小，惨白可怜。——那是不足为奇的，因为地上曾经大被焚烧，自然失了他的肥沃。

"鬼魂们在冷油温火里醒来，从魔鬼的光辉中看见地狱小花，惨白可怜，被大蛊惑，倏忽间记起人世，默想至不知几多年，遂同时向着人间，发一声反狱的绝叫。

"人类便应声而起，仗义执言，与魔鬼战斗。战声遍满三界，远过雷霆。终于运大谋略，布大网罗，使魔鬼并且不得不从地狱出走。最后的胜利，是地狱门上也竖了人类的旌旗！

"当鬼魂们一齐欢呼时，人类的整饬地狱使者已临地狱，坐在中央，用人类的威严，叱咤一切鬼众。

---

① 鲁迅在写作本篇一个多月后，在《集外集·杂语》中概括辛亥革命后军阀混战给人们带来的深重灾难时说："称为神的和称为魔的战斗了，并非争夺天国，而在要得地狱的统治权。所以无论谁胜，地狱至今也还是照样的地狱。"

② 剑树：佛教语。地狱中的酷刑之一，不断受利剑的斩截之苦。

"当鬼魂们又发出一声反狱的绝叫时，即已成为人类的叛徒，得到永劫沉沦的罚，迁入剑树林的中央。

"人类于是完全掌握了主宰地狱的大威权，那威棱且在魔鬼以上。人类于是整顿废弛，先给牛首阿旁以最高的俸草；而且，添薪加火，磨砺刀山，使地狱全体改观，一洗先前颓废的气象。

"曼陀罗花立即焦枯了。油一样沸；刀一样铦①；火一样热；鬼众一样呻吟，一样宛转，至于都不暇记起失掉的好地狱。

"这是人类的成功，是鬼魂的不幸……

"朋友，你在猜疑我了。是的，你是人！我且去寻野兽和恶鬼……"

一九二五年六月十六日。

【评析 《失掉的好地狱》是现代文学家鲁迅于 1925 年创作的一首散文诗。此文通过描写地狱的统治权经神、魔、人的几次更迭的悲惨故事，生动形象地向人们暗示：在半封建半殖民地的旧中国，统治阶级争夺统治权的把戏层出不穷，打着漂亮旗号的军阀们不断出现。他们的上台下野，你来我去，决不会改变地狱的性质，而是更残酷的统治。因此，受压迫的人民决不能对挂着新招牌的军阀统治者抱任何幻想，必须识破他们的假面，认清他们的本质，深刻地揭露了军阀混战的实质。全文文辞犀利，讽刺性强。】

墓碣文

我梦见自己正和墓碣对立，读着上面的刻辞。那墓碣似是沙石所制，剥落很多，又有苔藓丛生，仅存有限的文句——

……于浩歌狂热之际中寒；于天上看见深渊。于一切眼中看见无所有；于无所希望中得救……

---

① 铦（xiān）：锋利。

……有一游魂，化为长蛇，口有毒牙。不以啮人，自啮其身，终以殒颠……

……离开！……

我绕到碣后，才见孤坟，上无草木，且已颓坏。即从大阙口中，窥见死尸，胸腹俱破，中无心肝。而脸上却绝不显哀乐之状，但蒙蒙如烟然。

我在疑惧中不及回身，然而已看见墓碣阴面的残存的文句——

……抉心自食，欲知本味。创痛酷烈，本味何能知？……

……痛定之后，徐徐食之。然其心已陈旧，本味又何由知？……

……答我。否则，离开！……

我就要离开。而死尸已在坟中坐起，口唇不动，然而说——"待我成尘时，你将见我的微笑！"

我疾走，不敢反顾，生怕看见他的追随。

一九二五年六月十七日。

【评析：《墓碣文》可谓《野草》中最难解的诗篇之一，然而，却又是无法绕过的诗篇，甚至可以这么说，《墓碣文》代表了鲁迅作品所抵达的哲学深度，它探索了人类存在的本质与悖论，其所遭遇的困境，决不仅仅只属于鲁迅个人及他所处的时代。】

颓败线的颤动

我梦见自己在做梦。自身不知所在，眼前却有一间在深夜中禁闭的小屋的内部，但也看见屋上瓦松的茂密的森林。

板桌上的灯罩是新拭的，照得屋子里分外明亮。在光明中，在破榻上，在初不相识的披毛的强悍的肉块底下，有瘦弱渺小的身躯，为饥饿、苦痛、惊异、羞辱、欢欣而颤动。弛缓，然而尚且丰腴的皮肤光润了；青白的两颊泛出轻红，如铅上涂了胭脂水。

灯火也因惊惧而缩小了，东方已经发白。

然而空中还弥漫地摇动着饥饿、苦痛、惊异、羞辱、欢欣的波涛……

“妈！”约略两岁的女孩被门的开阖声惊醒，在草席围着的屋角的地上叫起来了。

“还早哩，再睡一会罢！”她惊惶地说。

“妈！我饿，肚子痛。我们今天能有什么吃的？”

“我们今天有吃的了。等一会有卖烧饼的来，妈就买给你。”她欣慰地更加紧捏着掌中的小银片，低微的声音悲凉地发抖，走近屋角去一看她的女儿，移开草席，抱起来放在破榻上。

“还早哩，再睡一会罢。”她说着，同时抬起眼睛，无可告诉地一看破旧的屋顶以上的天空。

空中突然另起了一个很大的波涛，和先前的相撞击，回旋而成旋涡，将一切并我尽行淹没，口鼻都不能呼吸。

我呻吟着醒来，窗外满是如银的月色，离天明还很辽远似的。

我自身不知所在，眼前却有一间在深夜中禁闭的小屋的内部，我自己知道是在续着残梦。可是梦的年代隔了许多年了。屋的内外已经这样整齐；里面是青年的夫妻，一群小孩子，都怨恨鄙夷地对着一个垂老的女人。

“我们没有脸见人，就只因为你，”男人气忿地说，“你还以为养大了她，其实正是害苦了她，倒不如小时候饿死的好！”

“使我委屈一世的就是你！”女的说。

“还要带累了我！”男的说。

“还要带累他们哩！”女的说，指着孩子们。

最小的一个正玩着一片干芦叶，这时便向空中一挥，仿佛一柄钢刀，大声说道：

“杀！”

32

那垂老的女人口角正在痉挛，登时一怔，接着便都平静，不多时候，她冷静地，骨立的石像似的站起来了。她开开板门，迈步在深夜中走出，遗弃了背后一切的冷骂和毒笑。

她在深夜中尽走，一直走到无边的荒野；四面都是荒野，头上只有高天，并无一个虫鸟飞过。她赤身露体地，石像似的站在荒野的中央，于一刹那间照见过往的一切：饥饿、苦痛、惊异、羞辱、欢欣，于是发抖；害苦、委屈、带累，于是痉挛；杀，于是平静……又于一刹那间将一切并合：眷念与决绝，爱抚与复仇，养育与歼除，祝福与咒诅……她于是举两手尽量向天，口唇间漏出人与兽的，非人间所有，所以无词的言语。

当她说出无词的言语时，她那伟大如石像，然而已经荒废的，颓败的身躯的全面都颤动了。这颤动点点如鱼鳞，每一鳞都起伏如沸水在烈火上；空中也即刻一同振颤，仿佛暴风雨中的荒海的波涛。

她于是抬起眼睛向着天空，并无词的言语也沉默尽绝，惟有颤动，辐射若太阳光，使空中的波涛立刻回旋，如遭飓风，汹涌奔腾于无边的荒野。

我梦魇了，自己却知道是因为将手搁在胸脯上了的缘故；我梦中还用尽平生之力，要将这十分沉重的手移开。

一九二五年六月二十九日。

【评析：《颓败线的颤动》是现代文学家鲁迅于 1925 年创作的一首散文诗。这篇散文诗采用小说体的方式，通过描写一个“垂老的女人”凄苦的一生，表达了作者鲁迅对妇女悲惨命运的深厚同情和对妇女解放的热烈渴望。全文文辞凝练，内涵深刻。

作者鲁迅热心用自己的心血和生命，培养青年一代作家，想多造就一些对于社会不平的新反抗者。但是，这些人中间，有的等他们成长为自立者并有了一定的名气之后，就由于某一些原因，反过来讥讽、嘲骂、攻击起作者鲁迅来，故作者鲁迅作此文以表达自己痛苦的感情。】

立　论

我梦见自己正在小学校的讲堂上预备作文，向老师请教立论的方法。

"难!"老师从眼镜圈外斜射出眼光来，看着我，说。"我告诉你一件事——

"一家人家生了一个男孩，合家高兴透顶了。满月的时候，抱出来给客人看，大概自然是想得一点好兆头。

"一个说：'这孩子将来要发财的。'他于是得到一番感谢。

"一个说：'这孩子将来要做官的。'他于是收回几句恭维。

"一个说：'这孩子将来是要死的。'他于是得到一顿大家合力的痛打。

"说要死的必然，说富贵的许谎。但说谎的得好报，说必然的遭打。你……"

"我愿意既不谎人，也不遭打。那么，老师，我得怎么说呢?"

"那么，你得说：'啊呀! 这孩子呵! 您瞧! 多么……阿唷! 哈哈! Hehe! He, hehehehe!'"

一九二五年七月八日。

【评析：《立论》是现代文学家鲁迅于 1925 年创作的一首散文诗。这首诗作者通过梦中老师所讲的一个故事和老师对于学生问题的回答，深刻地揭示了中国文化中的欺瞒胆怯、明哲保身、圆滑世故等劣根性，并挖掘出背后的根本原因是来自中国的思想教育；表达了作者对怯弱而又奸猾的中庸主义哲学的深恶痛绝。】

死　后

我梦见自己死在道路上。

这是那里，我怎么到这里来，怎么死的，这些事我全不明白。

总之，待到我自己知道已经死掉的时候，就已经死在那里了。

听到几声喜鹊叫，接着是一阵乌老鸦。空气很清爽，——虽然也带些土气息，——大约正当黎明时候罢。我想睁开眼睛来，他却丝毫也不动，简直不像是我的眼睛；于是想抬手，也一样。

恐怖的利镞忽然穿透我的心了。在我生存时，曾经玩笑地设想：假使一个人的死亡，只是运动神经的废灭，而知觉还在，那就比全死了更可怕。谁知道我的预想竟的中了，我自己就在证实这预想。

听到脚步声，走路的罢。一辆独轮车从我的头边推过，大约是重载的，轧轧地叫得人心烦，还有些牙齿齼①。很觉得满眼绯红，一定是太阳上来了。那么，我的脸是朝东的。但那都没有什么关系。切切嚓嚓的人声，看热闹的。他们踹起黄土来，飞进我的鼻孔，使我想打喷嚏了，但终于没有打，仅有想打的心。

陆陆续续地又是脚步声，都到近旁就停下，还有更多的低语声：看的人多起来了。我忽然很想听听他们的议论。但同时想，我生存时说的什么批评不值一笑的话，大概是违心之论罢：才死，就露了破绽了。然而还是听；然而毕竟得不到结论，归纳起来不过是这样——

"死了？……"

"嗡。——这……"

"哼！……"

"啧……唉！……"

我十分高兴，因为始终没有听到一个熟识的声音。否则，或者害得他们伤心；或则要使他们快意；或则要使他们添些饭后闲谈的材料，多破费宝贵的工夫；这都会使我很抱歉。现在谁也看不见，就是谁也不受影响。好了，总算对得起人了！

但是，大约是一个马蚁，在我的脊梁上爬着，痒痒的。我一点也不能动，已经没有除去他的能力了；倘在平时，只将身子一扭，就能使他退避。而且，大腿上又爬着一个哩！你们是做什么的？

---

① 齼（chǔ）：指牙齿接触酸味时的感觉。

虫豸！

事情可更坏了：嗡的一声，就有一个青蝇停在我的颧骨上，走了几步，又一飞，开口便舐我的鼻尖。我懊恼地想：足下，我不是什么伟人，你无须到我身上来寻做论的材料……但是不能说出来。他却从鼻尖跑下，又用冷舌头来舐我的嘴唇了，不知道可是表示亲爱。还有几个则聚在眉毛上，跨一步，我的毛根就一摇。实在使我烦厌得不堪，——不堪之至。

忽然，一阵风，一片东西从上面盖下来，他们就一同飞开了，临走时还说——

"惜哉！……"

我愤怒得几乎昏厥过去。

木材摔在地上的钝重的声音同着地面的震动，使我忽然清醒，前额上感着芦席的条纹。但那芦席就被掀去了，又立刻感到了日光的灼热。还听得有人说——

"怎么要死在这里？……"

这声音离我很近，他正弯着腰罢。但人应该死在那里呢？我先前以为人在地上虽没有任意生存的权利，却总有任意死掉的权利的。现在才知道并不然，也很难适合人们的公意。可惜我久没了纸笔；即有也不能写，而且即使写了也没有地方发表了。只好就这样地抛开。

有人来抬我，也不知道是谁。听到刀鞘声，还有巡警在这里罢，在我所不应该"死在这里"的这里。我被翻了几个转身，便觉得向上一举，又往下一沉；又听得盖了盖，钉着钉。但是，奇怪，只钉了两个。难道这里的棺材钉，是只钉两个的么？

我想：这回是六面碰壁，外加钉子。真是完全失败，呜呼哀哉了！……

"气闷！……"我又想。

然而我其实却比先前已经宁静得多，虽然知不清埋了没有。在手背上触到草席的条纹，觉得这尸衾倒也不恶。只不知道是谁给我化钱的，可惜！但是，可恶，收敛的小子们！我背后的小衫的一角皱起来了，他们并不给我拉平，现在抵得我很难受。你们

以为死人无知，做事就这样地草率么？哈哈！

我的身体似乎比活的时候要重得多，所以压着衣皱便格外的不舒服。但我想，不久就可以习惯的；或者就要腐烂，不至于再有什么大麻烦。此刻还不如静静地静着想。

"您好？您死了么？"

是一个颇为耳熟的声音。睁眼看时，却是勃古斋旧书铺的跑外的小伙计。不见约有二十多年了，倒还是那一副老样子。我又看看六面的壁，委实太毛糙，简直毫没有加过一点修刮，锯绒还是毛氄氄的。

"那不碍事，那不要紧。"他说，一面打开暗蓝色布的包裹来，"这是明板《公羊传》，嘉靖黑口本，给您送来了。您留下他罢。这是……"

"你！"我诧异地看定他的眼睛，说，"你莫非真正胡涂了？你看我这模样，还要看什么明板？……"

"那可以看，那不碍事。"

我即刻闭上眼睛，因为对他很烦厌。停了一会，没有声息，他大约走了。但是似乎一个马蚁又在脖子上爬起来，终于爬到脸上，只绕着眼眶转圈子。

万不料人的思想，是死掉之后也还会变化的。忽而，有一种力将我的心的平安冲破；同时，许多梦也都做在眼前了。几个朋友祝我安乐，几个仇敌祝我灭亡。我却总是既不安乐，也不灭亡地不上不下地生活下来，都不能副任何一面的期望。现在又影一般死掉了，连仇敌也不使知道，不肯赠给他们一点惠而不费的欢欣……

我觉得在快意中要哭出来。这大概是我死后第一次的哭。

然而终于也没有眼泪流下；只看见眼前仿佛有火花一闪，我于是坐了起来。

一九二五年七月十二日。

【评析：鲁迅的《死后》不仅是一篇杰出的文艺作品，还是对灵魂是否存在的探索，他不愧是一个懂医学的文学家。经过查阅大量相关资料，迄今为止，无论是科学验证、复活者的真实历险和回忆，还是文人的猜想，在关于人死后的意识或灵魂问题上，还没有超出这篇文章探索水平的更大发现。因此，这篇文章的主要价值在于科学性、思想性、文艺性兼具。可见，鲁迅对死亡问题的思考十分领先（后附遗嘱）。死亡，是他唯一无法回避和无法战胜的敌人，作为一个彻底的无神论者，也许只能以智慧上的探索尝试，才能得到死亡无奈的某种解脱吧。】

这样的战士①

要有这样的一种战士——

已不是蒙昧如非洲土人而背着雪亮的毛瑟枪的；也并不疲惫如中国绿营兵而却佩着盒子炮。他毫无乞灵于牛皮和废铁的甲胄；他只有自己，但拿着蛮人所用的，脱手一掷的投枪。

他走进无物之阵，所遇见的都对他一式点头。他知道这点头就是敌人的武器，是杀人不见血的武器，许多战士都在此灭亡，正如炮弹一般，使猛士无所用其力。

那些头上有各种旗帜，绣出各样好名称：慈善家、学者、文士、长者、青年、雅人、君子……头下有各样外套，绣出各式好花样：学问、道德、国粹、民意、逻辑、公义、东方文明……

但他举起了投枪。

他们都同声立了誓来讲说，他们的心都在胸膛的中央，和别的偏心的人类两样。他们都在胸前放着护心镜，就为自己也深信心在胸膛中央的事作证。

但他举起了投枪。

他微笑，偏侧一掷，却正中了他们的心窝。

---

① 鲁迅在《〈野草〉英文译本序》里说："《这样的战士》，是有感于文人学士们帮助军阀而作。"

一切都颓然倒地；——然而只有一件外套，其中无物。无物之物已经脱走，得了胜利，因为他这时成了戕害慈善家等类的罪人。

　　但他举起了投枪。

　　他在无物之阵中大踏步走，再见一式的点头，各种的旗帜，备样的外套……

　　但他举起了投枪。

　　他终于在无物之阵中老衰，寿终。他终于不是战士，但无物之物则是胜者。

　　在这样的境地里，谁也不闻战叫：太平。

　　太平……

　　但他举起了投枪！

一九二五年十二月十四日。

　　【评析：《这样的战士》写于一九二五年十二月十四日。鲁迅说，它"是有感于文人学士们帮助军阀而作"。期间，"五四"运动已经退潮，新文化阵营已发生分化，在北洋军阀统治下的北京，封建复古势力异常猖獗。但人民大众反帝反封建的斗争并未停止，在中国共产党领导下，各地工农运动蓬勃兴起，第一次国内革命战争正在南方酝酿形成。北洋军阀为维护其摇摇欲坠的反动统治，用暴力镇压革命人民，更使一些人，在意识形态方面对抗一切进步和革新，妄图引诱青年脱离革命斗争。

　　对此，鲁迅写了《未有天才之前》、《导师》、《一点比喻》等文章进行反击。而后围绕女师大事件又写下了《"碰壁"之后》、《我的"籍"和"系"》和三则《并非闲话》等文章。

　　作为这一系列斗争的经验总结，鲁迅以散文诗的形式写了这篇《这样的战士》；通过战士的形象，生动地表现了在反帝反封建的民主革命中，必须具有清醒的不为敌人任何阴谋诡计欺蒙的韧性精神。鲁迅刻划"这样的战士"的形象，也是号召革命青年必须具有这种韧性精神，做个坚强的反帝反封建的战士。】

聪明人和傻子和奴才

奴才总不过是寻人诉苦。只要这样，也只能这样。有一日，他遇到一个聪明人。

"先生！"他悲哀地说，眼泪联成一线，就从眼角上直流下来。"你知道的。我所过的简直不是人的生活。吃的是一天未必有一餐，这一餐又不过是高粱皮，连猪狗都不要吃的，尚且只有一小碗……"

"这实在令人同情。"聪明人也惨然说。

"可不是么！"他高兴了。"可是做工是昼夜无休息的：清早担水晚烧饭，上午跑街夜磨面，晴洗衣裳雨张伞，冬烧汽炉夏打扇。半夜要煨银耳，侍候主人耍钱；头钱①从来没分，有时还挨皮鞭……"

"唉唉……"聪明人叹息着，眼圈有些发红，似乎要下泪。

"先生！我这样是敷衍不下去的。我总得另外想法子。可是什么法子呢？……"

"我想，你总会好起来……"

"是么？但愿如此。可是我对先生诉了冤苦，又得你的同情和慰安，已经舒坦得不少了。可见天理没有灭绝……"

但是，不几日，他又不平起来了，仍然寻人去诉苦。

"先生！"他流着眼泪说，"你知道的。我住的简直比猪窠还不如。主人并不将我当人；他对他的叭儿狗还要好到几万倍……"

"混账！"那人大叫起来，使他吃惊了。那人是一个傻子。

"先生，我住的只是一间破小屋，又湿，又阴，满是臭虫，睡下去就咬得真可以。秽气冲着鼻子，四面又没有一个窗……"

"你不会要你的主人开一个窗的么？"

"这怎么行？……"

"那么，你带我去看去！"

---

① 头钱：旧时提供赌博场所的人向参与赌博者抽取一定数额的钱，也叫"抽头"。

傻子跟奴才到他屋外，动手就砸那泥墙。

"先生！你干什么？"他大惊地说。

"我给你打开一个窗洞来。"

"这不行！主人要骂的！"

"管他呢！"他仍然砸。

"人来呀！强盗在毁咱们的屋子了！快来呀！迟一点可要打出窟窿来了！……"他哭嚷着，在地上团团地打滚。

一群奴才都出来了，将傻子赶走。

听到了喊声，慢慢地最后出来的是主人。

"有强盗要来毁咱们的屋子，我首先叫喊起来，大家一同把他赶走了。"他恭敬而得胜地说。

"你不错。"主人这样夸奖他。

这一天就来了许多慰问的人，聪明人也在内。

"先生。这回因为我有功，主人夸奖了我了。你先前说我总会好起来，实在是有先见之明……"他大有希望似的高兴地说。

"可不是么……"聪明人也代为高兴似的回答他。

一九二五年十二月二十六日。

【评析：《聪明人和傻子和奴才》是一篇近似寓言故事的散文诗，鲁迅采用对比的手法，描写了三种人物对待黑暗现实和奴隶悲惨生活的不同的态度。

一是"奴才"，他身受主人残酷的剥削压迫，但他丝毫不想反抗主人的压迫以改善自身的处境，只是逢人便流泪诉苦，满足于虚伪廉价的同情和空洞浅薄的安慰。当真有人以实际行动帮助反抗主人压迫时，他竟大喊打"强盗"，纠合其他奴才将其赶走，得意扬扬地向主人邀功请赏。

二是"聪明人"，他倾听奴才的诉苦，尽力作出悲悯和同情的样子。但他没有给奴才任何实际的帮助。

三是"傻子"，他为奴才的悲惨生活和主人的残酷而愤愤不平，替奴才将黑暗阴湿的屋子开窗。即使奴才威胁他这样干"主人要骂的"也毫不退缩。结果奴才受到主人的夸奖,聪明人得到奴才的感谢,而见义勇为的傻子却被他想帮助的奴才们赶走。

在这篇散文诗里鲁迅辛辣地剥露了聪明人的伪善和欺骗,歌颂了傻子的执着和反抗,而对奴才的驯服和麻木给予了无情的嘲讽和鞭挞。文章以生动凝练的笔调,寓深刻的哲理于具体的形象描绘中,寄寓了作者的爱憎感情和美丑观念,至今仍给我们很大的启迪。】

腊 叶

灯下看《雁门集》,忽然翻出一片压干的枫叶来。

这使我记起去年的深秋。繁霜夜降,木叶多半凋零,庭前的一株小小的枫树也变成红色了。我曾绕树徘徊,细看叶片的颜色,当他青葱的时候是从没有这么注意的。他也并非全树通红,最多的是浅绛,有几片则在绯红地上,还带着几团浓绿。一片独有一点蛀孔,镶着乌黑的花边,在红、黄和绿的斑驳中,明眸似的向人凝视。我自念:这是病叶呵!便将他摘了下来,夹在刚才买到的《雁门集》里。大概是愿使这将坠的被蚀而斑斓的颜色,暂得保存,不即与群叶一同飘散罢。

但今夜他却黄蜡似的躺在我的眼前,那眸子也不复似去年一般灼灼。假使再过几年,旧时的颜色在我记忆中消去,怕连我也不知道他何以夹在书里面的原因了。将坠的病叶的斑斓,似乎也只能在极短时中相对,更何况是葱郁的呢。看看窗外,很能耐寒的树木也早经秃尽了;枫树更何消说得。当深秋时,想来也许有和这去年的模样相似的病叶的罢,但可惜我今年竟没有赏玩秋树的余闲。

一九二五年十二月二十六日。

【评析:《野草》这本充满奇特想象的散文诗集中也有一两篇优美的抒情文字,这一篇《腊叶》,含着淡淡的柔情,犹如为鲁迅那孤独的灵魂找到一丝慰藉。

鲁迅说:"《腊叶》,是为爱我者的想要保存我而作的。"主要写给当时已与他有了感情,后来成为他的妻子的许广平。鲁迅曾对孙伏园说过这意思:"许公很鼓励我,希望我努力工作,不要松懈,不要怠忽。"许广平也说过:"不过事实的压迫真使先生痛愤成疾了。不眠不食之外,长时期纵酒。经医生诊看之后,也开不出好药方,要他先禁烟、禁酒。那时有一位住在他家里的同乡,和我商量一同去劝他,用了一整夜反复申辩的功夫,总算意思转过来了,答应照医生的话,好好地把病医好。"

鲁迅这篇文章的写法是奇特的,如果我们不知道以上的事实,谁能领会其意呢? 他以"爱我者"的口吻说话,把自己比作那片枫叶——他称之为"腊叶",因为那是陈旧的、干枯的。主人因同情保存了它,因为它有病。】

淡淡的血痕中①

——记念几个死者和生者和未生者

目前的造物主,还是一个怯弱者。

他暗暗地使天变地异,却不敢毁灭一个这地球;暗暗地使生物衰亡,却不敢长存一切尸体;暗暗地使人类流血,却不敢使血色永远鲜秾;暗暗地使人类受苦,却不敢使人类永远记得。

他专为他的同类——人类中的怯弱者——设想,用废墟荒坟来衬托华屋,用时光来冲淡苦痛和血痕;日日斟出一杯微甘的苦酒,不太少,不太多,以能微醉为度,递给人间,使饮者可以哭,可以歌,也如醒,也如醉,若有知,若无知,也欲死,也欲生。他必须使一切也欲生;他还没有灭尽人类的勇气。

几片废墟和几个荒坟散在地上,映以淡淡的血痕,人们都在其

_____

① 鲁迅在《〈野草〉英文译本序》中说:"段祺瑞政府枪击徒手民众后,作《淡淡的血痕中》"。

44

间咀嚼着人我的渺茫的悲苦。但是不肯吐弃，以为究竟胜于空虚，各各自称为"天之僇民"①，以作咀嚼着人我的渺茫的悲苦的辩解，而且悚息着静待新的悲苦的到来。新的，这就使他们恐惧，而又渴欲相遇。

这都是造物主的良民。他就需要这样。

叛逆的猛士出于人间；他屹立着，洞见一切已改和现有的废墟和荒坟，记得一切深广和久远的苦痛，正视一切重叠淤积的凝血，深知一切已死，方生，将生和未生。他看透了造化的把戏；他将要起来使人类苏生，或者使人类灭尽，这些造物主的良民们。

造物主，怯弱者，羞惭了，于是伏藏。天地在猛士的眼中于是变色。

一九二六年四月八日。

【评析：《淡淡的血痕中》是现代文学家鲁迅于 1926 年创作的一首散文诗。这首诗通过明写"造物主"的行为，暗指段祺瑞军阀政府的丑恶形象，揭露了军阀色厉内荏的本质，表达了作者对军阀暴行的愤怒谴责，对牺牲战士的深沉哀悼。

这篇散文诗第一个艺术特色是运用形象的对比，抒发强烈的爱憎感情，揭示深刻的思想内容。作者首先集中笔力描写造物主的凶残、怯弱和虚伪，和人类中的怯弱者的麻木、善忘和苟且偷生，然后刻画叛逆的猛士的清醒、坚毅和无畏。抓住了形象的本质特征，使它们形成鲜明的对比，呈现出难忘的印象和巨大的感染。

另一个艺术特色是语言形象精炼，特别是排比句的运用。如第二小段全用排句，对"造物主"既凶残又怯弱的本质的揭露，一气呵成。一连串排比句，一层层地撕下军阀统治者凶神恶煞的假象，把它色厉内荏的特征表现得淋漓尽致。描写叛逆猛士的出现，也用了排句，气势磅礴，感情充沛，表现深刻，艺术感染力强，排句的反复运用，增加了散文诗的音乐感，具有浓郁的诗味。】

---

① "天之僇民"：同"天之戮民"，指受天惩罚的人；罪人。

一　觉①

　　飞机负了掷下炸弹的使命，像学校的上课似的，每日上午在北京城上飞行。每听得机件搏击空气的声音，我常觉到一种轻微的紧张，宛然目睹了"死"的袭来，但同时也深切地感着"生"的存在。

　　隐约听到一二爆发声以后，飞机嗡嗡地叫着，冉冉地飞去了。也许有人死伤了罢，然而天下却似乎更显得太平。窗外的白杨的嫩叶，在日光下发乌金光；榆叶梅也比昨日开得更烂漫。收拾了散乱满床的日报，拂去昨夜聚在书桌上的苍白的微尘，我的四方的小书斋，今日也依然是所谓"窗明几净"。

　　因为或一种原因，我开手编校那历来积压在我这里的青年作者的文稿了；我要全都给一个清理。我照作品的年月看下去，这些不肯涂脂抹粉的青年们的魂灵便依次屹立在我眼前。他们是绰约的，是纯真的，——呵，然而他们苦恼了，呻吟了，愤怒了，而且终于粗暴了，我的可爱的青年们！

　　魂灵被风沙打击得粗暴，因为这是人的魂灵，我爱这样的魂灵；我愿意在无形无色的鲜血淋漓的粗暴上接吻。漂渺的名园中，奇花盛开着，红颜的静女正在超然无事地逍遥，鹤唳一声，白云郁然而起……这自然使人神往的罢，然而我总记得我活在人间。

　　我忽然记起一件事：两三年前，我在北京大学的教员预备室里，看见进来一个并不熟识的青年，默默地给我一包书，便出去了，打开看时，是一本《浅草》。就在这默默中，使我懂得了许多话。阿，这赠品是多么丰饶呵！可惜那《浅草》不再出版了，似乎只成了《沉钟》的前身。那《沉钟》就在这风沙澒洞②中，深深地在人海的

---

　　①　鲁迅在《〈野草〉英文译本序》中说："奉天派和直隶派军阀战争的时候，作《一觉》"。
　　②　澒（hòng）洞：绵延，弥漫。

底里寂寞地鸣动。

野蓟经了几乎致命的摧折，还要开一朵小花，我记得托尔斯泰曾受了很大的感动，因此写出一篇小说来。但是，草木在旱干的沙漠中间，拼命伸长他的根，吸取深地中的水泉，来造成碧绿的林莽，自然是为了自己的"生"的，然而使疲劳枯渴的旅人，一见就怡然觉得遇到了暂时息肩之所，这是如何的可以感激，而且可以悲哀的事!?

《沉钟》的《无题》——代启事——说："有人说：我们的社会是一片沙漠。——如果当真是一片沙漠，这虽然荒漠一点也还静肃；虽然寂寞一点也还会使你感觉苍茫。何至于像这样的混沌，这样的阴沉，而且这样的离奇变幻!"

是的，青年的魂灵屹立在我眼前，他们已经粗暴了，或者将要粗暴了，然而我爱这些流血和隐痛的魂灵，因为他使我觉得是在人间，是在人间活着。

在编校中夕阳居然西下，灯火给我接续的光。各样的青春在眼前一一驰去了，身外但有昏黄环绕。我疲劳着，捏着纸烟，在无名的思想中静静地合了眼睛，看见很长的梦。忽而惊觉，身外也还是环绕着昏黄；烟篆在不动的空气中上升，如几片小小夏云，徐徐幻出难以指名的形象。

一九二六年四月十日。

【评析：《一觉》是鲁迅散文诗集《野草》中的最后一篇。作于1926年4月10日。这时，冯玉祥的国民军与奉系的张作霖、李景林的军阀之间火并的直奉战争，正逼近北京。奉军的飞机"象学校上课似的"，几乎每天来光临北京的上空，并向城内多次投弹。就是在这样的背景下鲁迅写成《一觉》。这首诗通过记录"三一八"惨案以后青年的叛逆，激起了作者内心的情感，青年一代的觉醒引发作者内心的欣然，表达了作者对青年烈士逝去的青春的哀悼，对觉醒奋起的青年一代继续战斗的歌颂。】

【评析：鲁迅的散文诗集《野草》凝聚着他在"五四"新文化运动退潮以后思想上处于彷徨时期对人生、对人的存在价值、对中国文化的特征和社会发展的深沉思考。在鲁迅生命最痛苦的时候，五四运动高潮后的回落、"新青年"阵营的裂变、统治阶层的专横和欺压……一系列社会的矛盾让鲁迅陷入消沉抑郁的海洋、感受心灵苦闷的煎熬。黯淡的情绪和痛苦的情愫孕育了《野草》的诞生。这部作品是鲁迅以其独特的个性和方式同痛苦作"绝望的抗战"而催生的小花，是他灵魂深处流淌出来的心泉所化成的艺术瑰宝，是一部"心灵斗争的记录"。鲁迅以他不可模仿的艺术才华，将自己微妙的感觉、情绪，难以言传的心理、意识，复杂万端的心态与情感，愤激与焦躁，感伤和痛苦，苦闷与彷徨，探索与追求，溶入这丛野草之中，从而把内心的痛苦转入《野草》，这是他建立在精神死亡之海上的墓志铭。他的一生就是这样以绍兴人那一碗黄酒垫底的生命底气，以来自尼采权力意志哲学的那一派野力，绝望、反抗绝望、坚持绝望。这种绝望的坚持尤其坚忍。殷海光先生曾说，鲁迅既感觉到了生命的虚无，又要在为虚无的压迫下致力于求索一个民族，一个文明的新生之路。这是一个极大的悖论。更痛苦的是鲁迅在求索民族新生之路上又是这样四处碰壁。这样的鲁迅我们可以把他描写成一位举着盾牌的战士，盾牌的后方是生命的虚无，盾牌的前方是出路的虚无。战士要搏击的是双向的虚无。这种斗争就尤其惨烈。这样的鲁迅才是一个够味的鲁迅。这样的鲁迅才配称中国在二十世纪的精神高峰。

鲁迅毫不讳言现实在他看来乃是实有的黑暗与虚无，却又认为，不是没有可能从反抗中得救。他一面揭示生存的荒诞与生命的幽暗，一面依然抱着充沛的人文主义激情，这是他高出许多存在主义者的地方。他说，他的哲学都包括在《野草》里面。《野草》的低沉阴郁、桀骜不驯，体现出彷徨于传统与现代之间的作者孤愤苍凉的心情，是作者真实的灵魂袒露；是追寻生命意义却感到死亡的悲怆时的焦虑；是独自与黑暗搏斗的直面真相的勇气，是在无路之处走出路来的反抗绝望的生命哲学。

哲理性，即思与诗的结合，是《野草》的一大特点。它通过大量的象征，画面切割，即时场景的设置去表现，也有直接诉之于一种箴言式的话语的。而象征，又往往经由梦境的创造进行。《野草》二十三篇中有九篇写到梦境，好梦如《好的故事》，有噩梦如《墓碣文》，作者一面沉浸其中，一面又极力摆脱。我们都生活在弗洛伊德说的露出海面的冰山之上，作者则经常潜入海底，明显地比我们多出一个世界，多出另一层冲突。读者可以在梦幻中思考它精确而又众多的歧义，摸索它同现实的对应性联系，探测作者的灵魂的深度。

《野草》的语言风格也很有特色。激越、明快、泼辣、温润，它都具有；但是更多的是深沉悲抑，迂回曲折，神秘幽深。作者表现的主要是一种悲剧性情绪，它源自生命深处，许多奇幻的想象，其实都是由此派生而来，因此，最富含热情的语言也都留有寒冷的气息，恰如冰的火，火的冰。《死火》中描写死火："一切青白冰上，却有红影无数，纤结如珊瑚网，"《野草》的语言，正是那青白背景上的无数张开而又纠结在一起的红艳的珊瑚枝。

作为一部灵魂之书，《野草》开辟的境界，在中国的精神史和文学史上，堪称"前无古人，后无来者"。散文诗《野草》被许多评论者认为是中国 20 世纪文学的巅峰之作。】

集外集

斯巴达之魂

　　西历纪元前四百八十年，波斯王泽耳士大举侵希腊。斯巴达王黎河尼佗将市民三百，同盟军数千，扼温泉门（德尔摩比勒）。敌由间道至。斯巴达将士殊死战，全军歼焉。兵气萧森，鬼雄昼啸，迨浦累皆之役，大仇斯复，迄今读史，犹懔懔有生气也。我今掇其逸事，贻我青年。呜呼！世有不甘自下于巾帼之男子乎？必有掷笔而起者矣。译者无文，不足模拟其万一。噫，吾辱读者，吾辱斯巴达之魂！

　　依格那海上之曙色，潜入摩利逊之湾，衣驮第一峰之宿云，亦冉冉呈雾色。湾山之间，温泉门石垒之后，大无畏大无敌之希腊军，置黎河尼佗王麾下之七千希腊同盟军，露刃枕戈，以待天曙。而孰知波斯军数万，已乘深夜，得间道，拂晓而达衣驮山之绝顶。趁朝暾之瑟然，偷守兵之微睡。如长蛇赴壑，蜿蜒以逾峰后。

　　旭日最初之光线，今也闪闪射垒角，照此淋漓欲滴之碧血，其语人以昨日战争之烈兮。垒外死士之残甲累累成阜，上刻波斯文"不死军"三字，其示人以昨日敌军之败绩兮。然大军三百万，夫岂惩此败北，夫岂消其锐气。噫嘻，今日血战哉！血战哉！黎河尼佗终夜防御，以待袭来。然天既曙而敌竟杳，敌幕之乌，向初日而噪，众军大惧；而果也斥候于不及防之地，赍不及防之警报至。

　　有奢刹利人曰爱飞得者，以衣驮山中峰有他间道告敌；故敌军万余，乘夜进击，败佛雪守兵，而攻我军背。

　　咄咄危哉！大事去矣！警报戟脑，全军沮丧，退军之声，嚣嚣然挟飞尘以磅礴于军中。黎河尼佗爰集同盟将校，以议去留，佥谓

50

守地既失，留亦徒然，不若退温泉门以为保护希腊将来计。黎河尼佗不复言，而徐告诸将曰，"希腊存亡，系此一战，有为保护将来计而思退者，其速去此。惟斯巴达人有'一履战地，不胜则死'之国法，今惟决死！今惟决死战！余者其留意。"

于是而胚罗蓬诸州军三千退，而访嘻斯军一千退，而螺克烈军六百退，未退者惟刹司骇人七百耳。慨然偕斯巴达武士，誓与同生死，同苦战，同名誉，以留此危极凄极壮绝之旧垒。惟西蒲斯人若干，为反复无常之本国质，而被抑留于黎河尼佗。

嗟此斯巴达军，其数仅三百；然此大无畏大无敌之三百军，彼等曾临敌而笑，结怒欲冲冠之长发，以示一瞑不视之决志。黎河尼佗王，亦于将战之时，毅然谓得"王不死则国亡"之神诫；今无所迟疑，无所犹豫，同盟军既旋，乃向亚波罗神而再拜，从斯巴达之军律，舆槥以待强敌，以待战死。

呜呼全军，惟待战死。然有三人焉，王欲生之者也，其二为王戚，一则古名祭司之裔，曰豫言者息每卡而向以神诫告王者也。息每卡故侍王侧，王窃语之，彼固有家，然彼有子，彼不欲亡国而生，誓愿殉国以死，遂侃然谢王命。其二王戚，则均弱冠矣；正抚大好头颅，屹立阵头，以待进击。而孰意王召之至，全军肃肃，谨听王言。噫二少年，今日生矣，意者其雀跃返国，聚父母亲友作再生之华筵耶！而斯巴达武士岂其然？噫，如是我闻，而王遂语，且熟视其乳毛未褪之颜。

王："卿等知将死乎？"少年甲："然，陛下。"王："何以死？"甲："不待言：战死！战死！"王："然则与卿等以最佳之战地，何如？"甲乙"臣等固所愿。"王"然则卿等持此书返国以报战状。"

异哉！王何心乎？青年愕然疑，肃肃全军，谛听谛听。而青年恍然悟，厉声答王曰，"王欲生我乎？臣以执盾至，不作寄书邮。"志决矣，示必死矣，不可夺矣。而王犹欲遣甲，而甲不奉诏；欲遣乙，而乙不奉诏。曰，"今日之战，即所以报国人也。"噫，不可夺矣。而王乃曰，"伟哉，斯巴达之武士！予复何言。"一青年退而谢王命之辱。飘飘大旗，荣光闪灼，於铄豪杰，鼓铸全军，诸君诸君，男儿死耳！

初日上，征尘起。睁目四顾，惟见如火如荼之敌军先锋队，挟三倍之势，潮鸣电掣以阵于斯巴达军后。然未挑战，未进击，盖将待第二第三队至也。斯巴达王以斯巴达军为第一队，刹司骇军次之，西蒲斯军殿；策马露刃，以速制敌。壮哉劲气亘天，圳乌退舍。未几惟闻"进击"一声，而金鼓忽大振于血碧沙晶之大战斗场里；此大无畏，大无敌之劲军，于左海右山，危不容足之峡间，与波斯军遇。呐喊格击，鲜血倒流，如鸣潮飞沫，奔腾喷薄于荒矶。不刹那顷，而敌军无数死于刃，无数落于海，无数蹂躏于后援。大将号令，指挥官叱咤，队长鞭遁者，鼓声盈耳哉。然敌军不敢迎此朱血涂附，日光斜射，愈增烺灿，而霍如旋风之白刃，大军一万，蜂涌至矣。然敌军不能撼此拥盾屹立，士气如山，若不动明王之大磐石。

然未与此战者，犹有斯巴达武士二人存也；以罹目疾故，远送之爱尔俾尼之邑。于郁郁闲居中，忽得战报。其一欲止，其一遂行。偕一仆以赴战场，登高远瞩，呐喊盈耳，踊跃三百，勇魂早浮动盘旋于战云黯淡处。然日光益烈，目不得瞬，徒促仆而问战状。

刃碎矣！镞尽矣！壮士歼矣！王战死矣！敌军猬集，欲劫王尸，而我军殊死战，咄咄……然危哉，危哉！其仆之言盖如是。嗟此壮士，热血滴沥于将盲之目，攘臂大跃，直趋战垒；其仆欲劝止，欲代死，而不可，而终不可。今也主仆连袂，大呼"我亦斯巴达武士"一声，以闯入层层乱军里。左顾王尸，右拂敌刃，而再而三；终以疲惫故，引入热血朱殷之垒后，而此最后决战之英雄队，遂向敌列战死之枕。噫，死者长已矣，而我闻其言：

汝旅人兮，我从国法而战死，其告我斯巴达之同胞。

巍巍乎温泉门之峡，地球不灭，则终存此斯巴达武士之魂；而七百刹司骇人，亦掷头颅，洒热血，以分其无量名誉。

此荣光纠纷之旁，犹记通敌卖国之奢刹利人爱飞得，降敌乞命之四百西蒲斯军。虽然，此温泉门一战而得无量光荣无量名誉之斯巴达武士间，乃亦有由爱尔俾尼目病院而生还者。

夏夜半阑，屋阴覆路，惟柝声断续，犬吠如豹而已。斯巴达府之山下，犹有未寝之家。灯光黯然，微透窗际。未几有一少妇，送老妪出，切切作离别语；旋铿然阖门，惨淡入闺里。孤灯如豆，照影成三；首若飞蓬，非无膏沐，盖将临蓐，默祝愿生刚勇强毅之丈夫子，为国民有所尽耳。时适万籁寥寂，酸风曳窗，脉脉无言，似闻叹息，忆征戍欤？梦沙场欤？噫此美少妇而女丈夫也，宁有叹息事？叹息岂斯巴达女子事？惟斯巴达女子能支配男儿，惟斯巴达女子能生男儿。此非黎河尼佗王后格尔歌与夷国女王应答之言，而添斯巴达女子以万丈荣光者乎？噫斯巴达女子宁知叹息事。

长夜未央，万籁悉死。噫，触耳膜而益明者何声欤？则有剥啄叩关者。少妇出问曰："其克力泰士君乎？请以明日至。"应曰，"否否，予生还矣！"咄咄，此何人？此何人？时斜月残灯，交映其面，则温泉门战士其夫也。

少妇惊且疑。久之久之乃言曰："何则……生还……污妾耳矣！我夫既战死，生还者非我夫，意其鬼雄欤。告母国以吉占兮，归者其鬼雄，愿归者其鬼雄。"

读者得勿疑非人情乎？然斯巴达固尔尔也。激战告终，例行国葬，烈士之毅魄，化无量微尘分子，随军歌激越间，而磅礴载刺于国民脑筋里。而国民乃大呼曰，"为国民死！为国民死！"且指送葬者一人曰，"若夫为国民死，名誉何若！荣光何若！"而不然者，则将何以当斯巴达女子之嘉名？诸君不见下第者乎？泥金不来，妇泣于室，异感而同情耳。今夫也不良，二三其死，奚能勿悲，能勿怒？而户外男子曰，"隋烈娜乎？卿勿疑。予之生还也，故有理在。"遂推户脱扃，潜入室内，少妇如怨如怒，疾诘其故。彼具告之。且曰，"前以目疾未愈，不甘徒死。设今夜而有战地也，即洒吾血耳。"

少妇曰，"君非斯巴达之武士乎？何故其然，不甘徒死，而遽生还。则彼三百人者，奚为而死？噫嘻君乎！不胜则死，忘斯巴达之国法耶？以目疾而遂忘斯巴达之国法耶？'愿汝持盾而归来，不然则乘盾而归来。'君习闻之……而目疾乃更重于斯巴达武士之荣光乎？来日之行葬式也，妾为君妻，得参其列。国民思君，友朋思君，父母妻子，无不思君。呜呼，而君乃生还矣！"

侃侃哉其言。如风霜疾来，袭击耳膜；懦夫懦夫，其勿言矣。而彼犹嗫嚅曰，"以爱卿故。"少妇怫然怒曰，"其诚言耶！夫夫妇之契，孰则不相爱者。然国以外不言爱之斯巴达武士，其爱其妻为何若？而三百人中，无一生还者何……君诚爱妾，曷不誉妾以战死者之妻。妾将娩矣，设为男子，弱也则弃之泰噶托士之谷；强也则忆温泉门之陈迹，将何以厕身于为国民死之同胞间乎？……君诚爱妾，愿君速亡，否则杀妾。呜呼，君犹佩剑，剑犹佩于君，使剑而有灵，奚不离其人？奚不为其人折？奚不断其人首？设其人知耻，奚不解剑？奚不以其剑战？奚不以其剑断敌人头？噫，斯巴达之武德其式微哉！妾辱夫矣，请伏剑于君侧。"

丈夫生矣，女子死耳。颈血上薄，其气魂魂，人或疑长夜之曙光云。惜也一应一答，一死一生，暮夜无知，伟影将灭。不知有慕隋烈娜之克力泰士者，虽遭投梭之拒，而未能忘情者也。是时也，彼乃潜行墙角以去。

初日瞳瞳，照斯巴达之郊外。旅人寒起，胥驻足于大逵。中有老人，说温泉门地形，杂以往事；昔也石垒，今也战场，絮絮不休止。噫，何为者？——则其间有立木存，上书曰：

"有捕温泉门堕落武士亚里士多德至者膺上赏。"

盖政府之令，而克力泰士所诉也。亚里士多德者，昔身受迅雷，以霁神怒之贤王，而其余烈，乃不能致一士之战死，咄咄不可解。

观者益众，聚讼器器。遥望斯巴达府，有一队少年军，鍪甲映旭日，闪闪若金蛇状。及大逵，析为二队，相背驰去，且抗声而歌曰：

"战哉！此战场伟大而庄严兮，尔何为遗尔友而生还兮？尔生还兮蒙大耻，尔母答尔兮死则止！"

老人曰，"彼等其觅亚里士多德者欤……不闻抗声之高歌乎？此二百年前之军歌也，迄今犹歌之。"

而亚里士多德则何如？史不曰：浦累皆之战乎，世界大决战之一也，波斯军三十万，拥大将漠多尼之尸，如秋风吹落叶，纵横零乱于大漠。斯巴达鬼雄三百，则凭将军柏撒纽，以敌人颈血，一洗积年之殊怨。酸风夜鸣，蓘露竞落，其窃告人生之脆者欤。初月相照，皎皎

54

残尸，马迹之间，血痕犹湿，其悲蝶尔飞神之不灵者欤。斯巴达军人，各觅其同胞至高至贵之遗骸，运于高原，将行葬式。不图累累敌尸间，有凛然僵卧者，月影朦胧，似曾相识。其一人大呼曰，"何战之烈也！噫，何不死于温泉门而死于此。"识者谁：克力泰士也。

彼已为戍兵矣，遂奔告将军柏撒纽。将军欲葬之，以询全军；而全军哗然，甚咎亚里士多德。将军乃演说于军中曰：

"然则从斯巴达军人之公言，令彼无墓。然吾见无墓者之战死，益令我感，令我喜，吾益见斯巴达武德之卓绝。夫子勖哉，不见夫杀国人媚异族之奴隶国乎，为谍为伥又奚论？而我国则宁弃不义之余生，以偿既破之国法。嗟尔诸士，彼虽无墓，彼终有斯巴达武士之魂！"

克力泰士不觉卒然呼曰，"是因其妻隋烈娜以死谏！"阵云寂寂，响渡寥天；万目如炬，齐注其面。将军柏撒纽反问曰，"其妻以死谏？"

全军咽唾，耸听其说。克力泰士欲言不言，愧恶无地；然以不忍没女丈夫之轶事也，乃述颠末。将军推案起曰，

"猗欤女丈夫……为此无墓者之妻立纪念碑则何如？"

军容益庄，惟呼欢殷殷若春雷起。

斯巴达府之北，侑洛佗士之谷，行人指一翼然倚天者走相告曰，"此隋烈娜之碑也，亦即斯巴达之国！"

（本篇最初发表于一九〇三年六月十五日
十一月八日在日本东京出版的《浙江潮》
月刊第五期、第九期，署名自树）

【评析：《斯巴达之魂》是鲁迅青年时代的作品，写的是古希腊人英勇抗击入侵者的故事。鲁迅为什么要译作这样一篇小说呢？当我们把它放到 20 世纪初叶的历史背景中去加以考察时，就会发现，它是近代中国拒俄运动的产物。鲁迅写它，是为了借斯巴达人不惜以生命保卫祖国的英勇事迹，激励中国青年奋起抗击老沙皇对中国的侵略。它试图给中国的国民性注入一种奋力抗敌的阳刚性格。

其后的《摩罗诗力说》《文化偏至论》推崇拜伦、尼采的恶魔风骨与强力意志，五四时期批判中国国民的阴柔性格，以及后期在

历史小说中通过大禹、墨子弘扬社会责任感和正义精神，都是以《斯巴达之魂》为源头，一以贯之地表现了鲁迅文学传统中刚健雄大的力之美以及硬骨头精神。】

说　钷

昔之学者曰："太阳而外，宇宙间殆无所有。"历纪以来，翕然从之；怀疑之徒，竟不可得。乃不谓忽有一不可思议之原质，自发光热，煌煌焉出现于世界，辉新世纪之曙光，破旧学者之迷梦。若能力保存说，若原子说，若物质不灭说，皆蒙极酷之袭击，跄踉倾敧，不可终日。由是而思想界大革命之风潮，得日益磅礴，未可知也！此新原质以何因缘，乃得发见？则不能不曰："X线（旧译透物电光）之赐。"

X线者，一八九五年顷，德人林达根所发明者也。其性质之奇异：若（一）贯通不透明体，（二）感写真干板，（三）与气体以导电性等。大惹学者之注意，谓X线外，当更有Y线，若Z线等者。相率覃思，冀获新质。乃果也驰运涅伏，必获报酬。翌年而法人勃克雷复有一大发见。

或曰，勃氏以厚黑纸二重，包写真干板，暴之日光，越一二日，略无感应，乃上置磷光体铀盐，欲再行实验，而天适晦，不得已姑纳机兜中，数日后检之，则不待日光，已感干板。勃氏大骇异，细测其理，知其力非借磷光，而铀之盐类，实自具一种类似X线之辐射线，爰名之曰铀线，生此种线之体曰剌伽刻伕夫体。此种物体所放射之线，则例以发见者之名名之曰勃克雷线。犹X线之亦名林达根线也。然铀线则无待器械电气之助，而自能放射，故较X线已大进步。

尔后研究益盛，学者涅伏中，均结种种Y线Z线之影。至一八九八年，休密德氏于钍之化合物中，亦发见林达根线。

同时，法国巴黎工艺化学学校教授古篱夫人，于授业时，为空气传导之装置，偶于别及不兰（奥大利产之复杂矿物）中，见有类似X线之放射线，闪闪然光甚烈。亟告其夫古篱，研究之末，知含有铋化合物，其放射性凡四千倍于铀盐。以夫人生于坡兰德故，即以坡罗尼恩名之。既发表于世，学者大感谢，法国学士会院复酬以四千法郎，古篱夫妇益奋励，日事研究，遂于别及不兰中，又得一新原质曰鉬（Ra-dium），符号为Ra。（按旧译Germanium曰鉬。然其音义于Radium尤惬，故篡取之，而Germanium则别立新名可耳。）

一八九九年，独比伦氏亦于别及不兰中得他种剌伽刻佉夫体，名曰爱客地恩。然其辐射性不及鉬。

坡罗尼恩与铋，爱客地恩与钍，鉬与钡，均有相似之性质。而其纯质，皆不可得。惟鉬则经古篱夫人辛苦经营，始得略纯粹者少许，测定分剂及光图，已确认为一新原质，其他则尚在疑似之间，或谓仅得保存其能力而已。

鉬盐类之水溶液，加以铔，或轻二硫，或铔二硫，不生沉淀。鉬硫养四或鉬炭养三，不溶解于水，其鉬绿二，则易溶于水，而不溶解于强盐酸及酒精中。利用此性，可于制铀之别及不兰残滓中，分析鉬质。然因性殊类钡，故钡恒羼杂其间，去钡之法，须先令成盐化物，溶于水中，再注酒精，即生沉淀，然终不免有钡少许，存留溶液内，反复至再，始得略纯之鉬盐。至于纯质，则迄今未能得也。且其量极稀，制铀残滓五千吨，所得鉬盐不及一启罗格兰，此三年间所取纯与不纯者合计仅五百格兰耳。而有谓世界中全量恐已尽是者，其珍贵如此。故值亦綦昂，虽含钡甚多者，每一格兰，非三十五弗不能得。至古篱氏之最纯品，以世界惟一称者，亦仅如微尘大，积二万购之，犹不可得，其放射力则强于铀盐百万倍云。

此最纯品，即鉬绿二也。昨年古篱夫人化分其绿，令成银绿二，计其量，然后算得鉬之分剂为二百二十五。

多漠尔班氏曾照以分光器，鉬之特有光图外，不复有他光图，亦为新原质之一证。鉬线虽多与X线同，而此外复有与玻璃陶器以褐色或革色，令银绿二复原，岩盐带色，染白纸，一昼夜间变黄磷为赤磷，及灭亡种子发芽力之种种性。又以色儿路多皿贮鉬盐（放射性强于铀线五千倍者），握掌中二时间，则皮肤被灼，今古篱氏伤痕历历犹未灭也。古篱氏曰："若有人入置纯鉬一密里格兰之室中，则当丧明焚身，甚或致死。"而加奈大之卢索夫氏，则谓纯鉬一格兰，足起一磅之重高及一尺。甚或有谓足击英国所有军舰，飞上英国第一高山辩那维之巅者，则维廉可洛克之言也。综观诸说，虽觉近夸，而放射力之强，亦可想见矣。尤奇者，其放射力，毫不假于外物，而自发于微小之本体中，与太阳无异。

鉕线亦若 X 线然，有贯通金属力，此外若纸木皮肉等，俱无所沮。然放射后，每为被贯通之物质所吸收，而力变弱，设以鉕线通过〇〇〇二五密里之铂箔，则强率变为其初之49%，再一次则又减为36%，二次以后，减率乃不如初之著矣。由是知鉕线决非单纯，有易被他物所吸收者，有强于贯通力者，其贯物而过也若滤分然。各放射线，析为数种，感写真干板之力强者，即贯通线也，其中复有善感眼之组织者，故虽瞑目不视，而仍见其所在。

鉕之奇性，犹不止是。有拔尔敦者，曾于暗室中，解包出鉕，忽闪闪然发青白色光，室中骤明，其纸裹亦受微光，良久不灭。是即副放射线，感写真干板之作用，亦与主放射同。盖鉕能本体发光，及与光于接近物体之二性质，宛如太阳与光于周围游星然。其能力之根源，竟不可测。

或曰勃克雷氏贮比较的纯鉕于管中，藏之衣底，六小时后，体上忽现焦灼痕，未几忽隐现于头腕间，不能指其定处。后古篱氏乃设法测其热度，法用热电柱，其一方接合点，置纯铜盐，他方接合点，置含铜盐六分一之锡盐。计算所生电流之强率，知置铜盐处之温度，高一度半。又以篷然测热器，测〇·〇八格兰之纯鉕盐所生温度，一小时凡十四加罗厘；即一格兰所放射之热，每一小时凡百加罗厘以上也。其光与热，既非出于燃烧，亦无化学的变化，不知此多量能力，以何为根？如曰本体所自发软，则昔所谓能力之原则者，不得不破。如曰由外围能力而发软，则鉕必当有利用外围能力之性，而此能力之本性，又为吾人所未及知者也。

鉕线亦有与空气以导电性之性质，设有钢板及锌板各一，联以铜丝，两板间之空气，令鉕线通过之，则铜丝即生电流，与两板各浸于稀硫酸液中无稍异。盖鉕线能令气体为衣盖（集于两极间之电解质之总名），分出荷阴阳电气之部分，故气体之作用，遂与液体电解质同。鉬线中之易被他物吸收者，此性尤著。

从克尔格司管阴极发生之恺多图线，及林达根线，及鉬线，若受强磁力之作用，则进行必偏，设与鉬线成直角之方向，有磁力作用，则鉬线即越与磁力相对之左而行；然因鉬线非单纯者，故析出屈于磁力及不屈于磁力之种种线，进路各不相同，与日光过三棱玻璃而成七色无异。鉬线中之强于贯通力者，此性尤著，且因对于磁力之作用，故鉬线之大部分，遂含有荷阴电气而飞运极迅之微粒云。

被磁力而偏之鉬线中，既含有荷阴电之微粒，则以之投射于或物体，亦当得阴电。古篱夫妇曾用封蜡绝缘之导电体，投以鉬线，而确得阴电；又以同法绝缘之铜盐，因带阴电之微粒飞去，而荷阳电。此电气之集积量，每一平方密厘每一秒时凡得 4×19^{10} 安培云。鉬线中带阴电之微粒，在强电场时，必偏其进行方向，即在一密厘有一万波的之强电场，则偏四生的许，此勃克雷氏所实证者也。

自鉬所发射微粒之速度，每秒凡 1.6×10^{10} 密厘，约当光速度之半，因此微粒之飞散，故鉬于一小时所失之能力额凡 4.4×10^{-6} 加罗厘，与前记之放出热量较，则觉甚微。又从鉬之表面一平方密厘所放射之微粒，其质量亦綦少，计每一格兰之飞散，约需十亿万年。准此，则其微粒之大，应为轻气原子三千分之一，是名电子。

电子说曰，“凡物质中，皆含原子，而原子中，复含电子，电子之于原子，犹原子之于物质也。此电子受四围之电气与磁气之感化，循环飞运，无有已时，凡诸物体，罔不如是，虽吾人类，亦由是成。然飞运迟速，则因物而异，鉬之电子，乃极速者，以过速故，有一部分，飞出体外，而光与热，自然发生，为辐射线。”然是说也，必电子自具物质构成之能，乃得秩然成理。不然，则纵调和之曰飞散极微，悠久之曰须无量载，而于物质不灭之说，则仍无救也。且创原子说者，非以是为至微极小，分割物质之达于究极者乎。电子说兴，知飞动之微点，实小于原子千分之一，乃不得不褫原子宇宙间小达极点之嘉名，以归电子，而原子说亡。

自 X 线之研究，而得鉏线；由鉏线之研究，而生电子说。由是而关于物质之观念，倏一震动，生大变象。最人涅伏，吐故纳新，败果既落，新葩欲吐，虽曰古篱夫人之伟功，而终当脱冠以谢十九世末之 X 线发见者林达根氏。

（本篇最初发表于一九○三年十月十日
《浙江潮》月刊第八期，署名自树）

【评析：《说鉏》发表于 1903 年日本《浙江潮》第八期杂志上，谈的是法国科学家居里夫人（鲁迅译为古篱夫人）在自然界发现的新物质"鉏"，这个新发现是 1898 年的事，而鲁迅写这篇文章是 1903 年，仅仅过去四、五年鲁迅就写作了《说鉏》，足以证明在当时鲁迅对世界自然科学前沿研究的关注度之高。

《说鉏》热情预告了人类对世界的认识将发生革命性的大变化，当时的鲁迅已经站在自己民族理论思维的制高点上。相对论和量子力学两大革命性理论推翻了经典物理学绝对时空观与静态物质观的基本预设，而时间终结问题的提出，是对人类有史以来曾经拥有的精神理想的重大挑战。这促使鲁迅在"五四"落潮之后，大大地偏离了五四时代所倡导所理解的近代科学精神与近代科学方法，超越五四时代所崇尚所宣示的知识图式与知识谱系，进入更深邃的精神追问和哲学质询。

中国人正与一个独特的时代相遇，面对各种"终结"说，面对"永远"的消解和形而上的消解，鲁迅思想的犀利性、前瞻性，他思维方式的独异性、悖论性以及他在"终结"与"中间物""虚无"与"实有"之间所做的抗争和所表现的智慧正凸显出当代意义。】

梦

很多的梦，趁黄昏起哄。

前梦才挤却大前梦时，后梦又赶走了前梦。

去的前梦黑如墨，在的后梦墨一般黑；

去的在的仿佛都说，"看我真好颜色。"

颜色许好，暗里不知；

而且不知道，说话的是谁？

暗里不知，身热头痛。

你来你来！明白的梦。

（本篇最初发表于一九一八年五月十五日北京
《新青年》月刊第四卷第五号，署名唐俟）

【评析：《梦》是近代文学家鲁迅于 1918 年 5 月创作的一首新诗。这首诗写的是"梦"，通过"前梦""后梦"到未来的"明白的梦"，写出当时黑暗中国的现实，写出当时先进的觉醒者的思想感情和迫切希望，写出当时外来思想进入中国时引起思想界的混乱。全诗以"梦"作为意象，既有具体的研发形式，含蓄但不是朦胧；又有理性内容，直白但不是说教。】

爱之神

一个小娃子，展开翅子在空中，

一手搭箭，一手张弓，

不知怎么一下，一箭射着前胸。

"小娃子先生，谢你胡乱栽培！

但得告诉我：我应该爱谁？"

娃子着慌，摇头说："唉！

你是还有心胸的人，竟也说这宗话。

你应该爱谁，我怎么知道。

总之我的箭是放过了！

你要是爱谁，便没命的去爱他；

你要是谁也不爱，也可以没命的去自己死掉。"

（本篇最初发表于一九一八年五月十五日
《新青年》第四卷第五号，署名唐俟）

【评析：《爱之神》是近代文学家鲁迅于 1918 年 5 月 15 日创作的一首新诗。这首诗用新颖的"洋典故"来回答醒来了的"人之子"提出的严肃的人生问题。最后一句还表示，无爱的人，不配活在这世界上，应该立刻死掉，特别是还在延续着无爱的婚姻生活的无爱的人。这首诗结构自由，先描绘，后对话；语言自由，口语化，整散结合。

就立意来看，这首诗没有落笔于卿卿我我、缠绵悱恻的爱情本身，也不是写获得爱情的幸福或失去爱情的痛苦，而是提出了"应该爱谁"的问题。"东方发白，人类向各民族要的是人"。"魔鬼手上""终有漏光的处所"。新文化运动使深受封建礼教麻醉的"人之子醒了"。而"爱"的觉醒是人性的最初觉醒，要求得到爱情，更要求解决"爱谁"的问题。这就使这首爱情诗具有更深一层的内涵。】

桃　花

春雨过了，太阳又很好，随便走到园中。

桃花开在园西，李花开在园东。

我说，"好极了！桃花红，李花白。"

（没说，桃花不及李花白。）

桃花可是生了气，满面涨作"杨妃红"。

好小子！真了得！竟能气红了面孔。

我的话可并没得罪你，你怎的便涨红了面孔！

唉！花有花道理，我不懂。

《新青年》第四卷第五号，署名唐俟）

【评析：这首诗描写春雨过后，阳光和煦的花园中，桃花艳红，李花雪白，一派春意盎然的景象。"春雨""太阳""桃花""李花"在人们日常生活中和文学作品里，往往是赞美和歌颂的对象，是自由、美好的象征。"我说，'好极了！桃花红，李花白。'"一句，表现了诗人身处黑暗势力笼罩下的旧中国，热烈向往着自由、美好的新生活。接着，诗人用风趣、诙谐的笔调写桃李争妍的自然景色："桃花可是生了气，满面涨作'杨妃红'。"更进一层地点染了浓郁春意，也寄托了诗人热爱春光、追求自由和美好的强烈感情。"杨妃红"，见《开元天宝遗事·红汗》："贵妃……每有汗出，红腻而多香，或拭之于巾帕之上，其色如桃红也"。桃红李白，自然之景。可作者似乎在责怪桃花："好小子！真了得！竟能气红了面孔"。然而，他马上又缓和了口气，自我解嘲道："唉！花有花道理。我不懂"。看来，诗人真的被旖旎春光陶醉了。

有人把这首诗理解为借描写桃花的"蛮不讲理""贵族老爷式的脾气"，来批评当时不欢迎讲真话的社会现象。我们认为这种理解是不确切的。《桃花》与前两首《梦》《爱之神》实际上是一组诗，有着憎恨黑暗、热爱光明、渴望自由的共同主题。况且，从全诗轻松、幽默的氛围来考察，实在看不出有什么厌恶桃花的意味。可能是当时十月社会主义革命的胜利及其在中国的影响和传播，使鲁迅在当时窒息沉闷的环境中敏锐感受到了一股清新的空气，因此借歌咏桃花，来抒发内心的开朗乐观。】

他们的花园

小娃子，卷螺发，

银黄面庞上还有微红，——看他意思是正要活。

走出破大门，望见邻家：

他们大花园里，有许多好花。

用尽小心机，得了一朵百合；

又白又光明，像才下的雪。

好生拿了回家，映着面庞，分外添出血色。

苍蝇绕花飞鸣，乱在一屋子里——

"偏爱这不干净花，是胡涂孩子！"

忙看百合花，却已有几点蝇矢。

看不得；舍不得。

瞪眼望天空，他更无话可说。

说不出话，想起邻家：

他们大花园里，有许多好花。

（本篇最初发表于一九一八年七月十五日
《新青年》第五卷第一号，署名唐俟）

【评析：这是一首富有象征意味的诗。表面看来，它在讲述一个日常生活中非常平凡的家庭小故事：一个小孩十分羡慕邻居家的花园，因为那里面有许多好花，他用尽心机得了一朵又白又光明的百合带回家中。可是，不仅满屋乱飞的苍蝇在花上拉了矢，而且他因此受到了大人的斥责。孩子无话可说，他又想起了邻居家有着许多好花的大花园。事实上，鲁迅在这首诗中深刻揭露了封建黑暗势力对新思想的玷污和破坏，反映了当时的有志之士和爱国青年渴望民主、科学的迫切心情。

辛亥革命失败后，中国半封建半殖民地的性质没有改变，仍然处在一潭死水般的悲惨境地之中。当时新生的一代，纷纷把目光投向域外，企图向外国寻求真理，用西方的政治思想、科学技术来改变中国旧的那一套。但是，任何新东西一传到中国，就像"落在黑色的染缸里似的，无不失了颜色"。真理的新声一到中国便被封建毒素玷污了。诗中那朵从邻家大花园中得来的"又白又光明"的百合，一拿回家便玷污上了"几点蝇矢"，就是形象地说明这个意思。不仅如此，顽固的封建势力视而不见自己"屋子"里的"苍蝇"，反而训斥信奉新思想的人"糊涂""偏爱这不干净花"，这又是多么恶毒的污蔑和攻击！

诗人的心情是沉重的，这是何等黑暗的现实！他写小娃子看着被蝇矢玷污的百合，"看不得；舍不得。瞪眼望天空，他更无话可说"。实际上正是夫子自道。但是，中国的新一代，"银黄的面庞上还有微红"，"正要活"，虽然生活在落后闭塞的泥淖里，生命力并没有消逝，希望存在于心中："他们大花园里，有许多好花"。好花，就是真理。中国的有志之士和爱国青年坚信终有那么一天，真理的新声会传入自己的祖国并取得胜利。诗人并没有失望，诗歌的结尾正反映了他对祖国未来的希望与信心。

新文学运动中诗体改革的实践最早，但当时一些新诗探索者，往往并不能够摆脱旧诗的影响。而鲁迅的这首诗，同 1918 至 1919 年发表的另外五首诗一样，从形式到思想内容都是新的。这首诗思想深邃，寓意深刻，结构完美，语言朴实，在新诗初创期可谓独树一帜，光彩照人。但鲁迅作新诗不多。他后来解释道："因为那时诗坛寂寞，所以打打边鼓，凑些热闹；待到称为诗人的一出现，就洗手不作了。"】

人与时

一人说，将来胜过现在。

一人说，现在远不及从前。

一人说，什么？

时道，你们都侮辱我的现在。

从前好的，自己回去。

将来好的，跟我前去。

这说什么的，

我不和你说什么。

（本篇最初发表于一九一八年七月十五日

《新青年》第五卷第一号，署名唐俟）

【评析：《人与时》是近代文学家鲁迅创作的一首新诗。这首诗从对过去、现在、将来的三种不同的态度着笔，对一些错误思想进行了批判。诗的前三句概括了三种人的错误观点，后五句借"时间"之口对他们进行了批判。这首诗用象征和写实的手法，寓托了诗人深邃的哲理思辨，使全诗含蓄蕴藉，耐人寻味。

这首诗给我们的启示很大，时间警告我们，要重视现在，正如鲁迅说的："现在的地上，应该是执着地上的人们居住的"，要人们把握现在，正视现实，才能做今天的改革者，时代的弄潮儿，才能与时间不断前进。】

渡河与引路

玄同兄：

两日前看见《新青年》五卷二号通信里面，兄有唐俟也不反对Esperanto，以及可以一齐讨论的话；我于Esperanto固不反对，但也不愿讨论：因为我的赞成Esperanto的理由，十分简单，还不能开口讨论。

要问赞成的理由，便只是依我看来，人类将来总当有一种共同的言语；所以赞成五Esperanto。

至于将来通用的是否Esperanto，却无从断定。大约或者便从Esperanto改良，更加圆满；或者别有一种更好的出现；都未可知。但现在既是只有这Esperanto，便只能先学这Esperanto。现在不过草创时代，正如未有汽船，便只好先坐独木小舟；倘使因为豫料将来当有汽船，便不造独木小舟，或不坐独木小舟，那便连汽船也不会发明，人类也不能渡水了。

然问将来何以必有一种人类共通的言语，却不能拿出确凿证据。说将来必不能有的，也是如此。所以全无讨论的必要；只能各依自己所信的做去就是了。

但我还有一个意见，以为学 Esperanto 是一件事，学 Esperanto 的精神，又是一件事。——白话文学也是如此。——倘若思想照旧，便仍然换牌不换货：才从"四目仓圣"面前爬起，又向"柴明华先师"脚下跪倒；无非反对人类进步的时候，从前是说 no，现在是说 ne；从前写作"咈哉"，现在写作"不行"罢了。所以我的意见，以为灌输正当的学术文艺，改良思想，是第一事；讨论 Esperanto，尚在其次；至于辨难驳诘，更可一笔勾消。

《新青年》里的通信，现在颇觉发达。读者也都喜看。但据我个人意见，以为还可酌减：只须将诚恳切实的讨论，按期登载；其他不负责任的随口批评，没有常识的问难，至多只要答他一回，此后便不必多说，省出纸墨，移作别用。例如见鬼，求仙，打脸之类，明明白白全是毫无常识的事情，《新青年》却还和他们反复辩论，对他们说"二五得一十"的道理，这功夫岂不可惜，这事业岂不可怜。

我看《新青年》的内容，大略不外两类：一是觉得空气闭塞污浊，吸这空气的人，将要完结了；便不免皱一皱眉，说一声"唉"。希望同感的人，因此也都注意，开辟一条活路。假如有人说这脸色声音，没有妓女的眉眼一般好看，唱小调一般好听，那是极确的真话；我们不必和他分辩，说是皱眉叹气，更为好看。和他分辩，我们就错了。一是觉得历来所走的路，万分危险，而且将到尽头；于是凭着良心，切实寻觅，看见别一条平坦有希望的路，便大叫一声说，"这边走好。"希望同感的人，因此转身，脱了危险，容易进步。假如有人偏向别处走，再劝一番，固无不可；但若仍旧不信，便不必拼命去拉，各走自己的路。因为拉得打架，不独于他无益，连自己和同感的人，也都耽搁了工夫。

耶稣说，见车要翻了，扶他一下。Nietzsche 说，见车要翻了，推他一下。我自然是赞成耶稣的话；但以为倘若不愿你扶，便不必硬扶，听他罢了。此后能够不翻，固然很好；倘若终于翻倒，然后再来切切实实的帮他抬。

老兄，硬扶比抬更为费力，更难见效。翻后再抬，比将翻便扶，于他们更为有益。

唐俟。十一月四日。

（本篇最初发表于一九一八年十一月十五日《新青年》第五卷第五号"通信"栏，署名唐俟）

【评析：《渡河与引路》是一篇讨论"文体"与"思想"的文章，其中又涉及了鲁迅对旧派人物的态度，一些甚至可以关涉到他以后的"国民性"的探讨。

"五四"新文学运动对我国白话小说的历史贡献，主要不在于用白话写小说，因为我国白话小说已有悠久的历史。这场运动促使现代小说意识觉醒的一个重要标志，是以民主和科学的精神，使一向处于被压制和歧视的堪称文学中民主派的小说艺术，获得了一种前所未有的科学的尊严。】

"说不出"

看客在戏台下喝倒采，食客在膳堂里发标，伶人厨子，无嘴可开，只能怪自己没本领。但若看客开口一唱戏，食客动手一做菜，可就难说了。

所以，我以为批评家最平稳的是不要兼做创作。假如提起一支屠城的笔，扫荡了文坛上一切野草，那自然是快意的。但扫荡之后，倘以为天下已没有诗，就动手来创作，便每不免做出这样的东西来：

宇宙之广大呀，我说不出；

父母之恩呀，我说不出；

爱人的爱呀，我说不出。

阿呀阿呀，我说不出！

这样的诗，当然是好的，——倘就批评家的创作而言。太上老君的《道德》五千言，开头就说"道可道非常道"，其实也就是一个"说不出"，所以这三个字，也就替得五千言。

呜呼，"王者之迹熄，而《诗》亡；《诗》亡，然后《春秋》作。""予岂好辩哉？予不得已也！"

（本篇最初发表于一九二四年十一月十七日
北京《语丝》周刊第一期）

【评析：本篇最初发表于一九二四年十一月十七日北京《语丝》周刊第一期。一九二三年十二月八日北京星星文学社《文学周刊》第十七号发表周灵均《删诗》一文，把胡适《尝试集》、郭沫若《女神》、康白情《草儿》、俞平伯《冬夜》、徐玉诺《将来的花园》、朱自清、叶绍钧《雪朝》、汪静之《蕙的风》、陆志韦《渡河》八部新诗，都用"不佳""不是诗""未成熟的作品"等语加以否定。后来他在同年十二月十五日《晨报副刊》发表《寄语母亲》一诗，其中多是"写不出"一类语句："我想写几句话，寄给我的母亲，刚拿起笔儿却又放下了，写不出爱，写不出母亲的爱呵。""母亲呵，母亲的爱的心呵，我拿起笔儿却又写不出了。"本篇就是讽刺这种倾向的。】

记"杨树达"君的袭来

今天早晨，其实时候是大约已经不早了。我还睡着，女工将我叫了醒来，说，"有一个师范大学的杨先生，杨树达，要来见你。"我虽然还不大清醒，但立刻知道是杨遇夫君，他名树达，曾经因为邀我讲书的事，访过我一次的。我一面起来，一面对女工说："略等一等，就请罢。"

我起来看钟，是九点二十分。女工也就请客去了。不久，他就进来，但我一看很愕然，因为他并非我所熟识的杨树达君，他是一个方脸，淡赭色脸皮，大眼睛长眼梢，中等身材的二十多岁的学生风的青年。他穿着一件藏青色的爱国布（？）长衫，时式的大袖子。手上拿一顶很新的淡灰色中折帽，白的围带；还有一个彩色铅笔的扁匣，但听那摇动的声音，里面最多不过是两三支很短的铅笔。

　　“你是谁？”我诧异的问，疑心先前听错了。

　　“我就是杨树达。”

　　我想：原来是一个和教员的姓名完全相同的学生，但也许写法并不一样。

　　“现在是上课时间，你怎么出来的？”

　　“我不乐意上课！”

　　我想：原来是一个孤行己意，随随便便的青年，怪不得他模样如此傲慢。

　　“你们明天放假罢……”

　　“没有，为什么？”

　　“我这里可是有通知的……”我一面说，一面想，他连自己学校里的纪念日都不知道了，可见是已经多天没有上课，或者也许不过是一个假借自由的美名的游荡者罢。

　　“拿通知给我看。”

　　“我团掉了。”我说。

　　“拿团掉的我看。”

　　“拿出去了。”

　　“谁拿出去的？”

　　我想：这奇怪，怎么态度如此无礼？然而他似乎是山东口音，那边的人多是率直的，况且年轻的人思想简单……或者他知道我不拘这些礼节：这不足为奇。

　　“你是我的学生么？”但我终于疑惑了。

　　“哈哈哈，怎么不是？”

“那么，你今天来找我干什么？”

“要钱呀，要钱！”

我想：那么，他简直是游荡者，荡窜了，各处乱钻。

“你要钱什么用？”我问。

“穷呀。要吃饭不是总要钱吗？我没有饭吃了！”他手舞足蹈起来。

“你怎么问我来要钱呢？”

“因为你有钱呀。你教书，做文章，送来的钱多得很。”他说着，脸上做出凶相，手在身上乱摸。

我想：这少年大约在报章上看了些什么上海的恐吓团的记事，竟模仿起来了，还是防着点罢。我就将我的座位略略移动，豫备容易取得抵抗的武器。

“钱是没有。”我决定的说。

“说谎！哈哈哈，你钱多得很。”

女工端进一杯茶来。

“他不是很有钱么？”这少年便问他，指着我。

女工很惶窘了，但终于很怕的回答：“没有。”

“哈哈哈，你也说谎！”

女工逃出去了。他换了一个座位，指着茶的热气，说：

“多么凉。”

我想：这意思大概算是讥刺我，犹言不肯将钱助人，是凉血动物。

“拿钱来！”他忽而发出大声，手脚也愈加舞蹈起来，“不给钱是不走的！”

“没有钱。”我仍然照先的说。

“没有钱？你怎么吃饭？我也要吃饭。哈哈哈哈。”

“我有我吃饭的钱，没有给你的钱。你自己挣去。”

“我的小说卖不出去。哈哈哈！”

我想：他或者投了几回稿，没有登出，气昏了。然而为什么向我为难呢？大概是反对我的作风的。或者是有些神经病的罢。

"你要做就做，要不做就不做，一做就登出，送许多钱，还说没有，哈哈哈哈。晨报馆的钱已经送来了罢，哈哈哈。什么东西！周作人，钱玄同；周树人就是鲁迅，做小说的，对不对？孙伏园；马裕藻就是马幼渔，对不对？陈通伯，郁达夫。什么东西！Tols-toi，Andreev，张三，什么东西！哈哈哈，冯玉祥，吴佩孚，哈哈哈。"

"你是为了我不再向晨报馆投稿的事而来的么？"但我又即刻觉到我的推测有些不确了，因为我没有见过杨遇夫马幼渔在《晨报副镌》上做过文章，不至于拉在一起；况且我的译稿的稿费至今还没有着落，他该不至于来说反话的。

"不给钱是不走的。什么东西，还要找！还要找陈通伯去。我就要找你的兄弟去，找周作人去，找你的哥哥去。"

我想：他连我的兄弟哥哥都要找遍，大有恢复灭族法之意了，的确古人的凶心都遗传在现在的青年中。我同时又觉得这意思有些可笑，就自己微笑起来。

"你不舒服罢？"他忽然问。

"是的，有些不舒服，但是因为你骂得不中肯。"

"我朝南。"他又忽而站起来，向后窗立着说。

我想：这不知道是什么意思。

他忽而在我的床上躺下了。我拉开窗幔，使我的佳客的脸显得清楚些，以便格外看见他的笑貌。他果然有所动作了，是使他自己的眼角和嘴角都颤抖起来，以显示凶相和疯相，但每一抖都很费力，所以不到十抖，脸上也就平静了。

我想：这近于疯人的神经性痉挛，然而颤动何以如此不调匀，牵连的范围又何以如此之大，并且很不自然呢？——一定，他是装出来的。

我对于这杨树达君的纳罕和相当的尊重，忽然都消失了，接着就涌起要呕吐和沾了龌龊东西似的感情来。原来我先前的推测，都太近于理想的了。初见时我以为简率的口调，他的意思不过是装疯，以热茶为冷，以北为南的话，也不过是装疯。从他的

72

言语举动综合起来，其本意无非是用了无赖和狂人的混合状态，先向我加以侮辱和恫吓，希图由此传到别个，使我和他所提出的人们都不敢再做辩论或别样的文章。而万一自己遇到困难的时候，则就用"神经病"这一个盾牌来减轻自己的责任。但当时不知怎样，我对于他装疯技术的拙劣，就是其拙至于使我在先觉不出他是疯人，后来渐渐觉到有些疯意，而又立刻露出破绽的事，尤其抱着特别的反感了。

他躺着唱起歌来。但我于他已经毫不感到兴味，一面想，自己竟受了这样浅薄卑劣的欺骗了，一面却照了他的歌调吹着口笛，借此嘘出我心中的厌恶来。

"哈哈哈！"他翘起一足，指着自己鞋尖大笑。那是玄色的深梁的布鞋，裤是西式的，全体是一个时髦的学生。

我知道，他是在嘲笑我的鞋尖已破，但已经毫不感到什么兴味了。

他忽而起来，走出房外去，两面一看，极灵敏地找着了厕所，小解了。我跟在他后面，也陪着他小解了。

我们仍然回到房里。

"吓！什么东西！……"他又要开始。

我可是有些不耐烦了，但仍然恳切地对他说：

"你可以停止了。我已经知道你的疯是装出来的。你此来也另外还藏着别的意思。如果是人，见人就可以明白的说，无须装怪相。还是说真话罢，否则，白费许多工夫，毫无用处的。"

他貌如不听见，两手搂着裤裆，大约是扣扣子，眼睛却注视着壁上的一张水彩画。过了一会，就用第二个指头指着那画大笑：

"哈哈哈！"

这些单调的动作和照例的笑声，我本已早经觉得枯燥的了，而况是假装的，又如此拙劣，便愈加看得烦厌。他侧立在我的前面，我坐着，便用了曾被讥笑的破的鞋尖一触他的胫骨，说：

"已经知道是假的了，还装甚么呢？还不如直说出你的本意来。"

但他貌如不听见，徘徊之间，突然取了帽和铅笔匣，向外走去了。

这一着棋是又出于我的意外的，因为我还希望他是一个可以理喻，能知惭愧的青年。他身体很强壮，相貌很端正。Tolstoi 和 Andreev 的发音也还正。

我追到风门前，拉住他的手，说道："何必就走，还是自己说出本意来罢，我可以更明白些……"他却一手乱摇，终于闭了眼睛，拼两手向我一挡，手掌很平的正对着我：他大概是懂得一点国粹的拳术的。

他又往外走。我一直送到大门口，仍然用前说去固留，而他推而且挣，终于挣出大门了。他在街上走得很傲然，而且从容地。

这样子，杨树达君就远了。

我回进来，才向女工问他进来时候的情形。

"他说了名字之后，我问他要名片，他在衣袋里掏了一会，说道，'阿，名片忘了，还是你去说一声罢。'笑嘻嘻，一点不像疯的。"女工说。

我愈觉得要呕吐了。

然而这手段却确乎使我受损了，——除了先前的侮辱和恫吓之外。我的女工从此就将门关起来，到晚上听得打门声，只大叫是谁，却不出去，总须我自己去开门。我写完这篇文字之间，就放下了四回笔。

"你不舒服罢？"杨树达君曾经这样问过我。

是的，我的确不舒服。我历来对于中国的情形，本来多已不舒服的了，但我还没有豫料到学界或文界对于他的敌手竟至于用了疯子来做武器，而这疯子又是假的，而装这假疯子的又是青年的学生。

二四年十一月十三日夜。

（本篇最初发表于一九二四年

十一月二十四日《语丝》周刊第二期）

【评析：鲁迅先生是伟大的文学家、思想家、革命家，是中国文化革命的主将，他"横眉冷对千夫指，俯首甘为孺子牛"，被称为

"民族魂"。同时，他又是一个严以责己、闻过则喜、知错就改的人，堪称"过而能改"的典范。

1924年11月的一天，北师大一个叫杨鄂生，患有精神病的学生，突然来到鲁迅家里，说了许多疯话，并向鲁迅要钱。杨鄂生得病前对鲁迅十分敬仰，一直想到鲁迅家中拜访，始终未能如愿。得病后，拜访鲁迅的心情更加迫切，但又怕鲁迅不见他，便偷了一张国文系主任杨树达的名片，去见鲁迅。鲁迅不认识杨鄂生，更不知道他有精神病。怀疑是晨报馆派来的流氓。于是写了一篇《记"杨树达"君的袭来》的文章予以揭露，发表在《语丝》周刊第二期上。文章发表后，鲁迅先生接到北师大学生李遇安的来信，说明了事情的原委，鲁迅才知道自己误解了杨鄂生。为了消除影响，他不顾自己的面子和尊严，立即写出《关于杨君袭来事件的辩正》一文，并写信给《语丝》周刊编者，要求将此文跟李遇安的来信同时在《语丝》第三期上发表。为了不使刊物因增加版面提高售价，鲁迅主动提出愿意负担所需费用。并表示："由我造出来的酸酒，当然应该由我自己来喝干。"

众所周知，鲁迅先生以"严于解剖自己"著称。他对自己的缺点错误，勇于自我批评，从不文过饰非。他说："我的确时时剖析别人，然而更多的是更无情面地剖析我自己。"正是由于他严于剖析自己，进而剖析自己的民族，才成为当之无愧的"民族之魂"。正如毛主席评价的那样："鲁迅的骨头是最硬的，他没有丝毫的奴颜和媚骨。鲁迅是在文化战线上，代表全民族的大多数，向着敌人冲锋陷阵的最正确、最勇敢、最坚决、最忠诚的民族英雄。"】

关于杨君袭来事件的辩正

一

今天有几位同学极诚实地告诉我，说十三日访我的那一位学生确是神经错乱的，十三日是发病的一天，此后就加重起来了。我相信这是真实情形，因为我对于神经患者的初发状态没有实见和注意研究过，所以很容易有看错的时候。

现在我对于我那记事后半篇中神经过敏的推断这几段，应该注销。但以为那记事却还可以存在：这是意外地发露了人对人——至少是他对我和我对他——互相猜疑的真面目了。

当初，我确是不舒服，自己想，倘使他并非假装，我即不至于如此恶心。现在知道是真的了，却又觉得这牺牲实在太大，还不如假装的好。然而事实是事实，还有什么法子呢？

我只能希望他从速回复健康。

十一月二十一日。

二

伏园兄：

今天接到一封信和一篇文稿，是杨君的朋友，也是我的学生做的，真挚而悲哀，使我看了很觉得惨然，自己感到太易于猜疑，太易于愤怒。他已经陷入这样的境地了，我还可以不赶紧来消除我那对于他的误解么？

所以我想，我前天交出的那一点辩正，似乎不够了，很想就将这一篇在《语丝》第三期上给他发表。但纸面有限，如果排工有工夫，我极希望增刊两版（大约此文两版还未必容得下），也不必增价，其责任即由我负担。

由我造出来的酸酒，当然应该由我自己来喝干。

鲁迅。十一月二十四日。
（本篇最初发表于一九二四年
十二月一日《语丝》周刊第三期）

【评析：纵使英雄也有犯错误的时候，判断也有失误的时候。鲁迅当然也不例外，他对杨鄂生的误判就是一个例证。但他发现问题后，不讲个人的面子，及时为杨鄂生恢复名誉，喝干了由自己"造出来的酸酒"，彰显了"过而能改"的高尚人格，更加让人折服。这正应了孟子那段充满哲理的话："古之君子，其过也，如日月之食，民皆见之；及其更也，民皆仰之。"毋庸置疑，凡是伟大的人物，不在于他们是否犯错误，而在于他们过而能改，由此产生的人格魅力，更加让人仰慕。正所谓："受伤的战士毕竟是战士，最完美的苍蝇不过是苍蝇。"】

烽话五则

父子们冲突着。但倘用神通将他们的年纪变成约略相同，便立刻可以像一对志同道合的好朋友。

伶俐人叹"人心不古"时，大抵是他的巧计失败了；但老太爷叹"人心不古"时，则无非因为受了儿子或姨太太的气。

电报曰：天祸中国。天曰：委实冤枉！

精神文明人作飞机论曰：较之灵魂之自在游行，一钱不值矣。写完，遂率家眷移入东交民巷使馆界。

倘诗人睡在烽火旁边，听得烘烘地响时，则烽火就是听觉。但此说近于味觉，因为太无味。然而无为即无不为，则无味自然就是至味了。对不对？

（本篇最初发表于一九二四年
十一月二十四日《语丝》周刊第二期）

77

"音乐"？

夜里睡不着，又计画着明天吃辣子鸡，又怕和前回吃过的那一碟做得不一样，愈加睡不着了。坐起来点灯看《语丝》，不幸就看见了徐志摩先生的神秘谈，——不，"都是音乐"，是听到了音乐先生的音乐：

"……我不仅会听有音的乐，我也会听无音的乐（其实也有音就是你听不见），我直认我是一个甘脆的 Mystic。我深信……"

此后还有什么什么"都是音乐"云云，云云云云。总之："你听不着就该怨你自己的耳轮太笨或是皮粗！"

我这时立即疑心自己皮粗，用左手一摸右胳膊，的确并不滑；再一摸耳轮，却摸不出笨也与否。然而皮是粗定了：不幸而"拊不留手"的竟不是我的皮，还能听到什么庄周先生所指教的天籁地籁和人籁。但是，我的心还不死，再听罢，仍然没有，——阿，仿佛有了，像是电影广告的军乐。呸！错了。这是"绝妙的音乐"么？再听罢，没……唔，音乐，似乎有了：

"……慈悲而残忍的金苍蝇，展开馥郁的安琪儿的黄翅，颉利，弥缚谛弥谛，从荆芥萝卜玎琤 oe 洋的彤海里起来。Br – rrrtatatatahital 无终始的金刚石天堂的娇袅鬼茱萸，蘸着半分之一的北斗的蓝血，将翠绿的忏悔写在腐烂的鹦哥伯伯的狗肺上！你不懂么？咄！吁！我将死矣！婀娜涟漪的天狼的香而秽恶的光明的利镞，射中了塌鼻阿牛的妖艳光滑蓬松而冰冷的秃头，一匹黯黮欢愉的瘦螳螂飞去了。哈，我不死矣！无终……"

危险，我又疑心我发热了，发昏了，立刻自省，即知道又不然。这不过是一面想吃辣子鸡，一面自己胡说八道；如果是发热发昏而听到的音乐，一定还要神妙些。并且其实连电影广告的军乐也没有听到，倘说是幻觉，大概也不过自欺之谈，还要给粗皮来粉饰的妄想。我不幸终于难免成为一个苦韧的非 Mystic 了，怨谁呢。只能恭颂志摩先生的福气大，能听到这许多"绝妙的音乐"而已。但倘有不知道自怨自艾的人，想将这位先生"送进疯人院"去，我可要拼命反对，尽力呼冤的，——虽然将音乐送进音乐里去，从甘脆的Mystic看来，并不算什么一回事。

然而音乐又何等好听呵，音乐呀！再来听一听罢，可惜而且可恨，在檐下已有麻雀儿叫起来了。

咦，玲珑零星邦滂砰珉的小雀儿呵，你总依然是不管甚么地方都飞到，而且照例来唧唧啾啾地叫，轻飘飘地跳么？然而这也是音乐呀，只能怨自己的皮粗。

只要一叫而人们大抵震悚的怪鸱的真的恶声在那里!?

（本篇最初发表于一九二四年
十二月十五日《语丝》周刊第五期）

我来说"持中"的真相

风闻有我的老同学玄同其人者，往往背地里褒贬我，褒固无妨，而又有贬，则岂不可气呢？今天寻出漏洞，虽然与我无干，但也就来回敬一箭罢：报仇雪恨，《春秋》之义也。

他在《语丝》第二期上说，有某人挖苦叶名琛的对联"不战，不和，不守；不死，不降，不走。"大概可以作为中国人"持中"的真相之说明。我以为这是不对的。

夫近乎"持中"的态度大概有二：一者"非彼即此"，二者"可彼可此"也。前者是无主意，不盲从，不附势，或者别有独特的见解；但境遇是很危险的，所以叶名琛终至于败亡，虽然他不过是无主意。后者则是"骑墙"，或是极巧妙的"随风倒"了，然而在中国最得法，所以中国人的"持中"大概是这个。倘改篡了旧对联来说明，就该是：

"似战，似和，似守；似死，似降，似走。"

于是玄同即应据精神文明法律第九万三千八百九十四条，治以"误解真相，惑世诬民"之罪了。但因为文中用有"大概"二字，可以酌给末减：这两个字是我也很喜欢用的。

（本篇最初发表于一九二四年十二月十五日《语丝》周刊第五期）

咬嚼之余

我的一篇《咬文嚼字》的"滥调"，又引起小麻烦来了，再说几句罢。

我那篇的开首说："以摆脱传统思想之束缚……"

第一回通信的某先生似乎没有看见这一句，所以多是枝叶之谈，况且他大骂一通之后，即已声明不管，所以现在也不在话下。

第二回的潜源先生的通信是看见那一句的了，但意见和我不同，以为都非不能"摆脱传统思想之束缚……"各人的意见，当然会各式各样的。

他说女名之所以要用"轻靓艳丽"字眼者，（一）因为"总常想知道他或她的性别"。但我却以为这"常想"就是束缚。小说看下去就知道，戏曲是开首有说明的。（二）因为便当，譬如托尔斯泰有一个女儿叫作 Elizabeth Tolstoi，全译出来太麻烦，用"妥娜丝苔"就明白简单得多。但假如托尔斯泰还有两个女儿，叫作 Mary Tolstoiet Hilda Tolstoi，即又须别想八个"轻靓艳丽"字样，反而麻烦得多了。

他说 Go 可译郭，Wi 可译王，Ho 可译何，何必故意译作"各""旺""荷"呢？再者，《百家姓》为什么不能有伟力？但我却以为译"郭""王""何"才是"故意"，其游魂是《百家姓》；我之所以诧异《百家姓》的伟力者，意思即见前文的第一句中。但来信又反问了，则又答之曰：意思即见前文第一句中。

再说一遍罢，我那篇的开首说："以摆脱传统思想之束缚……"所以将翻译当作一种工具，或者图便利，爱折中的先生们是本来不在所讽的范围之内的。两位的通信似乎于这一点都没有看清楚。

末了，我对于潜源先生的"末了"的话，还得辩正几句。（一）我自己觉得我和三苏中之任何一苏，都绝不相类，也不愿意比附任何古人，或者"故意"凌驾他们。倘以某古人相拟，我也明知是好意，但总是满身不舒服，和见人使 Gorky 姓高相同。（二）其实《呐喊》并不风行，其所以略略流行于新人物间者，因为其中的讽刺在表面上似乎大抵针对旧社会的缘故，但使老先生们一看，恐怕他们也要以为"吹敲""苛责"，深恶而痛绝之的。（三）我并不觉得我有"名"，即使有之，也毫不想因此而作文更加郑重，来维持已有的名，以及别人的信仰。纵使别人以为无聊的东西，只要自己以为有聊，且不被暗中禁止阻碍，便总要发表曝露出来，使厌恶滥调的读者看看，可以从速改正误解，不相信我。因为我觉得我若专讲宇宙人生的大话，专刺旧社会给新青年看，希图在若干人们中保存那由误解而来的"信仰"，倒是"欺读者"，而于我是苦痛的。

一位先生当面，一位通信，问我《现代评论》里面的一篇《鲁迅先生》，为什么没有了。我一查，果然，只剩了前面的《苦恼》和后面的《破落户》，而本在其间的《鲁迅先生》确乎没有了。怕还有同样的误解者，我在此顺便声明一句：我一点不知道为什么。

假如我说要做一本《妥娜丝苔传》，而暂不出版，人便去质问托尔斯泰的太太或女儿？我以为这办法实在不很对，因为她们是不会知道我所玩的是什么把戏的。

一月二十日。

【附】

"无聊的通信"

伏园先生：

　　自从先生出了征求"青年爱读书十部"的广告之后，《京报副刊》上就登了关于这类的许多无聊的通信；如"年青妇女是否可算'青年'"之类。这样无聊的文字，这样简单的脑筋，有登载的价值么？除此，还有前天的副刊上载有鲁迅先生的《咬文嚼字》一文，亦是最无聊的一种，亦无登载的必要！《京报副刊》的篇幅是有限的，请先生宝贵它吧，多登些有价值的文字吧！兹寄上一张征求的表请收下。

十三，仲潜。

　　凡记者收到外间的来信，看完以后认为还有再给别人看看的必要，于是在本刊上发表了。例如廖仲潜先生这封信，我也认为有公开的价值，虽然或者有人（也许连廖先生自己）要把它认为"无聊的通信"。我发表"青年二字是否连妇女也包括在内？"的李君通信，是恐怕读者当中还有像李君一般怀疑的，看了我的答案可以连带的明白了。关于这层我没有什么其他的答辩。至于鲁迅先生的《咬文嚼字》，在记者个人的意见，是认为极重要极有意义的文字的，所以特用了二号字的标题，四号字的署名，希望读者特别注意。因为鲁迅先生所攻击的两点，在记者也以为是晚近翻译界堕落的征兆，不可不力求改革的。中国从翻译印度文字以来，似乎数千年中还没有人想过这样的怪思想，以为女人的名字应该用美丽的字眼，男人的名字的第一者应该用《百家姓》中的字，的确是近十年来的人发明的（这种办法在严几道时代还未通行），而近十年来的翻译文字的错误百出也可以算得震铄前古的了。至于这两点为什么要攻击，只要一看鲁迅先生的讽刺文字就会明白。他以中国"周家的小姐不另姓绸"去映衬有许多人用"玛丽亚""婀娜""娜拉"这些美丽字眼译外国女人名字之不当，以"吾家rky"一语去讥讽有许多人将无论那一国的人名硬用《百家姓》中的字作第一音之可笑，只这两句话给我们的趣味已经够深长够浓厚了，而廖先生还说它是"最无聊"的文字么？最后我很感谢廖先生热心的给我指导，还很希望其他读者如对于副刊有什么意见时不吝赐教。

伏园敬复

（一九二五年一月十五日《京报副刊》）

关于《咬文嚼字》

伏园先生：

我那封短信，原系私人的通信，应无发表的必要；不过先生认为有公开的价值，就把它发表了。但因此那封信又变为无聊的通信了，岂但无聊而已哉，且恐要惹起许多无聊的是非来，这个挑拨是非之责，应该归记者去担负吧！所以如果没有彼方的答辩则已；如有，我可不理了。至于《咬文嚼字》一文，先生认为原意中攻击的两点是极重要且极有意义的，我不无怀疑之点：A，先生照咬文嚼字的翻译看起来，以为是晚近翻译界堕落的征兆。为什么是堕落？我不明白。你以为女人的名字应该用美丽的字眼，男人的名字的第一音应该用《百家姓》中的字，是近来新发明的，因名之曰怪思想么？但我要问先生认它为"堕落"的，究竟是不是"怪思想"？我以为用美丽的字眼翻译女性的名字是翻译者完全的自由与高兴，无关紧要的；虽是新发明，却不是堕落的征兆，更不是怪思想！B，外国人的名是在前，姓是在后。"高尔基"三个音连成的字，是 Gorky 的姓，并不是他就是姓"高"；不过便于中国人的习惯及记忆起见，把第一音译成一个相似的中国姓，或略称某氏以免重复的累赘底困难。如果照中国人的姓名而认他姓高，则尔基就变成他的名字了？岂不是笑话吗！又如，Wilde 可译为王尔德，可译魏尔德，又可译为樊尔德，然则他一人姓王又姓魏又姓樊，此理可说的通吗？可见所谓"吾家 rky"者，我想，是鲁迅先生新发明的吧！不然，就是说"吾家 rky"的人，根本不知"高尔基"三音连合的字是他原来的姓！因同了一个"高"字，就贸贸然称起吾家还加上 rky 来，这的确是新杜撰的滑稽话！却于事实上并无滑稽的毫末，只惹得人说他无意思而已，说他是门外汉而已，说他是无聊而已！先生所谓够深长够浓厚极重要极有意义的所在，究竟何所而在？虽然，记者有记者个人的意见，有记者要它发表不发表的权力，所以二号字的标题与四号字的署名，就刊出来了。最后我很感谢先生上次的盛意并希望先生个人认为很有意思的文字多登载几篇。还有一句话：将来如有他方面的各种的笔墨官司打来，恕我不再来答辩了，不再来凑无聊的热闹了。

　　此颂

撰安！

十六，弟仲潜敬复

　　"高尔基三个音连成的字，是 Gorky 的姓，并不是他就姓高。"廖先生这句话比鲁迅先生的文字更有精采。

　　可惜这句话不能天天派一个人对读者念着，也不能叫翻译的人在篇篇文章的原著者下注着"高尔基不姓高，王尔德不姓王，白利欧不姓白……"廖先生这篇通信登过之后不几天，廖先生这句名言必又被人忘诸脑后了。所以，鲁迅先生的讽刺还是重要，如果翻译界的人被鲁迅先生的"吾家尔基"一语刺得难过起来，竟毅然避去《百家姓》中之字而以声音较近之字代替了（如哥尔基，淮尔德，勃利欧……），那末阅者一望而知"三个音连成的字是姓，第一音不是他的姓"，不必有烦廖先生的耳提面命了。不过这样改善以后，其实还是不妥当，所以用方块儿字译外国人名的办法，其寿命恐怕至多也不过还有五年，进一步是以注音字母译（钱玄同先生等已经实行了，昨天记者遇见钱先生，他就说即使第一音为《百家姓》中的字之办法改良以后，也还是不妥），再进一步是不译，在欧美许多书籍的原名已经不择了，主张不译人名即使在今日的中国恐怕也不算过激罢。

伏园附注

（一九二五年一月十八日《京报副刊》）

《咬文嚼字》是"滥调"

伏园先生：

鲁迅先生《咬文嚼字》一篇，在我看来，实在毫无意义。仲潜先生称它为"最无聊"之作，极为得体。不料先生在仲潜先生信后的附注，对于这"最无聊"三字大为骇异，并且说鲁迅先生所举的两种，为翻译界堕落的现象，这真使我大为骇异了。

我们对于一个作家或小说戏剧上的人名，总常想知道他或她的性别（想知道性别，并非主张男女不平等）。在中国的文字上，我们在姓底下有"小姐""太太"或"夫人"，若把姓名全写出来，则中国女子的名字，大多有"芳""兰""秀"等等"轻靓艳丽"的字眼。周家的姑娘可以称之为周小姐，陈家的太太可以称之为陈太太，或者称为周菊芳陈兰秀亦可。从这些字样中，我们知道这个人物是女性。在外国文字中可就不同了。外国人的姓名有好些 Syllables 是极多的，用中文把姓名全译出来非十数字不可，这是何等惹人讨厌的事。年来国内人对于翻译作品之所以比较创造作品冷淡，就是因为翻译人名过长的缘故（翻译作品之辞句不顺口，自然亦是原因中之一）。假如托尔斯泰有一个女叫作 Elizabeth Tolstoi，我们全译出来，成为"托尔斯泰伊丽沙白"八字，何等麻烦。又如有一个女子叫作 Mary Hilda Stuwart，我们全译出来，便成为"玛丽海尔黛司徒渥得"也很讨厌。但是我们又不能把这些名字称为托尔斯泰小姐或司徒渥得夫人，因为这种六个字的称呼，比起我们看惯了周小姐陈太太三字的称呼多了一半，也不方便。没法，只得把名字删去，"小姐""太太"也省略，而用"妥妳丝苔"译 ElizabethTolstoi，用"丝图娃德"译 Mary Hilda Stuwart，这诚是不得已之举。至于说为适合中国人的胃口，故意把原名删去，有失原意的，那末，我看根本外国人的名字，便不必译，直照原文写出来好。因为中国人能看看不惯的译文，多少总懂得点洋文的。鲁迅先生此举诚未免过于吹毛求疵？

至于用中国姓译外国姓，我看也未尝不可以。假如 Gogol 的 Go 可以译作郭，Wilde 的 Wi 可以译作王，Holz 的 Ho 可以译作何，我们又何必把它们故意译作"各""旺""荷"呢？再者，《百家姓》为什么不能有伟力？

诚然，国内的翻译界太糟了，太不令人满意了！翻译界堕落的现象正多，却不是这两种。伏园先生把它用二号字标题，四号字标名，也算多事，气力要卖到大地方去，却不可做这种吹敲的勾当。

末了，我还要说几句：鲁迅先生是我所佩服的。讥刺的言辞，尖锐的笔锋，精细的观察，诚可引人无限的仰慕。《呐喊》出后，虽不曾名噪天下，也名噪国中了。他的令弟启明先生，亦为我崇拜之一人。读书之多，令人惊叹。《自己的园地》为国内文艺界一朵奇花。我尝有现代三周（还有一个周建人先生），驾乎从前三苏之慨。不过名人名声越高，作品也越要郑重。若故意纵事吹敲或失之苛责，不免带有失却人信仰的危险。而记者先生把名人的"滥调"来充篇幅，又不免带有欺读者之嫌。冒犯，恕罪！顺祝健康。

潜源
一月十七日于唐山大学

鲁迅先生的那篇《咬文嚼字》，已有两位"潜"字辈的先生看了不以为然，我猜想青年中这种意见或者还多，那么这篇文章不是"滥调"可知了，你也会说，我也会说，我说了你也同意，你说了他也说这不消说：那是滥调。鲁迅先生那两项主张，在簇新头脑的青年界中尚且如此通不过去，名为滥调，是冤枉了，名为最无聊，那更冤枉了。记者对于这项问题，是加入讨论的一人，自知态度一定不能公平，所以对于"潜"字辈的先生们的主张，虽然万分不以为然，也只得暂且从缓答辩。好在超于我们的争论点以上，还有两项更高一层的钱玄同先生的主张，站在他的地位看我们这种争论也许是无谓已极，无论谁家胜了也只赢得"不妥"二字的考语罢了。

伏园附注
（本篇最初发表于一九二五年
一月二十二日北京《京报副刊》）

咬嚼未始"乏味"

对于四日副刊上潜源先生的话再答几句：

一、原文云：想知道性别并非主张男女不平等。答曰：是的。但特别加上小巧的人工，于无须区别的也多加区别者，又作别论。从前独将女人缠足穿耳，也可以说不过是区别；现在禁止女人剪发，也不过是区别，偏要逼她头上多加些"丝苔"而已。

二、原文云：却于她字没有讽过。答曰：那是译 She 的，并非无风作浪。即不然，我也并无遍讽一切的责任，也不觉得有要讽草头丝旁，必须从讽她字开头的道理。

三、原文云："常想"真是"传统思想的束缚"么？答曰：是的，因为"性意识"强。这是严分男女的国度里必有的现象，一时颇不容易脱体的，所以正是传统思想的束缚。

四、原文云：我可以反问：假如托尔斯泰有两兄弟，我们不要另想几个"非轻靓艳丽"的字眼么？答曰：断然不必。我是主张连男女的姓也不要妄加分别的，这回的辩难一半就为此。怎么忽然又忘了？

五、原文云：赞成用郭译 Go……习见故也。答曰："习见"和"是"毫无关系。中国最习见的姓是"张王李赵"。《百家姓》的第一句是"赵钱孙李"，"潜"字却似乎颇不习见，但谁能说"钱"是而"潜"非呢？

六、原文云：我比起三苏，是因为"三"字凑巧，不愿意，"不舒服"，马上可以去掉。答曰：很感谢。我其实还有一个兄弟，早死了。否则也要防因为"四"字"凑巧"，比起"四凶"，更加使人着急。

【附】

咬嚼之乏味

潜源：

当我看《咬文嚼字》那篇短文时，我只觉得这篇短文无意义，其时并不想说什么。后来伏园先生在仲潜先生信后的附注中，把这篇文字大为声张，说鲁迅先生所举的两点是翻译界堕落的现象，所以用二号字标题，四号字标名；并反对在我以为"极为得体"的仲潜先生的"最无聊"三字的短评。因此，我才写信给伏园先生。

在给伏园先生的信中，我说过："气力要卖到大地方去，却不可从事吹敲""记者先生用二号字标题，四号字标名，也是多事"几句话。我的意思是：鲁迅先生所举的两点是翻译界极小极小的事，用不着去声张做势；翻译界可论的大事正多着呢，何不到那去卖气力？（鲁迅先生或者不承认自己声张，然伏园先生却为之声张了。）就是这两点极小极小的事，我也不能迷信"名人说话不会错的"而表示赞同，所以后面对于这两点加以些微非议。

在未入正文之先，我要说几句关于"滥调"的话。

实在，我的"滥调"的解释与普通一般的解释有点不同。在"滥调"二字旁，我加了""，表示它的意义是全属于字面的（literal）。即是指"无意义的论调"或直指"无聊的论调"亦可。伏园先生与江震亚先生对于"滥调"二字似乎都有误解，故顺便提及。

现在且把我对于鲁迅先生《咬嚼之余》一篇的意见说说。

先说第一点吧：鲁迅先生在《咬嚼之余》说，"我那篇开首说：'以摆脱传统思想之束缚……'……两位的通信似乎于这一点都没有看清楚。"于是我又把《咬文嚼字》再看一遍。的确，我看清楚了。那篇开首明明写着"以摆脱传统思想的束缚而来主张男女平等的男人，却……"那面的意思即是：主张男女平等的男人，即已摆脱传统思想的束缚了，我在前次通信曾说过，"加些草头，女旁，丝旁"，"来译外国女人的姓氏"，是因为我们想知道他或她的性别，然而知道性别并非主张男女不平等。（鲁迅先生对于此点没有非议。）那末，结论是，用"轻靓艳丽"的字眼译外国女人名，既非主张男女不平等，则其不受传统思想的束缚可知。糟就糟在我不该在"想"字上面加个"常"字，于是鲁迅先生说，"'常想'就是束缚。""常想"真是"束缚"吗？是"传统思想的束缚"吗？口吻太"幽默"了，我不懂。"小说看下去就知道，戏曲是开首有说明的。"作家的姓名呢？还有，假如照鲁迅先生的说法，数年前提倡新文化运动的人们特为"创"出一个"她"字来代表女人，比"想"出"轻靓艳丽"的字眼来译女人的姓氏，不更为受传统思想的束缚而更麻烦吗？然而鲁迅先生对于用"她"字却没有讽过。至于说托尔斯泰有两个女儿，又须别想八个"轻靓艳丽"的字眼，麻烦得多，我认此点并不在我们所谈之列。我们所谈的是"两性间"的分别，而非"同性间"。而且，同样我可以反问：假如托尔斯泰有两兄弟，我们不要另想几个"非轻靓艳丽"的字眼吗？

关于第二点，我仍觉得把 Gogol 的 Go 译作郭，把 Wilde 的 Wi 译作王，既不曾没有"介绍世界文学"，自然已"摆脱传统思想的束缚"。鲁迅说"故意"译作"郭""王"是受传统思想的束缚，游魂是《百家姓》，也未见得。我少时简直没有读过《百家姓》，我却赞成用"郭"译 Gogol 的 Go，用"王"译 Wilde 的 Wi，为什么？"习见"故也。

他又说："将翻译当作一种工具，或者图便利，爱折中的先生们是本来不在所讽的范围之内的。"对于这里我自然没有话可说。但是反面"以摆脱传统思想束缚的，而借翻译以主张男女平等，介绍世界文学"的先生们，用"轻靓艳丽"的字眼译外国女人名，用郭译 Go，用王译 Wi，我也承认是对的，而"讽"为"吹毛"，为"无聊"，理由上述。

正话说完了。鲁迅先生"末了"的话太客气了。（一）我比起三苏，是因为"三"字凑巧，不愿意，"不舒服"，马上可以去掉。（二）《呐喊》风行得很；讽刺旧社会是对的，"故意"讽刺已摆脱传统思想的束缚的人们是不对。（三）鲁迅先生名是有的：《现代评论》有《鲁迅先生》，以前的《晨报附刊》对于"鲁迅"这个名字，还经过许多滑稽的考据呢！

最后我要说几句好玩的话。伏园先生在我信后的附注中，指我为簇新青年，这自然挖苦的成分多，真诚的成分少。假如我真是"簇新"，我要说用"她"字来代表女性，是中国新文学界最堕落的现象，而加以"讽刺"呢。因为非是不足以表现"主张男女平等"，非是不足以表现"摆脱传统思想的束缚"！

二月十日《京报副刊》）

杂 语

称为神的和称为魔的战斗了，并非争夺天国，而在要得地狱的统治权。所以无论谁胜，地狱至今也还是照样的地狱。

两大古文明国的艺术家握手了，因为可图两国的文明的沟通。沟通是也许要沟通的，可惜"诗哲"又到意大利去了。

"文士"和老名士战斗，因为……——我不知道要怎样。但先前只许"之乎者也"的名公捧角，现在却也准 ABCD 的"文士"入场了。这时戏子便化为艺术家，对他们点点头。

新的批评家要站出来么？您最好少说话，少作文，不得已时，也要做得短。但总须弄几个人交口说您是批评家。那么，您的少说话就是高深，您的少作文就是名贵，永远不会失败了。

新的创作家要站出来么？您最好是在发表过一篇作品之后，另造一个名字，写点文章去恭维：倘有人攻击了，就去辩护。而且这名字要造得艳丽一些，使人们容易疑心是女性。倘若真能有这样的一个，就更佳；倘若这一个又是爱人，就更更佳。"爱人呀！"这三个字就多么旖旎而饶于诗趣呢？正不必再有第四字，才可望得到奋斗的成功。

四月二十四日北京《莽原》周刊第一期）

编完写起

近几天收到两篇文章，是答陈百年先生的《一夫多妻的新护符》的，据说，《现代评论》不给登他们的答辩，又无处可投，所以寄到我这里来了，请为介绍到可登的地方去。诚然，《妇女杂志》上再不见这一类文章了，想起来毛骨悚然，悚然于阶级很不同的两类人，在中国竟会联成一气。但我能向那里介绍呢，饭碗是谁都有些保重的。况且，看《现代评论》的豫告，已经登在二十二期上了，我便决意将这两篇没收。

但待到看见印成的《现代评论》的时候，我却又决计将它登出来，因为比那挂在那边的尾巴上的一点详得多，但是委屈得很，只能在这无聊的《莽原》上。我于他们三位都是熟识之至，又毫没有研究过什么性伦理性心理之类，所以不敢来说外行话。可是我总以为章周两先生在中国将这些议论发得太早，——虽然外国已经说旧了，但外国是外国。可是我总觉得陈先生满口"流弊流弊"，是论利害，不像论是非，莫明其妙。

但陈先生文章的末段，读来却痛快——

"……至于法律和道德相比，道德不妨比法律严些，法律所不禁止的，道德尽可加以禁止。例如拍马吹牛，似乎不是法律所禁止的……然则我们在道德上也可以容许拍马屁，认为无损人格么？"

这我敢回答：是不能容许的。然而接着又起了一个类似的问题：例如女人被强奸，在法律上似乎不至于处死刑，然则我们在道德上也可以容许被强奸，认为无须自杀么？

章先生的驳文似乎激昂些，因为他觉得陈先生的文章发表以后，攻击者便源源而来，就疑心到"教授"的头衔上去。那么，继起者就有"拍马屁"的嫌疑了，我想未必。但教授和学者的话比起一个小编辑来容易得社会信任，却也许是实情，因此从论敌看来，这些名称也就有了流弊了，真所谓有一利必有一弊。

十一日

【案语】

案：这《编完写起》共有三段，第一段和第三段都已经收在《华盖集》里了，题为《导师》和《长城》。独独这一段没有收进去，大约是因为那时以为只关于几个人的事情，并无多谈的必要的缘故。

然而在当时，却也并非小事情。《现代评论》是学者们的喉舌，经它一喝，章锡琛先生的确不久就失去《妇女杂志》的编辑的椅子，终于从商务印书馆走出，——但积久却做了开明书店的老板，反而获得予夺别人的椅子的威权，听说现在还在编辑所的大门口也站起了巡警，陈百年先生是经理考试去了。这真教人不胜今昔之感。

就这文章的表面看来，陈先生是意在防"弊"，欲以道德济法律之穷，这就是儒家和法家的不同之点。但我并不是说：陈先生是儒家，章周两先生是法家，——中国现在，家数又并没有这么清清楚楚。

一九三五年二月十五日晨，补记
（本篇最初发表于一九二五年
五月十五日《莽原》周刊第四期）

俄文译本《阿Q正传》序

这在我是很应该感谢，也是很觉得欣幸的事，就是：我的一篇短小的作品，仗着深通中国文学的王希礼（B. A. Vassi‑liev）先生的翻译，竟得展开在俄国读者的面前了。

我虽然已经试做，但终于自己还不能很有把握，我是否真能够写出一个现代的我们国人的魂灵来。别人我不得而知，在我自己，

93

总仿佛觉得我们人人之间各有一道高墙，将各个分离，使大家的心无从相印。这就是我们古代的聪明人，即所谓圣贤，将人们分为十等，说是高下各不相同。其名目现在虽然不用了，但那鬼魂却依然存在，并且，变本加厉，连一个人的身体也有了等差，使手对于足也不免视为下等的异类。造化生人，已经非常巧妙，使一个人不会感到别人的肉体上的痛苦了，我们的圣人和圣人之徒却又补了造化之缺，并且使人们不再会感到别人的精神上的痛苦。

我们的古人又造出了一种难到可怕的一块一块的文字；但我还并不十分怨恨，因为我觉得他们倒并不是故意的。然而，许多人却不能借此说话了，加以古训所筑成的高墙，更使他们连想也不敢想。现在我们所能听到的不过是几个圣人之徒的意见和道理，为了他们自己；至于百姓，却就默默的生长，萎黄，枯死了，像压在大石底下的草一样，已经有四千年！

要画出这样沉默的国民的魂灵来，在中国实在算一件难事，因为，已经说过，我们究竟还是未经革新的古国的人民，所以也还是各不相通，并且连自己的手也几乎不懂自己的足。我虽然竭力想摸索人们的魂灵，但时时总自憾有些隔膜。在将来，围在高墙里面的一切人众，该会自己觉醒，走出，都来开口的罢，而现在还少见，所以我也只得依了自己的觉察，孤寂地姑且将这些写出，作为在我的眼里所经过的中国的人生。

我的小说出版之后，首先收到的是一个青年批评家的谴责；后来，也有以为是病的，也有以为滑稽的，也有以为讽刺的；或者还以为冷嘲，至于使我自己也要疑心自己的心里真藏着可怕的冰块。然而我又想，看人生是因作者而不同，看作品又因读者而不同，那么，这一篇在毫无"我们的传统思想"的俄国读者的眼中，也许又会照见别样的情景的罢，这实在是使我觉得很有意味的。

一九二五年五月二十六日，于北京。鲁迅

著者自叙传略

我于一八八一年生在浙江省绍兴府城里的一家姓周的家里。父亲是读书的；母亲姓鲁，乡下人，她以自修得到能够看书的学力。听人说，在我幼小时候，家里还有四五十亩水田，并不很愁生计。但到我十三岁时，我家忽而遭了一场很大的变故，几乎什么也没有了；我寄住在一个亲戚家，有时还被称为乞食者。我于是决心回家，而我的父亲又生了重病，约有三年多，死去了。我渐至于连极少的学费也无法可想；我的母亲便给我筹办了一点旅费，教我去寻无需学费的学校去，因为我总不肯学做幕友或商人，——这是我乡衰落了的读书人家子弟所常走的两条路。

其时我是十八岁，便旅行到南京，考入水师学堂了，分在机关科。大约过了半年我又走出，改进矿路学堂去学开矿，毕业之后，即被派往日本去留学。但待到在东京的豫备学校毕业，我已经决意要学医了，原因之一是因为我确知道了新的医学对于日本的维新有很大的助力。我于是进了仙台（Sendai）医学专门学校，学了两年。这时正值俄日战争，我偶然在电影上看见一个中国人因做侦探而将被斩，因此又觉得在中国还应该先提倡新文艺。我便弃了学籍，再到东京，和几个朋友立了些小计画，但都陆续失败了。我又想往德国去，也失败了。终于，因为我的母亲和几个别的人很希望我有经济上的帮助，我便回到中国来；这时我是二十九岁。

我一回国，就在浙江杭州的两级师范学堂做化学和生理学教员，第二年就走出，到绍兴中学堂去做教务长，第三年又走出，没有地方可去，想在一个书店去做编译员，到底被拒绝了。但革命也就发生，绍兴光复后，我做了师范学校的校长。革命政府在南京成立，教育部长招我去做部员，移入北京，一直到现在。近几年，我还兼做北京大学，师范大学，女子师范大学的国文系讲师。

我在留学时候，只在杂志上登过几篇不好的文章。初做小说是一九一八年，因了我的朋友钱玄同的劝告，做来登在《新青年》上的。这时才用"鲁迅"的笔名（Penname）；也常用别的名字做一点短论。现在汇印成书的只有一本短篇小说集《呐喊》，其余还散在几种杂志上。别的，除翻译不计外，印成的又有一本《中国小说史略》。

【附】

自 传

鲁迅，以一八八一年生于浙江之绍兴城内姓周的一个大家族里。父亲是秀才；母亲姓鲁，乡下人，她以自修到能看文学作品的程度。家里原有祖遗的四五十亩田，但在父亲死掉之前，已经卖完了。这时我大约十三四岁，但还勉强读了三四年多的中国书。

因为没有钱，就得寻不用学费的学校，于是去到南京，住了大半年，考进了水师学堂。不久，分在管轮班，我想，那就上不了舱面了，便走出，另考进了矿路学堂，在那里毕业，被送往日本留学。但我又变计，改而学医，学了两年，又变计，要弄文学了。于是看些文学书，一面翻译，也作些论文，设法在刊物上发表。直到一九一○年，我的母亲无法生活，这才回国，在杭州师范学校做助教，次年在绍兴中学做监学。一九一二年革命后，被任为绍兴师范学校校长。

但绍兴革命军的首领是强盗出身，我不满意他的行为，他说要杀死我，我就到南京，在教育部办事，由此进北京，做到社会教育司的第二科科长。一九一八年"文学革命"运动起，我始用"鲁迅"的笔名作小说，登在《新青年》上，以后就时时作些短篇小说和短评；一面也做北京大学，师范大学，女子师范大学的讲师。因为做评论，敌人就多起来，北京大学教授陈源开始发表这"鲁迅"就是我，由此弄到段祺瑞将我撤职，并且还要逮捕我。我只好离开北京，到厦门大学做教授；约有半年，和校长以及别的几个教授冲突了，便到广州，在中山大学做了教务长兼文科教授。

又约半年，国民党北伐分明很顺利，厦门的有些教授就也到广州来了，不久就清党，我一生从未见过有这么杀人的，我就辞了职，回到上海，想以译作谋生。但因为加入自由大同盟，听说国民党在通缉我了，我便躲起来。此后又加入了左翼作家联盟，民权同盟。到今年，我的一九二六年以后出版的译作，几乎全被国民党所禁止。

我的工作，除翻译及编辑的不算外，创作的有短篇小说集二本，散文诗一本，回忆记一本，论文集一本，短评八本，中国小说史略一本。

（本篇最初发表于一九二五年
六月十五日《语丝》周刊第三十一期）

田园思想（通讯）

白波先生：

我们憎恶的所谓"导师"，是自以为有正路，有捷径，而其实却是劝人不走的人。倘有领人向前者，只要自己愿意，自然也不妨追踪而往；但这样的前锋，怕中国现在还找不到罢。所以我想，与其找胡涂导师，倒不如自己走，可以省却寻觅的工夫，横竖他也什么都不知道。至于我那"遇见森林，可以辟成平地"这些话，不过是比方，犹言可以用自力克服一切困难，并非真劝人都到山里去。

【附】

来　信

鲁迅先生：

上星期偶然到五马路一爿小药店里去看我一个小表弟——他现在是店徒——走过亚东书馆，顺便走了进去。在杂乱的书报堆里找到了几期《语丝》，便买来把它读。在广告栏中看见了有所谓《莽原》的广告和目录，说是由先生主编的，定神一想，似乎刚才在亚东书馆也乱置在里面，便懊悔的什么似的。要再乘电车出去，时钱两缺，暂时把它丢开了。可是当我把《语丝》读完的时候，想念《莽原》的心思却忽然增高万倍，急中生智，马上写了一封信给我的可爱的表弟。下二天，我居然能安安逸逸的读《莽原》了。三期中最能引起我的兴致的，便是先生的小杂感。

上面不过要表明对于《莽原》的一种渴望，不是存心要耗费先生的时间。今天，我的表弟又把第四期的《莽原》寄给我了，白天很热，所以没有细读，现在是半夜十二时多了，在寂静的大自然中，洋烛光前，细读《编完写起》，一字一字的。尤其使我百读不厌的，是第一段关于"青年与导师"的话。因为这个念头近来把我扰的头昏，时时刻刻想找一些文章来读，借以得些解决。

先生："你们所多的是生力，遇见深林，可以开成平地的，遇见旷野，可以栽种树木的……寻什么乌烟瘴气的鸟导师！"可真痛快之至了！

先生，我不愿对你说我是怎么烦闷的青年啦，我是多么孤苦啦，因为这些无聊的形容词非但不能引人注意，反生厌恶。我切急要对先生说的，是我正在找个导师呵！我所谓导师，不是说天天把书讲给我听，把道德……指示我的，乃是正在找一个能给我一些真实的人生观的师傅！

大约一月前，我把器俄的《哀史》念完了。当夜把它的大意仔细温习一遍，觉得器俄之所以写了这么长的一部伟著，其用意也不过是指示某一种人的人生观。他写《哀史》是在流放于 Channel Island 时，所以他所指示的人是一种被世界，人类，社会，小人……甚至一个侦探所舍弃的人，但同时也是被他们监视的人。一个无辜的农夫，偷了一点东西来养母亲，卒至终生做了罪犯；逃了一次监，罪也加重一层。后来，竟能化名办实业，做县知事，乐善好施，救出了无数落难的人。而他自己则布衣素食，保持着一副沉毅的态度，还在夜间明灯攻读，以补少年失学之缺憾（这种处所，正是浪漫作家最得意之笔墨）。可是他终被一个侦探（社会上实有这种人的！）怀疑到一个与他同貌的农夫，及至最后审判的一天，他良心忍不住了，投案自首，说他才是个逃犯。至此，他自己知道社会上决不能再容他存在了。于是他一片赤诚救世之心，却无人来接受！这是何等的社会！可是他的身体可以受种种的束缚，他的心却是活的！所以他想出了以一个私生女儿为终生的安慰！他可为她死！他的生也是为了她。试看 Cosett 与人家发生了爱，他老人家终夜不能入睡，是多么的烦闷呵！最后，她嫁了人，他老人家觉得责任已尽，人生也可告终了。于是也失踪了。

我以为嚣俄是指导被社会压迫与弃置的人，尽可做一些实在的事；其中未始没有乐趣。正如先生所谓"遇见深林……"虽则在动机上彼此或有些不同。差不多有一年之久，我终日想自己去做一些工作，不倚靠别人，总括一句，就是不要做智识阶级的人了，自己努力去另辟一新园地。后来又读托尔斯泰小说 Anna Karenina，看到主人 Vronsky 的田园生活，更证明我前念之不错。及至后来读了 Hardy 的悲观色彩十分浓厚的 Tess，对于乡村实在有些入魔了！不过以 Haydy 的生活看来，勤勤恳恳的把 Wessex 写给了世人，自己孜孜于文学生涯，觉得他的生活，与嚣俄或托尔斯泰所写的有些两样，一是为了他事失败而才从事的，而哈代则生来愿意如此（虽然也许是我妄说，但不必定是哈代，别的人一定很多）。虽然结果一样，其"因"却大相径庭。一是进化的，前者却是退化了。

因为前天在某文上见引用一句歌德的话："做是容易的，想却难了！"于是从前种种妄想，顿时消灭的片屑不存。因为照前者的入田园，只能算一种"做"，而"想"却绝对谈不到，平心而论，一个研究学问或作其他事业的人一旦遭了挫折，便去归返自然，只能算"做"一些简易的工作，和我国先前的隐居差不多，无形中已陷于极端的消极了！一个愚者而妄想"想"，自然痴的可怜，但一遇挫折己便反却，却是退化了。

先生的意思或许不是这些，但现今田园思想充斥了全国青年的头脑中，所以顺便写了一大堆无用的话。但不知先生肯否给我以稍为明了一些的解释呢？

先生虽然万分的憎恶所谓"导师"，我却从心坎里希望你做一些和厨川白村相像的短文（这相像是我虚拟的），给麻木的中国人一些反省。

白波，上海同文书院。六月

（本篇最初发表于一九二五年

六月十二日《莽原》周刊第八期）

流言和谎话

这一回编辑《莽原》时，看见论及北京女子师范大学风潮的投稿里，还有用"某校"字样和几个方匡子的，颇使我觉得中国实在还很有存心忠厚的君子，国事大有可为。但其实，报章上早已明明白白地登载过许多次了。

今年五月，为了"同系学生同时登两个相反的启事已经发现了……"那些事，已经使"喜欢怀疑"的西滢先生有"好像一个臭毛厕"之叹（见《现代评论》二十五期《闲话》），现在如果西滢先生已回北京，或者要更觉得"世风日下"了罢，因为三个相反，或相成的启事已经发现了：一是"女师大学生自治会"；二是"杨荫榆"；三是单叫作"女师大"。

报载对于学生"停止饮食茶水"，学生亦云"既感饥荒之苦，复虑生命之危"。而"女师大"云"全属子虚"，是相反的；而杨荫榆云"本校原望该生等及早觉悟自动出校并不愿其在校受生活上种种之不便也"，则似乎确已停止，和"女师大"说相反，与报及学生说相成。

学生云"杨荫榆突以武装入校，勒令同学全体即刻离校，嗣复命令军警肆意毒打侮辱……"而杨荫榆云"荫榆于八月一日到校……暴劣学生肆行滋扰……故不能不请求警署拨派巡警保护……"是因为"滋扰"才请派警，与学生说相反的；而"女师大"云"不料该生等非特不肯遵命竟敢任情谩骂极端侮辱……幸先经内右二区派拨警士在校防护……"是派警在先，"滋扰"在后，和杨荫榆说相反的；至于京师警察厅行政处公布，则云"查本厅于上月三十一日准国立北京女子师范大学函……请准予八月一日照派保安警察三四十名来校……"乃又与学生及"女师大"说相成了。杨荫榆确是先期准备了"武装入校"，而自己竟不知道，以为临时叫来，真是离奇。

杨先生大约真如自己的启事所言，"始终以培植人才恪尽职守为素志……服务情形为国人所共鉴"的罢。"素志"我不得而知，至于服务情形，则不必再说别的，只要一看本月一日至四日的"女师大"和她自己的两启事之离奇闪烁就尽够了！撒谎造谣，即在局外者也觉得。如果是严厉的观察和批评者，即可以执此而推论其他。

但杨先生却道："所以勉力维持至于今日者非贪恋个人之地位为彻底整饬学风计也"，窃以为学风是决非造谣撒谎所能整饬的；地位自然不在此例。

且住，我又来说话了，或者西滢先生们又许要听到许多"流言"。然而请放心，我虽然确是"某籍"，也做过国文系的一两点钟的教员，但我并不想谋校长，或仍做教员以至增加钟点；也并不为子孙计，防她们在女师大被诬被革，挨打挨饿，我借一句Lermontov的愤激的话告诉你们："我幸而没有女儿！"

八月五日
（本篇最初发表于一九二五年
八月七日《莽原》周刊第十六期）

通　信

霉江先生：

如果"叛徒"们造成战线而能遇到敌人，中国的情形早已不至于如此，因为现在所遇见的并无敌人，只有暗箭罢了。所以想有战线，必须先有敌人，这事情恐怕还辽远得很，若现在，则正如来信所说，大概连是友是仇也不大容易分辨清楚的。

我对于《语丝》的责任，只有投稿，所以关于刊载的事，不知其详。至于江先生的文章，我得到来信后，才看了一点。我的意见，以为先生太认真了，大约连作者自己也未必以为他那些话有这么被人看得值得讨论。

先生大概年纪还青，所以竟这样愤慨，而且推爱及我，代我发愁，我实在不胜感谢。这事其实是不难的，只要打听大学教授陈源（即西滢）先生，也许能够知道章士钊是否又要"私禀执政"，因为陈教授那里似乎常有"流言"飞扬。但是，这不是我的事。

鲁迅。九月一日

【附】

来　信

鲁迅先生：

从近来《现代评论》之主张单独对英以媚亲日派的政府，侮辱学界之驱章为"打学潮糊涂账"以媚教育当局，骂"副刊至少有产生出来以备淘汰的价值"以侮辱"青年叛徒"及其领导者，藉达其下流的政客式的学者的拍卖人格的阴谋等等方面看来，我们深觉得其他有良心的学者和有人格的青年太少，太没有责任心，太怯懦了！从稿的销售数目在各种周刊之上看（虽然有许多是送看的），从稿的页数增加上看，我们可以知道卑污恶浊的社会里的读者最欢迎这类学术界中的《红》《半月》或《礼拜六》。自从《新青年》停刊以后，思想界中再没有得力的旗帜鲜明的冲锋队了。如今"《新青年》的老同志有的投降了，有的退伍了，而新的还没练好"，而且"势力太散漫了"。我今天上午着手草《联合战线》一文，致猛进社，语丝社，莽原社同人及全国的叛徒们的，目的是将三社同人及其他同志联合起来，印行一种刊物，注全力进攻我们本阶级的恶势力的代表：一系反动派的章士钊的《甲寅》，一系与反动派朋比为好的《现代评论》。我正在写那篇文章的时候，N君拿着一份新出来的《语丝》，指给我看这位充满"阿Q精神"兼"推敲大教育家"江绍原的"小杂种"，里面说道，"至于民报副刊，有人说是共产党办的。"江君翻打自己的嘴巴，乱生"小杂种"，一被谴于米先生（见京报副刊），再见斥于作《阿Q的一点精神》（见民报副刊）的辛人，恼羞成怒，竟迁怒到民副记者的身上去了。最巧妙的是江君偏在不入大人老爷之×（原刊不清）的《语丝》上诡谲地加上"有人说"三个字。N君××（原刊不清）"大约这位推敲大家在共出十五期的民副上，曾推出一句共产的宣来同而睡，（原刊如此）时对于这位归国几满三年，从未作过一句宣传的文章，从未加入任何政党，从未卷入任何风潮，从未作任何活动的民副记者——一个颓废派诗人梭罗古勃的爱慕者，也终不能查出共产党的证据，所以只能加上'有人说'三字，一方面可以摆脱责任，一方面又可造谣。而拈阄还凑巧正拈到投在语丝上……"我于是立刻将我的《联合战线》一文撕得粉碎；我万没想到这《现代评论》上的好文章，竟会在《语丝》上刊出来。实在，在这个世界上谁是谁的伙伴或仇敌呢？我们永远感受着胡乱握手与胡乱刺杀的悲哀。

我看你们时登民副记者的文章，那末，你不是窝藏共产党的（即使你不是共产党）么？至少"有人说"你是的。章士钊褫你的职还不足以泄其愤吧，谨防着他或者又会"私禀执政"把你当乱党办的。一笑。

下一段是N君仿江绍原的"小杂种"体编的，我写的——

"……胡适之怎样？……想起来了，那位博士近来盛传被'皇上''德化'了，招牌怕不香吧。

"陈西滢怎样？……听说近来被人指为'英日帝国主义者和某军阀的走狗章士钊'的'党徒'……

"至于江绍原，有人说他是一般人所指为学者人格拍卖公司现代评论社的第○支部总经理……"

本函倘可给莽原补白，尚祈教正，是荷。

霉江谨上

（本篇最初发表于一九二五年
九月四日《莽原》周刊第二十期）

《痴华鬘》题记

尝闻天竺寓言之富，如大林深泉，他国艺文，往往蒙其影响。即翻为华言之佛经中，亦随在可见，明徐元太辑《喻林》，颇加搜录，然卷帙繁重，不易得之。佛藏中经，以譬喻为名者，亦可五六种，惟《百喻经》最有条贯。其书具名《百句譬喻经》；《出三藏记集》云，天竺僧伽斯那从《修多罗藏》十二部经中钞出譬喻，聚为一部，凡一百事，为新学者，撰说此经。萧齐永明十年九月十日，中天竺法师求那毗地出。以譬喻说法者，本经云，"如阿伽陀药，树叶而裹之，取药涂毒竟，树叶还弃之，戏笑如叶裹，实义在其中"也。王君品青爱其设喻之妙，因除去教诫，独留寓言；又缘经末有"尊者僧伽斯那造作《痴华鬘》竟"语，即据以回复原名，仍印为两卷。尝称百喻，而实缺二者，疑举成数，或并以卷首之引，卷末之偈为二事也。尊者造论，虽以正法为心，譬故事于树叶，而言必及法，反多拘牵，今则已无阿伽陀药，更何得有药裹，出离界域，内外洞然，智者所见，盖不惟佛说正义而已矣。

中华民国十五年五月十二日，鲁迅
（本篇最初印入王品青校点的《痴华鬘》一
书，该书一九二六年六月由北新书局出版）

104

《穷人》小引

千八百八十年，是陀思妥夫斯基完成了他的巨制之一《卡拉玛卓夫兄弟》这一年；他在手记上说："以完全的写实主义在人中间发见人。这是彻头彻尾俄国底特质。在这意义上，我自然是民族底的……人称我为心理学家（Psychologist）。这不得当。我但是在高的意义上的写实主义者，即我是将人的灵魂的深，显示于人的。"第二年，他就死了。

显示灵魂的深者，每要被人看作心理学家；尤其是陀思妥夫斯基那样的作者。他写人物，几乎无须描写外貌，只要以语气，声音，就不独将他们的思想和感情，便是面目和身体也表示着。又因为显示着灵魂的深，所以一读那作品，便令人发生精神的变化。灵魂的深处并不平安，敢于正视的本来就不多，更何况写出？因此有些柔软无力的读者，便往往将他只看作"残酷的天才"。

陀思妥夫斯基将自己作品中的人物们，有时也委实太置之万难忍受的，没有活路的，不堪设想的境地，使他们什么事都做不出来。用了精神的苦刑，送他们到那犯罪，痴呆，酗酒，发狂，自杀的路上去。有时候，竟至于似乎并无目的，只为了手造的牺牲者的苦恼，而使他受苦，在骇人的卑污的状态上，表示出人们的心来。这确凿是一个"残酷的天才"，人的灵魂的伟大的审问者。

然而，在这"在高的意义上的写实主义者"的实验室里，所处理的乃是人的全灵魂。他又从精神底苦刑，送他们到那反省，矫正，忏悔，苏生的路上去；甚至于又是自杀的路。到这样，他的"残酷"与否，一时也就难于断定，但对于爱好温暖或微凉的人们，却还是没有什么慈悲的气息的。

相传陀思妥夫斯基不喜欢对人述说自己，尤不喜欢述说自己的困苦；但和他一生相纠结的却正是困难和贫穷。便是作品，也至于只有一回是并没有豫支稿费的著作。但他掩藏着这些事。他知道金钱的重要，而他最不善于使用的又正是金钱；直到病得寄养在一个医生的家里了，还想将一切来诊的病人当作佳客。他所爱，所同情的是这些，——贫病的人们，——所记得的是这些，所描写的是这些；而他所毫无顾忌地解剖，详检，甚而至于鉴赏的也是这些。不但这些，其实，他早将自己也加以精神底苦刑了，从年青时候起，一直拷问到死灭。

凡是人的灵魂的伟大的审问者，同时也一定是伟大的犯人。审问者在堂上举劾着他的恶，犯人在阶下陈述他自己的善；审问者在灵魂中揭发污秽，犯人在所揭发的污秽中阐明那埋藏的光耀。这样，就显示出灵魂的深。

在甚深的灵魂中，无所谓"残酷"，更无所谓慈悲；但将这灵魂显示于人的，是"在高的意义上的写实主义者"。

陀思妥夫斯基的著作生涯一共有三十五年，虽那最后的十年很偏重于正教的宣传了，但其为人，却不妨说是始终一律。即作品，也没有大两样。从他最初的《穷人》起，最后的《卡拉玛卓夫兄弟》止，所说的都是同一的事，即所谓"捉住了心中所实验的事实，使读者追求着自己思想的径路，从这心的法则中，自然显示出伦理的观念来。"

这也可以说：挖掘着灵魂的深处，使人受了精神底苦刑而得到创伤，又即从这得伤和养伤和愈合中，得到苦的涤除，而上了苏生的路。

《穷人》是作于千八百四十五年，到第二年发表的；是第一部，也是使他即刻成为大家的作品；格里戈洛维奇和涅克拉梭夫为之狂喜，培林斯基曾给他公正的褒辞。自然，这也可以说，是显示着"谦逊之力"的。然而，世界竟是这么广大，而又这么狭窄；穷人是这么相爱，而又不得相爱；暮年是这么孤寂，而又不安于孤寂。他晚年的手记说："富是使个人加强的，是器械底和精神底满足。因此也将个人从全体分开。"富终于使少女从穷人分离了，可怜的老人便发了不成声的绝叫。爱是何等地纯洁，而又何其有搅扰咒诅之心呵！

而作者其时只有二十四岁，却尤是惊人的事。天才的心诚然是博大的。

中国知道陀思妥夫斯基将近十年了，他的姓已经听得耳熟，但作品的译本却未见。这也无怪，虽是他的短篇，也没有很简短，便于急就的。这回丛芜才将他的最初的作品，最初绍介到中国来，我觉得似乎很弥补了些缺憾。这是用 Constance Garnett 的英译本为主，参考了 Modern Library 的英译本译出的，歧异之处，便由我比较了原白光的日文译本以定从违，又经素园用原文加以校定。在陀思妥夫斯基全集十二巨册中，这虽然不过是一小分，但在我们这样只有微力的人，却很用去许多工作了。藏稿经年，才得印出，便借了这短引，将我所想到的写出，如上文。陀思妥夫斯基的人和他的作品，本是一时研钻不尽的，统论全般，决非我的能力所及，所以这只好算作管窥之说；也仅仅略翻了三本书：Dostoievsky's Literarsche Schriften，Mereschkovsky's Dostoievskyund Tolstoy，昇曙梦的《露西亚文学研究》。

俄国人姓名之长，常使中国的读者觉得烦难，现在就在此略加解释。那姓名全写起来，是总有三个字的：首先是名，其次是父名，第三是姓。例如这书中的解屋斯金，是姓；人却称他马加尔亚列舍维奇，意思就是亚列舍的儿子马加尔，是客气的称呼；亲昵的人就只称名，声音还有变化。倘是女的，便叫她"某之女某"。例如瓦尔瓦拉亚列舍夫那，意思就是亚列舍的女儿瓦尔瓦拉；有时叫她瓦兰加，则是瓦尔瓦拉的音变，也就是亲昵的称呼。

一九二六年六月二日之夜，鲁迅记于东壁下

（本篇最初发表于一九二六年六月十四日《语丝》周刊第八十三期，为韦丛芜所译《穷人》而作）

通　信

未名先生：

多谢你的来信，使我们知道，知道我们的《莽原》原来是"谈社会主义"的。

这也不独武昌的教授为然，全国的教授都大同小异。一个已经足够了，何况是聚起来成了"会"。他们的根据，就在"教授"，这是明明白白的。我想他们的话在"会"里也一定不会错。为什么呢？就因为他们是教授。我们的乡下评定是非，常是这样："赵太爷说对的，还会错么？他田地就有二百亩！"

至于《莽原》，说起来实在惭愧，正如武昌的C先生来信所说，不过"是些废话和大部分的文艺作品"。我们倒也并不是看见社会主义四个字就吓得两眼朝天，口吐白沫，只是没有研究过，所以也没有谈，自然更没有用此来宣传任何主义的意思。"为什么要办刊物？一定是要宣传什么主义。为什么要宣传主义？一定是在得某国的钱"这一类的教授逻辑，在我们的心里还没有。所以请你尽可放心看去，总不至于因此会使教授化为白痴，富翁变成乞丐的。——但保险单我可也不写。

你的名字用得不错，在现在的中国，这种"加害"的确要防的。北京大学的一个学生因为投稿用了真名，已经被教授老爷谋害了。《现代评论》上有人发议论道，"假设我们把知识阶级完全打倒后一百年，世界成个什么世界呢？"你看他多么"心上有杞天之虑"？

鲁迅。六，九

顺便答复C先生：来信已到，也就将上面那些话作为回答罢。

【附】

来　信

鲁迅先生：

我们学校里也有一个小小的图书馆，虽说不到国内的报章刊物杂志一切尽有，大概也有一二种；而办学者虽说不到以全副力量在这里办学，总算得是出了一点狗力在这里厮闹。

有一天，一位同学要求图书馆主任订购《莽原》，主任把这件事提交教授会议——或者是评议会，经神圣的教授会审查，说《莽原》是谈社会主义的，不能订。然而主任敌不过那同学的要求，终究订了。

我自从听到《莽原》是谈社会主义的以后，便细心的从第一期起，重新翻阅一回，始终一点儿证据也找不着。不知他们所说的根据在何处？——恐怕他们的见解独到罢。这是要问你的一点。

因为我喜欢看《莽原》，忽然听到教授老爷们说它谈社会主义，像我这样的学生小子，自然是要起恐慌的。因为社会主义这四字是不好的名词，像洪水猛兽的一般，——在他们看起来。因为现在谈社会主义的书，就像从前"有图画的本子，就要被塾师，就是当时的'引导青年的前辈'禁止，呵斥，甚而至于打手心"一样。因为恐怕他们禁止我读我爱读的《莽原》，而要我去读"人之初性本善"，至于呵斥，打手心，所以害怕得要死。这也是要问你的一点，要问你一个明白的一点。

有此两点，所以要问你，因为大学教授说的话，比较的真确——不是放屁，所以要问你，要问你《莽原》到底是不是谈社会主义？

六，一，未名于武昌

我并不是姓未名名，也不是名未名，未名也不是我的别号，也不是像你们未名社没有取名字的意义。我的名二十一年前已经取好了，只是怕你把它宣布出来，那末他们教授老爷就要加害于我，所以不写出来。因为没有写出自己的真名字，就名之曰未名。

（本篇最初发表于一九二六年六月二十五日《莽原》半月刊第十二期）

文艺与政治的歧途

——十二月二十一日在上海暨南大学讲

我是不大出来讲演的；今天到此地来，不过因为说过了好几次，来讲一回也算了却一件事。我所以不出来讲演，一则没有什么意见可讲，二则刚才这位先生说过，在座的很多读过我的书，我更不能讲什么。书上的人大概比实物好一点，《红楼梦》里面的人物，像贾宝玉林黛玉这些人物，都使我有异样的同情；后来，考究一些当时的事实，到北京后，看看梅兰芳姜妙香扮的贾宝玉林黛玉，觉得并不怎样高明。

我没有整篇的鸿论，也没有高明的见解，只能讲讲我近来所想到的。我每每觉到文艺和政治时时在冲突之中，文艺和革命原不是相反的，两者之间，倒有不安于现状的同一。惟政治是要维持现状，自然和不安于现状的文艺处在不同的方向。不过不满意现状的文艺，直到十九世纪以后才兴起来，只有一段短短历史。政治家最不喜欢人家反抗他的意见，最不喜欢人家要想，要开口。而从前的社会也的确没有人想过什么，又没有人开过口。且看动物中的猴子，它们自有它们的首领；首领要它们怎样，它们就怎样。在部落里，他们有一个酋长，他们跟着酋长走，酋长的吩咐，就是他们的标准。酋长要他们死，也只好去死。那时没有什么文艺，即使有，也不过赞美上帝（还没有后人所谓 God 那么玄妙）罢了！那里会有自由思想？后来，一个部落一个部落你吃我吞，渐渐扩大起来，所谓大国，就是吞吃那多多少少的小部落；一到了大国，内部情形就复杂得多，夹着许多不同的思想，许多不同的问题。这时，文艺也起来了，和政治不断地冲突；政治想维系现状使它统一，文艺催促社会进化使它渐渐分离；文艺虽使社会分裂，但是社会这样才进步起来。文艺既然是政治家的眼中钉，那就不免被挤出去。外国许多文学家，在本国站不住脚，相率亡命到别个国度去；这个方法，就是"逃"。要是逃不掉，那就被杀掉，割掉他的头；割掉头那是最好的方法，既不会开口，又不会想了。俄国许多文学家，受到这个结果，还有许多充军到冰雪的西伯利亚去。

有一派讲文艺的，主张离开人生，讲些月呀花呀鸟呀的话（在中国又不同，有国粹的道德，连花呀月呀都不许讲，当作别论），或者专讲"梦"，专讲些将来的社会，不要讲得太近。这种文学家，他们都躲在象牙之塔里面；但是"象牙之塔"毕竟不能住得很长久的呀！象牙之塔总是要安放在人间，就免不掉还要受政治的压迫。打起仗来，就不能不逃开去。北京有一班文人，顶看不起描写社会的文学家，他们想，小说里面连车夫的生活都可以写进去，岂不把小说应该写才子佳人一首诗生爱情的定律都打破了吗？现在呢，他们也不能做高尚的文学家了，还是要逃到南边来；"象牙之塔"的窗子里，到底没有一块一块面包递进来的呀！

等到这些文学家也逃出来了，其他文学家早已死的死，逃的逃了。别的文学家，对于现状早感到不满意，又不能不反对，不能不开口，"反对""开口"就是有他们的下场。我以为文艺大概由于现在生活的感受，亲身所感到的，便影印到文艺中去。挪威有一文学家，他描写肚子饿，写了一本书，这是依他所经验的写的。对于人生的经验，别的且不说，"肚子饿"这件事，要是欢喜，便可以试试看，只要两天不吃饭，饭的香味便会是一个特别的诱惑；要是走过街上饭铺子门口，更会觉得这个香味一阵阵冲到鼻子来。我们有钱的时候，用几个钱不算什么；直到没有钱，一个钱都有它的意味。那本描写肚子饿的书里，它说起那人饿得久了，看见路人个个是仇人，即是穿一件单裤子的，在他眼里也见得那是骄傲。我记起我自己曾经写过这样一个人，他身边什么都光了，时常抽开抽屉看看，看角上边上可以找到什么；路上一处一处去找，看有什么可以找得到；这个情形，我自己是体验过来的。

从生活窘迫来的人，一到了有钱，容易变成两种情形：一种是理想世界，替处同一境遇的人着想，便成为人道主义；一种是什么都是自己挣起来，从前的遭遇，使他觉得什么都是冷酷，便流为个人主义。我们中国大概是变成个人主义者多。主张人道主义的，要想替穷人想想法子，改变改变现状，在政治家眼里，倒还不如个人主义的好；所以人道主义者和政治家就有冲突。俄国文学家托尔斯泰讲人道主义，反对战争，写过三册很厚的小说——那部《战争与和平》，他自己是个贵族，却是经过战场的生活，他感到战争是怎么一个惨痛。尤其是他一临到长官的铁板前（战场上重要军官都有铁板挡住枪弹），更有刺心的痛楚。而他又眼见他的朋友们，很多在战场上牺牲掉。战争的结果，也可以变成两种态度：一种是英雄，他见别人死的死伤的伤，只有他健存，自己就觉得怎样了不得，这么那么夸耀战场上的威雄。一种是变成反对战争的，希望世界上不要再打仗了。托尔斯泰便是后一

种，主张用无抵抗主义来消灭战争。他这么主张，政府自然讨厌他；反对战争，和俄皇的侵掠欲望冲突；主张无抵抗主义，叫兵士不替皇帝打仗，警察不替皇帝执法，审判官不替皇帝裁判，大家都不去捧皇帝；皇帝是全要人捧的，没有人捧，还成什么皇帝，更和政治相冲突。这种文学家出来，对于社会现状不满意，这样批评，那样批评，弄得社会上个个都自己觉到，都不安起来，自然非杀头不可。

但是，文艺家的话其实还是社会的话，他不过感觉灵敏，早感到早说出来（有时，他说得太早，连社会也反对他，也排轧他）。譬如我们学兵式体操，行举枪礼，照规矩口令是"举……枪"这般叫，一定要等"枪"字令下，才可以举起。有些人却是一听到"举"字便举起来，叫口令的要罚他，说他做错。文艺家在社会上正是这样；他说得早一点，大家都讨厌他。政治家认定文学家是社会扰乱的煽动者，心想杀掉他，社会就可平安。殊不知杀了文学家，社会还是要革命；俄国的文学家被杀掉的充军的不在少数，革命的火焰不是到处燃着吗？文学家生前大概不能得到社会的同情，潦倒地过了一生，直到死后四五十年，才为社会所认识，大家大闹起来。政治家因此更厌恶文学家，以为文学家早就种下大祸根；政治家想不准大家思想，而那野蛮时代早已过去了。在座诸位的见解，我虽然不知道；据我推测，一定和政治家是不相同；政治家既永远怪文艺家破坏他们的统一，偏见如此，所以我从来不肯和政治家去说。

到了后来，社会终于变动了；文艺家先时讲的话，渐渐大家都记起来了，大家都赞成他，恭维他是先知先觉。虽是他活的时候，怎样受过社会的奚落。刚才我来讲演，大家一阵子拍手，这拍手就见得我并不怎样伟大；那拍手是很危险的东西，拍了手或者使我自以为伟大不再向前了，所以还是不拍手的好。上面我讲过，文学家是感觉灵敏了一点，许多观念，文学家早感到了，社会还没有感到。譬如今天××先生穿了皮袍，我还只穿棉袍；××先生对于天寒的感觉比我灵。再过一月，也许我也感到非穿皮袍不可，在天气上的感觉，相差到一个月，在思想上的感觉就得相差到三四十年。这个话，我这么讲，也有许多文学家在反对。我在广东，曾经批评一个革命文学家——现在的广东，是非革命文学不能算做文学的，是非"打打打，杀杀杀，革革革，命命命"，不能算做革命文学的——我以为革命并不能和文学连在一块儿，虽然文学中也有文学革命。但做文学的人总得闲定一点，正在革命中，哪有工夫做文学。我们且想想：在生活困乏中，一面拉车，一面"之乎者也"，到底不大便当。古人虽有种田做诗的，那一定不是自己在种田；雇了几个人替他种田，他才能吟他的诗；真要种田，就没有功夫做诗。革命时候也是一样；正在革命，那有功夫做诗？我有几个学生，在打陈炯明时候，他们都在战场；我读了他们的来信，只见他们的字与词一封一封生疏下去。俄国革命以后，拿了面包票排了队一排一排去领面包；这时，国家既不管你什么文学家艺术家雕刻家；大家连想面包都来不及，哪有工夫去想文学？等到有了文学，革命早成功了。革命成功以后，闲空了一点；有人恭维革命，有人颂扬革命，这已不是革命文学。他们恭维革命颂扬革命，就是颂扬有权力者，和革命有什么关系？

这时，也许有感觉灵敏的文学家，又感到现状的不满意，又要出来开口。从前文艺家的话，政治革命家原是赞同过；直到革命成功，政治家把从前所反对那些人用过的老法子重新采用起来，在文艺家仍不免于不满意，又非被排轧出去不可，或是割掉他的头。割掉他的头，前面我讲过，那是顶好的法子了——从十九世纪到现在，世界文艺的趋势，大都如此。

十九世纪以后的文艺，和十八世纪以前的文艺大不相同。十八世纪的英国小说，它的目的就在供给太太小姐们的消遣，所讲的都是愉快风趣的话。十九世纪的后半世纪，完全变成和人生问题发生密切关系。我们看了，总觉得十二分的不舒服，可是我们还得气也不透地看下去。这因为以前的文艺，好像写别一个社会，我们只要鉴赏；现在的文艺，就在写我们自己的社会，连我们自己也写进去；在小说里可以发现社会，也可以发见我们自己；以前的文艺，如隔岸观火，没有什么切身关系；现在的文艺，连自己也烧在这里面，自己一定深深感觉到；一到自己感觉到，一定要参加到社会去！

十九世纪，可以说是一个革命的时代；所谓革命，那不安于现在，不满意于现状的都是。文艺催促旧的渐渐消灭的也是革命（旧的消灭，新的才能产生），而文学家的命运并不因自己参加过革命而有一样改变，还是处处碰钉子。现在革命的势力已经到了徐州，在徐州以北文学家原站不住脚；在徐州以南，文学家还是站不住脚，即共了产，文学家还是站不住脚。革命文学家和革命家竟可说完全两件事。诋斥军阀怎样怎样不合理，是革命文学家；打倒军阀是革命家；孙传芳所以赶走，是革命家用炮轰掉的，绝不是革命文艺家做了几句"孙传芳呀，我们要赶掉你呀"的文章赶掉的。在革命的时候，文学家都在做一个梦，以为革命成功将有怎样怎样一个世界；革命以后，他看看现实全不是那么一回事，于是他又要吃苦了。照他们这样叫、啼、哭都不成功；向前不成功，向后也不成功，理想和现实不一致，这是注定的运命；正如你们从《呐喊》上看出的鲁迅和讲坛上的鲁迅并不一致；或许大家以为我穿洋服头发分开，我却没有穿洋服，头发也这样短短的。所以以革命文学自命的，一定不是革命文学，世间哪有满意现状的革命文学？除了吃麻醉药！苏俄革命以前，有两个文学家，叶遂宁和梭波里，他们都讴歌过革命，直到后来，他们还是碰死在自己所讴歌希望的现实碑上，那时，苏维埃是成立了！

不过，社会太寂寞了，有这样的人，才觉得有趣些。人类是欢喜看看戏的，文学家自己来做戏给人家看，或是绑出去砍头，或是在最近墙脚下枪毙，都可以热闹一下子。且如上海巡捕用棒打人，大家围着去看，他们自己虽然不愿意挨打，但看见人家挨打，倒觉得颇有趣的。文学家便是用自己的皮肉在挨打的啦！

今天所讲的，就是这么一点点，给它一个题目，叫做……《文艺与政治的歧途》。

（本篇记录稿最初发表于一九二八年一月二十九日、三十日上海《新闻报·学海》第一八二、一八三期，署周鲁迅讲，刘率真记）

关于《关于红笑》

今天收到四月十八日的《华北日报》，副刊上有鹤西先生的半篇《关于红笑》的文章。《关于红笑》，我是有些注意的，因为自己曾经译过几页，那预告，就登在初版的《域外小说集》上，但后来没有译完，所以也没有出版。不过也许是有些旧相识之故罢，至今有谁讲到这本书，大抵总还喜欢看一看。可是看完这《关于红笑》，却令我大觉稀奇了，也不能不说几句话。为要头绪分明，先将原文转载些在下面——

"昨天到蹇君家去，看见第二十卷第一号的《小说月报》，上边有梅川君译的《红笑》，这部书，因为我和骏祥也译过，所以禁不住要翻开看看，并且还想来说几句关于《红笑》的话。"

"自然，我不是要说梅川君不该译《红笑》，没有这样的理由也没有这样的权力。不过我对于梅川君的译文有一点怀疑的地方，固然一个人原不该随便地怀疑别个，但世上偏就是这点奇怪，尽有是让人意想不到的事情。不过也许我的过虑是错的，而且在梅川君看来也是意想不到的事，那么，这错处就在我，而这篇文字也就只算辩明我自己没有抄袭别人。现在我先讲讲事实的经过。"

"《红笑》，是我和骏祥，在去年暑假中一个多星期内赶完的，赶完之后就给北新寄去。过了许久才接到小峰君十一月七日的信，说是因系两人所译，前后文不连贯，托石民君校阅，又说稿费在月底准可寄来。以后我一连写了几封信去催问，均未得到回信，所以年假中就将底稿寻出，又改译了一遍。文气是重新顺了一遍（特别是后半部），错误及不妥的地方一共改了几十处，交岐山书局印行。稿子才交出不久，却接到小峰二月十九日的信，钱是寄来了，虽然被抹去一点零头，因为稿子并未退回，所以支票我也暂时存着，没有退去，以后小峰君又来信说，原书、译稿都可退还，叫我将支票交给袁家骅先生。我回信说已照办，并请将稿子退了回来。但如今，书和稿子，始终还没有见面！"

"这初次的译稿，我不敢一定说梅川君曾经见过，虽然我想梅川君有见到的可能。自然梅川君不一定会用我们的译文作蓝本来翻译，但是第一部的译文，句法神情都很相似的这一点，不免使我有一点怀疑。因为原来我们的初译是第一部比第二部流畅得多，同时梅川君的译文也是第一部比第二部好些，而彼此神似的又就是这九个断片。在未有更确切的证明时，我也不愿将抄袭这样的字眼，加于别人底头上，但我很希望对这点，梅川君能高兴给一个答复。假如一切真是我想错了呢，前边已经说过，这些话就作为我们就要出版的单行本并非抄袭的证明。"

文词虽然极委婉曲折之致，但主旨却很简单的，就是：我们的将出版的译本和你的已出版的译本，很相类似，而我曾将译稿寄给北新书局过，你有见到的可能，所以我疑心是你抄袭我们的，假如不然，那么"这些话就作为我们就要出版的单行本并非抄袭的证明"。

其实是，照原文的论法，则假如不然之后，就要成为"我们抄袭"你的了的，然而竟这么一来，化为神妙的"证明"了。但我并不想研究这些，仅要声明几句话，对于两方面——北新书局，尤其是小说月报社——声明几句话，因为这篇译稿，是由我送到小说月报社会的。

梅川君这部译稿，也是去年暑假时候交给我的，要我介绍出售，但我很怕做中人，就压下了。这样压着的稿件，现在还不少。直到十月，小说月报社拟出增刊，要我寄稿，我才记得起来，据日本二叶亭四迷的译本改了二三十处，和我译的《竖琴》一并送去了。另外有一部《红笑》在北新书局吃苦，我是一点都不知道的。至于梅川，他在离上海七八百里的乡下，那当然更不知道。

那么，他可有鹤西先生的译稿一到北新，便立刻去看的"可能"呢？我想，是不"能"的，因为他和北新中人一个不认识，倘跑进北新编辑部去翻稿件，那罪状是不止"抄袭"而已的。我却是"可能"的，不过我从去年春天以后，一趟也没有去过编辑部，这要请北新诸公谅察。

那么，为什么两本的好处有些相像呢？我虽然没有见过那一译本，也不知所据的是谁的英译，但想来，大约所据的是同一英译，而第二部也比第一部容易译，彼此三位的英文程度又相仿佛，所以去年是相像的，而鹤西先生们的译本至今未出，英文程度也大有进步了，改了一回，于是好处就多起来了。

因为鹤西先生的译本至今未出，所以也无从知道类似之度，究竟如何。倘仅有彼此神似之处，我以为那是因为同一原书的译本，并不足异的，正不必如此神经过敏，只因"疑心"，而竟想入非非，根据"世上偏就是这点奇怪，尽有是让人意想不到的事情"的理由，而先发制人，诬别人为"抄袭"，而且还要被诬者"给一个答复"，这真是"世上偏就是这点奇怪"了。

但倘若很是相同呢？则只要证明了梅川并无看见鹤西先生们的译稿的"可能"以后，即不用"世上偏就是这点奇怪"的论法，嫌疑也总要在后出这一本了。

北平的日报，我不寄去，梅川是决不会看见的。我就先说几句，俟印出时一并寄去。大约这也就够了，阿弥陀佛。

四月二十日

写了上面这些话之后，又陆续看到《华北日报》副刊上《关于红笑》的文章，其中举了许多不通和误译之后，以这样的一段作结：

"此外或者还有些，但我想我们或许总要比梅川君错得少点，而且也较为通顺，好在是不是，我们的译稿不久自可以证明。"

那就是我先前的话都多说了。因为鹤西先生已在自己切实证明了他和梅川的两本之不同。他的较好，而"抄袭"都成了"不通"和错误的较坏，岂非奇谈？倘说是改掉的，那就是并非"抄袭"了。倘说鹤西译本原也是这样地"不通"和错误的，那不是许多刻薄话，都是"今日之我"在打"昨日之我"的嘴巴么？总之，一篇《关于红笑》的大文，只证明了焦躁的自己广告和参看先出译本，加以修正，而反诬别人为"抄袭"的苦心。这种手段，是中国翻译界的第一次。

这一篇还未在《语丝》登出，就收到小说月报社的一封信，里面是剪下的《华北日报》副刊，就是那一篇鹤西先生的《关于红笑》。据说是北平寄来，给编辑先生的。我想，这大约就是作者所玩的把戏。倘使真的，盖未免恶辣一点；同一著作有几种译本，又何必如此惶惶上诉？但一面说别人不通，自己却通，别人错多，自己错少，而一面又要证明别人抄袭自己之作，则未免恶辣得可怜可笑。然而在我，乃又颇叹绍介译作之难于今为甚也。为刷清和报答起见，我确信我也有将这篇送给《小说月报》编辑先生，要求再在本书上发表的义务和权利，于是乎亦寄之。

五月八日

（本篇最初发表于一九二九年四月二十九日《语丝》
周刊第五卷第八期，后印入梅川所译《红的笑》
一书，最后一节是印入该书时所加。）

【评析：《集外集》是作者 1933 年以前出版的杂文集中未曾编入的诗文的合集，1935 年 5 月由上海群众图书公司出版，作者生前只印行一版次。这次只抽去已编入《三闲集》的《<近代世界短篇小说集>小引》和译文《petofi sandor 的诗》两篇。《咬嚼之余》、《咬嚼未始"乏味"》、《"田园思想"》三篇的"备考"，系本书出版后由作者亲自抄出，原拟印入《集外集拾遗》的，现都移置本集各有关正文之后；《通讯（复霁江）》的来信则系这次抄补的；《<奔流>编校后记》初版时遗漏最后一则，现亦补入；所收旧体诗按写作时间的先后，在顺序上作了调整。】

南腔北调集

"非所计也"

新年第一回的《申报》（一月七日）用"要电"告诉我们："闻陈（外交总长印友仁）与芳泽友谊甚深，外交界观察，芳泽回国任日外长，东省交涉可望以陈之私人感情，得一较好之解决云。"

中国的外交界看惯了在中国什么都是"私人感情"，这样的"观察"，原也无足怪的。但从这一个"观察"中，又可以"观察"出"私人感情"在政府里之重要。

然而同日的《申报》上，又用"要电"告诉了我们："锦州三日失守，连山绥中续告陷落，日陆战队到山海关在车站悬日旗……"

而同日的《申报》上，又用"要闻"告诉我们"陈友仁对东省问题宣言"云："……前日已命令张学良固守锦州，积极抵抗，今后仍坚持此旨，决不稍变，即不幸而挫败，非所计也……"

然则"友谊"和"私人感情"，好像也如"国联"以及"公理"，"正义"之类一样的无效，"暴日"似乎不像中国，专讲这些的，这真只得"不幸而挫败，非所计也"了。

也许爱国志士，又要上京请愿了罢。当然，"爱国热忱"，是"殊堪嘉许"的，但第一自然要不"越轨"，第二还是自己想一想，和内政部长卫戌司令诸大人"友谊"怎样，"私人感情"又怎样。倘不"甚深"，据内政界观察，是不但难"得一较好之解决"，而且——请恕我直言——恐怕仍旧要有人"自行失足落水淹死"的。

所以未去之前，最好是拟一宣言，结末道："即不幸而'自行失足落水淹死',非所计也!"然而又要觉悟这说的是真话。

一月八日

（本篇最初发表于一九三二年

一月五日上海《十字街头》第三期，署名白舌）

林克多《苏联闻见录》序

大约总归是十年以前罢，我因为生了病，到一个外国医院去请诊治，在那待诊室里放着的一本德国《星期报》（Die Woche）上，看见了一幅关于俄国十月革命的漫画，画着法官，教师，连医生和看护妇，也都横眉怒目，捏着手枪。这是我最先看见的关于十月革命的讽刺画，但也不过心里想，有这样凶暴么，觉得好笑罢了。后来看了几个西洋人的旅行记，有的说是怎样好，有的又说是怎样坏，这才莫名其妙起来。但到底也是自己断定：这革命恐怕对于穷人有了好处，那么对于阔人就一定是坏的，有些旅行者为穷人设想，所以觉得好，倘若替阔人打算，那自然就都是坏处了。

但后来又看见一幅讽刺画，是英文的，画着用纸版剪成的工厂，学校，育儿院等等，竖在道路的两边，使参观者坐着摩托车，从中间驶过。这是针对着做旅行记述说苏联的好处的作者们而发的，犹言参观的时候，受了他们的欺骗。政治和经济的事，我是外行，但看去年苏联煤油和麦子的输出，竟弄得资本主义文明国的人们那么骇怕的事实，却将我多年的疑团消释了。我想：假装面子的国度和专会杀人的人民，是绝不会有这么巨大的生产力的，可见那些讽刺画倒是无耻的欺骗。

不过我们中国人实在有一点小毛病，就是不大爱听别国的好处，尤其是清党之后，提起那日有建设的苏联。一提到罢，不是说你意在宣传，就是说你得了卢布。而且宣传这两个字，在中国实在是被糟蹋得太不成样子了，人们看惯了什么阔人的通电，什么会议的宣言，什么名人的谈话，发表之后，立刻无影无踪，还不如一个屁的臭得长久，于是渐以为凡有讲述远处或将来的优点的文字，都是欺人之谈，所谓宣传，只是一个为了自利，而漫天说谎的雅号。

自然，在目前的中国，这一类的东西是常有的，靠了钦定或官许的力量，到处推销无阻，可是读的人们却不多，因为宣传的事，是必须在现在或到后来有事实来证明的，这才可以叫作宣传。而中国现行的所谓宣传，则不但后来只有证明这"宣传"确凿就是说谎的事实而已，还有一种坏结果，是令人对于凡有记述文字逐渐起了疑心，临末弄得索性不看。即如我自己就受了这影响，报章上说的什么新旧三都的伟观，南北两京的新气，固然只要看见标题就觉得肉麻了，而且连讲外国的游记，也竟至于不大想去翻动它。

但这一年内，也遇到了两部不必用心戒备，居然看完了的书，一是胡愈之先生的《莫斯科印象记》，一就是这《苏联闻见录》。因为我的辨认草字的力量太小的缘故，看下去很费力，但为了想看看这自说"为了吃饭问题，不得不去做工"的工人作者的见闻，到底看下去了。虽然中间遇到好像讲解统计表一般的地方，在我自己，未免觉得枯燥，但好在并不多，到底也看下去了。那原因，就在作者仿佛对朋友谈天似的，不用美丽的字眼，不用巧妙的做法，平铺直叙，说了下去，作者是平常的人，文章是平常的文章，所见所闻的苏联，是平平常常的地方，那人民，是平平常常的人物，所设施的正是合于人情，生活也不过像了人样，并没有什么稀奇古怪。倘要从中猎艳搜奇，自然免不了会失望，然而要知道一些不搽粉墨的真相，却是很好的。

而且由此也可以明白一点世界上的资本主义文明国之定要进攻苏联的原因。工农都像了人样，于资本家和地主是极不利的，所以一定先要歼灭了这工农大众的模范。苏联愈平常，他们就愈害怕。前五六年，北京盛传广东的裸体游行，后来南京上海又盛传汉口的裸体游行，就是但愿敌方的不平常的证据。据这书里面的记述，苏联实在使他们失望了。为什么呢？因为不但共妻，杀父，裸体游行等类的"不平常的事"，确然没有而已，倒是有了许多极平常的事实，那就是将"宗教，家庭，财产，祖国，礼教……一切神圣不可侵犯"的东西，都像粪一般抛掉，而一个簇新的，真正空前的社会制度从地狱底里涌现而出，几万万的群众自己做了支配自己命运的人。这种极平常的事情，是只有"匪徒"才干得出来的。该杀者，"匪徒"也。

但作者的到苏联，已在十月革命后十年，所以只将他们之"能坚苦，耐劳，勇敢与牺牲"告诉我们，而怎样苦斗，才能够得到现在的结果，那些故事，却讲得很少。这自然是另种著作的任务，不能责成作者全都负担起来，但读者是万不可忽略这一点的，否则，就如印度的《譬喻经》所说，要造高楼，而反对在地上立柱，据说是因为他要造的，是离地的高楼一样。

我不加戒备的将这读完了，即因为上文所说的原因。而我相信这书所说的苏联的好处的，也还有一个原因，那就是十来年前，说过苏联怎么不行怎么无望的所谓文明国人，去年已在苏联的煤油和麦子面前发抖。而且我看见确凿的事实：他们是在吸中国的膏血，夺中国的土地，杀中国的人民。他们是大骗子，他们说苏联坏，要进攻苏联，就可见苏联是好的了。这一部书，正也转过来是我的意见的实证。

一九三二年四月二十日

鲁迅于上海闸北寓楼记

（本篇最初发表于一九三二年六月十日上海《文学月报》
第一卷第一号"书评"栏，题为《"苏联闻见录"序》）

我们不再受骗了

帝国主义是一定要进攻苏联的。苏联愈弄得好，它们愈急于要进攻，因为它们愈要趋于灭亡。

我们被帝国主义及其侍从们真是骗得长久了。十月革命之后，它们总是说苏联怎么穷下去，怎么凶恶，怎么破坏文化。但现在的事实怎样？小麦和煤油的输出，不是使世界吃惊了么？正面之敌的实业党的首领，不是也只判了十年的监禁么？列宁格勒，墨斯科的图书馆和博物馆，不是都没有被炸掉么？文学家如绥拉菲摩维支，法捷耶夫，革拉特珂夫，绥甫林娜，唆罗诃夫等，不是西欧东亚，无不赞美他们的作品么？关于艺术的事我不大知道，但据乌曼斯基（K. Umansky）说，一九一九年中，在墨斯科的展览会就有二十次，列宁格勒两次（《Neue Kunst in Russland》），则现在的旺盛，更是可想而知了。

然而谣言家是极无耻而且巧妙的，一到事实证明了他的话是撒谎时，他就躲下，另外又来一批。

新近我看见一本小册子，是说美国的财政有复兴的希望的，序上说，苏联的购领物品，必须排成长串，现在也无异于从前，仿佛他很为排成长串的人们抱不平，发慈悲一样。

这一事，我是相信的，因为苏联内是正在建设的途中，外是受着帝国主义的压迫，许多物品，当然不能充足。但我们也听到别国的失业者，排着长串向饥寒进行；中国的人民，在内战，在外侮，在水灾，在榨取的大罗网之下，排着长串而进向死亡去。

然而帝国主义及其奴才们，还来对我们说苏联怎么不好，好像它倒愿意苏联一下子就变成天堂，人们个个享福。现在竟这样子，它失望了，不舒服了——这真是恶鬼的眼泪。

一睁开眼，就露出恶鬼的本相来的——它要去惩办了。

它一面去惩办，一面来诳骗。正义，人道，公理之类的话，又要满天飞舞了。但我们记得，欧洲大战时候，飞舞过一回的，骗得我们的许多苦工，到前线去替它们死，接着是在北京的中央公园里竖了一块无耻的，愚不可及的“公理战胜”的牌坊（但后来又改掉了）。现在怎样？“公理”在哪里？这事还不过十六年，我们记得的。

帝国主义和我们，除了它的奴才之外，那一样厉害不和我们正相反？我们的痈疽，是它们的宝贝，那么，它们的敌人，当然是我们的朋友了。它们自身正在崩溃下去，无法支持，为挽救自己的末运，便憎恶苏联的向上。谣诼，诅咒，怨恨，无所不至，没有效，终于只得准备动手去打了，一定要灭掉它才睡得着。但我们干什么呢？我们还会再被骗么？

"苏联是无产阶级专政的，知识阶级就要饿死。"——一位有名的记者曾经这样警告我。是的，这倒恐怕要使我也有些睡不着了。但无产阶级专政，不是为了将来的无阶级社会么？只要你不去谋害它，自然成功就早，阶级的消灭也就早，那时就谁也不会"饿死"了。不消说，排长串是一时难免的，但到底会快起来。

帝国主义的奴才们要去打，自己跟着它的主人去打去就是。我们人民和它们是利害完全相反的。我们反对进攻苏联。我们倒要打倒进攻苏联的恶鬼，无论它说着怎样甜腻的话头，装着怎样公正的面孔。

这才也是我们自己的生路！

五月六日

（本篇最初发表于一九三二年

五月二十日上海《北斗》第二卷第二期）

《竖琴》前记

俄国的文学，从尼古拉斯二世时候以来，就是"为人生"的，无论它的主意是在探究，或在解决，或者堕入神秘，沦于颓唐，而其主流还是一个：为人生。

这一种思想，在大约二十年前即与中国一部分的文艺绍介者合流，陀思妥夫斯基，都介涅夫，契诃夫，托尔斯泰之名，渐渐出现于文字上，并且陆续翻译了他们的一些作品，那时组织的介绍"被压迫民族文学"的是上海的文学研究会，也将他们算作为被压迫者而呼号的作家的。

凡这些，离无产者文学本来还很远，所以凡所介绍的作品，自然大抵是叫唤，呻吟，困穷，酸辛，至多，也不过是一点挣扎。

但已经使又一部分人很不高兴了，就招来了两标军马的围剿。创造社竖起了"为艺术的艺术"的大旗，喊着"自我表现"的口号，要用波斯诗人的酒杯，"黄书"文士的手杖，将这些"庸俗"打平。还有一标是那些受过了英国的小说在供绅士淑女的欣赏，美国的小说家在迎合读者的心思这些"文艺理论"的洗礼而回来的，一听到下层社会的叫唤和呻吟，就使他们眉头百结，扬起了带着白手套的纤手，挥斥道：这些下流都从"艺术之宫"里滚出去！

　　而且中国原来还有着一标布满全国的旧式的军马，这就是以小说为"闲书"的人们。小说，是供"看官"们茶余酒后的消遣之用的，所以要优雅，超逸，万不可使读者不欢，打断他消闲的雅兴。此说虽古，但却与英美时行的小说论合流，于是这三标新旧的大军，就不约而同的来痛剿了"为人生的文学"——俄国文学。

　　然而还是有着不少共鸣的人们，所以它在中国仍然是宛转曲折的生长着。

　　但它在本土，却突然凋零下去了。在这以前，原有许多作者企望着转变的，而十月革命的到来，却给了他们一个意外的莫大的打击。于是有梅垒什珂夫斯基夫妇（D. S. Merezhi－kovski i Z. N. Hippius），库普林（A. L. Kuprin），蒲宁（L. A. Bunin），安特来夫（L. N. Andreev）之流的逃亡，阿尔志跋绥夫（M. P. Artzybashev），梭罗古勃（Fiodor Sologub）之流的沉默，旧作家的还在活动者，只剩了勃留梭夫（Valeri Briusov），惠垒赛耶夫（V. Veresaiev），戈理基（Maxim Gorki），玛亚珂夫斯基（V. V. Mayakovski）这几个人，到后来，还回来了一个亚历舍·托尔斯泰（Aleksei N. Tolstoi）。此外也没有什么显著的新起的人物，在国内战争和列强封锁中的文苑，是只见萎谢和荒凉了。

　　至一九二〇年顷，新经济政策实行了，造纸，印刷，出版等项事业的勃兴，也帮助了文艺的复活，这时的最重要的枢纽，是一个文学团体"绥拉比翁的兄弟们"（Serapionsbrü－der）。

　　这一派的出现，表面上是始于二一年二月一日，在列宁格拉"艺术府"里的第一回集会的，加盟者大抵是年青的文人，那立场是在一切立场的否定。淑雪兼珂说过："从党人的观点看起来，我是没有宗旨的人物。这不很好么？自己说起自己来，则我既不是共产主义者，也不是社会革命党员，也不是帝制主义者。我只是一个俄国人，而且对于政治，是没有操持的。大概和我最相近的，是布尔塞维克，和他们一同布尔塞维克化，我是赞成的……但我爱农民的俄国。"这就很明白地说出了他们的立场。

但在那时，这一个文学团体的出现，却确是一种惊异，不久就几乎席卷了全国的文坛。在苏联中，这样的非苏维埃的文学的勃兴，是很足以令人奇怪的。然而理由很简单：当时的革命者，正忙于实行，唯有这些青年文人发表了较为优秀的作品者其一；他们虽非革命者，而身历了铁和火的试练，所以凡所描写的恐怖和战栗，兴奋和感激，易得读者的共鸣者其二；其三，则当时指挥文学界的瓦浪斯基，是很给他们支持的。托罗茨基也是支持者之一，称之为"同路人"。同路人者，谓因革命中所含有的英雄主义而接受革命，一同前行，但并无彻底为革命而斗争，虽死不惜的信念，仅是一时同道的伴侣罢了。这名称，由那时一直使用到现在。

然而，单说是"爱文学"而没有明确的观念形态的徽帜的"绥拉比翁的兄弟们"，也终于逐渐失掉了作为团体的存在的意义，始于涣散，继以消亡，后来就和别的同路人们一样，个个由他个人的才力，受着文学上的评价了。

在四五年以前，中国又曾盛大地介绍了苏联文学，然而就是这同路人的作品居多。这也是无足异的。一者，此种文学的兴起较为在先，颇为西欧及日本所赏赞和介绍，给中国也得了不少转译的机缘；二者，恐怕也还是这种没有立场的立场，反而易得介绍者的赏识之故了，虽然他自以为是"革命文学者"。

我向来是想介绍东欧文学的一个人，也曾译过几篇同路人作品，现在就合了十个人的短篇为一集，其中的三篇，是别人的翻译，我相信为很可靠的。可惜的是限于篇幅，不能将有名的作家全都收罗在内，使这本书较为完善，但我相信曹靖华君的《烟袋》和《四十一》，是可以补这缺陷的。

至于各个作者的略传，和各篇作品的翻译或重译的来源，都写在卷末的《后记》里，读者倘有兴致，自去翻检就是了。

一九三二年九月九日，鲁迅记于上海

（本篇最初印入一九三三年一月上海良友

图书公司出版的《竖琴》）

论"第三种人"

这三年来，关于文艺上的论争是沉寂的，除了在指挥刀的保护之下，挂着"左翼"的招牌，在马克斯主义里发现了文艺自由论，列宁主义里找到了杀尽共匪说的论客的"理论"之外，几乎没有人能够开口，然而，倘是"为文艺而文艺"的文艺，却还是"自由"的，因为他绝没有收了卢布的嫌疑。但在"第三种人"，就是"死抱住文学不放的人"，又不免有一种苦痛的预感：左翼文坛要说他是"资产阶级的走狗"。

代表了这一种"第三种人"来鸣不平的，是《现代》杂志第三和第六期上的苏汶先生的文章（我在这里先应该声明：我为便利起见，暂且用了"代表"，"第三种人"这些字眼，虽然明知道苏汶先生的"作家之群"，是也如拒绝"或者"，"多少"，"影响"这一类不十分决定的字眼一样，不要固定的名称的，因为名称一固定，也就不自由了）。他以为左翼的批评家，动不动就说作家是"资产阶级的走狗"，甚至于将中立者认为非中立，而一非中立，便有认为"资产阶级的走狗"的可能，号称"左翼作家"者既然"左而不作"，"第三种人"又要作而不敢，于是文坛上便没有东西了。然而文艺据说至少有一部分是超出于阶级斗争之外的，为将来的，就是"第三种人"所抱住的真的，永久的文艺——但可惜，被左翼理论家弄得不敢作了，因为作家在未作之前，就有了被骂的预感。

我相信这种预感是会有的，而以"第三种人"自命的作家，也愈加容易有。我也相信作者所说，现在很有懂得理论，而感情难变的作家。然而感情不变，则懂得理论的度数，就不免和感情已变或

128

略变者有些不同，而看法也就因此两样。苏汶先生的看法，由我看来，是并不正确的。

自然，自从有了左翼文坛以来，理论家曾经犯过错误，作家之中，也不但如苏汶先生所说，有"左而不作"的，并且还有由左而右，甚至于化为民族主义文学的小卒，书坊的老板，敌党的探子的，然而这些讨厌左翼文坛了的文学家所遗下的左翼文坛，却依然存在，不但存在，还在发展，克服自己的坏处，向文艺这神圣之地进军。苏汶先生问过：克服了三年，还没有克服好么？回答是：是的，还要克服下去，三十年也说不定。然而一面克服着，一面进军着，不会做待到克服完成，然后行进那样的傻事的。但是，苏汶先生说过"笑话"：左翼作家在从资本家取得稿费；现在我来说一句真话，是左翼作家还在受封建的资本主义的社会的法律的压迫，禁锢，杀戮。所以左翼刊物，全被摧残，现在非常寥寥，即偶有发表，批评作品的也绝少，而偶有批评作品的，也并未动不动便指作家为"资产阶级的走狗"，而且不要"同路人"。左翼作家并不是从天上掉下来的神兵，或国外杀进来的仇敌，他不但要那同走几步的"同路人"，还要招致那站在路旁看看的看客也一同前进。

但现在要问：左翼文坛现在因为受着压迫，不能发表很多的批评，倘一旦有了发表的可能，不至于动不动就指"第三种人"为"资产阶级的走狗"么？我想，倘若左翼批评家没有宣誓不说，又只从坏处着想，那是有这可能的，也可以想得比这还要坏。不过我以为这种预测，实在和想到地球也许有破裂之一日，而先行自杀一样，大可以不必的。

然而苏汶先生的"第三种人"，却据说是为了这未来的恐怖而"搁笔"了。未曾身历，仅仅因为心造的幻影而搁笔，"死抱住文学不放"的作者的拥抱力，又何其弱呢？两个爱人，有因为预防将来的社会上的斥责而不敢拥抱的么？

其实，这"第三种人"的"搁笔"，原因并不在左翼批评的严酷。真实原因的所在，是在做不成这样的"第三种人"，做不成这样的人，也就没有了第三种笔，搁与不搁，还谈不到。

生在有阶级的社会里而要做超阶级的作家，生在战斗的时代而要离开战斗而独立，生在现在而要做给予将来的作品，这样的人，实在也是一个心造的幻影，在现实世界上是没有的。要做这样的人，恰如用自己的手拔着头发，要离开地球一样，他离不开，焦躁着，然而并非因为有人摇了摇头，使他不敢拔了的缘故。

所以虽是"第三种人"，却还是一定超不出阶级的，苏汶先生就先在预料阶级，作品里又岂能摆脱阶级的利害；也一定离不开战斗的，苏汶先生就先以"第三种人"之名提出抗争了，虽然"抗争"之名又为作者所不愿受；而且也跳不过现在的，他在创作超阶级的，为将来的作品之前，先就留心于左翼的批判了。

这确是一种苦境。但这苦境，是因为幻影不能成为实有而来的。即使没有左翼文坛作梗，也不会有这"第三种人"，何况作品。但苏汶先生却又心造了一个横暴的左翼文坛的幻影，将"第三种人"的幻影不能出现，以至将来的文艺不能发生的罪孽，都推给它了。

左翼作家诚然是不高超的，连环图画，唱本，然而也不到苏汶先生所断定那样的没出息。左翼也要托尔斯泰，弗罗培尔。但不要"努力去创造一些属于将来（因为他们现在是不要的）的东西"的托尔斯泰和弗罗培尔。他们两个，都是为现在而写的，将来是现在的将来，于现在有意义，才于将来会有意义。尤其是托尔斯泰，他写些小故事给农民看，也不自命为"第三种人"，当时资产阶级的多少攻击，终于不能使他"搁笔"。左翼虽然诚如苏汶先生所说，不至于蠢到不知道"连环图画是产生不出托尔斯泰，产生不出弗罗培尔来"，但却以为可以产出密开朗该罗、达文希那样伟大的画手。而且我相信，从唱本说书里是可以产生托尔斯泰、弗罗培尔的。现在提起密开朗该罗们的画来，谁也没有非议了，但实际上，那不是宗教的宣传画，《旧约》的连环图画么？而且是为了那时的"现在"的。

总括起来说，苏汶先生是主张"第三种人"与其欺骗，与其做

130

冒牌货，倒还不如努力去创作，这是极不错的。

"定要有自信的勇气，才会有工作的勇气!"这尤其是对的。

然而苏汶先生又说，许多大大小小的"第三种人"们，却又因为预感了不祥之兆——左翼理论家的批评而"搁笔"了!

"怎么办呢"?

十月十日

（本篇最初发表于一九三二年十一月
一日上海《现代》第二卷第一期）

"连环图画"辩护

我自己曾经有过这样一个小小的经验。有一天，在一处筵席上，我随便地说：用活动电影来教学生，一定比教员的讲义好，将来恐怕要变成这样的。话还没有说完，就埋葬在一阵哄笑里了。

自然，这话里，是埋伏着许多问题的，例如，首先第一，是用的是怎样的电影，倘用美国式的发财结婚故事的影片，那当然不行。但在我自己，却的确另外听过采用影片的细菌学讲义，见过全部照相，只有几句说明的植物学书。所以我深信不但生物学，就是历史地理，也可以这样办。

然而许多人的随便的哄笑，是一枝白粉笔，它能够将粉涂在对手的鼻子上，使他的话好像小丑的打诨。

前几天，我在《现代》上看见苏汶先生的文章，他以中立的文艺论者的立场，将"连环图画"一笔抹杀了。自然，那不过是随便提起的，并非讨论绘画的专门文字，然而在青年艺术学徒的心中，也许是一个重要的问题，所以我再来说几句。

我们看惯了绘画史的插图上，没有"连环图画"，名人的作品的展览会上，不是"罗马夕照"，就是"西湖晚凉"，便以为那是一种下等物事，不足以登"大雅之堂"的。但若走进意大利的教皇宫——我没有游历意大利的幸福，所走进的自然只是纸上的教皇宫——去，就能看见凡有伟大的壁画，几乎都是《旧约》，《耶稣传》，《圣者传》的连环图画，艺术史家截取其中的一段，印在书上，题之曰《亚当的创造》，《最后之晚餐》，读者就不觉得这是下等，这在宣传了，然而那原画，却明明是宣传的连环图画。

在东方也一样。印度的阿强陀石窟，经英国人摹印了壁画以后，在艺术史上发光了；中国的《孔子圣迹图》，只要是明版的，也早为收藏家所宝重。这两样，一是佛陀的本生，一是孔子的事迹，明明是连环图画，而且是宣传。

书籍的插画，原意是在装饰书籍，增加读者的兴趣的，但那力量，能补助文字之所不及，所以也是一种宣传画。这种画的幅数极多的时候，即能只靠图像，悟到文字的内容，和文字一分开，也就成了独立的连环图画。最显著的例子是法国的陀莱（Gustave Doré），他是插图版画的名家，最有名的是《神曲》，《失乐园》，《吉诃德先生》，还有《十字军记》的插画，德国都有单印本（前二种在日本也有印本），只靠略解，即可以知道本书的梗概。然而有谁说陀莱不是艺术家呢？

宋人的《唐风图》和《耕织图》，现在还可找到印本和石刻；至于仇英的《飞燕外传图》和《会真记图》，则翻印本就在文明书局发卖的。凡这些，也都是当时和现在的艺术品。

自十九世纪后半以来，版画复兴了，许多作家，往往喜欢刻印一些以几幅画汇成一帖的"连作"（Blattfolge）。这些连作，也有并非一个事件的。现在为青年的艺术学徒计，我想写出几个版画史上已经有了地位的作家和有连续事实的作品在下面：

首先应该举出来的是德国的珂勒惠支（Kthe Kollwitz）夫人。她除了为霍普德曼的《织匠》（Die Weber）而刻的六幅版画外，还有三种，有题目，无说明——

一，《农民斗争》（Bauernkrieg），金属版七幅；

二，《战争》（Der Krieg），木刻七幅；

三，《无产者》（Proletariat），木刻三幅。

以《士敏土》的版画，为中国所知道的梅斐尔德（Carl Meffert），是一个新进的青年作家，他曾为德译本斐格纳尔的《猎俄皇记》（Die Jagd nach Zaren von Wera Figner）刻过五幅木版图，又有两种连作——

一，《你的姊妹》（Deine Schwester），木刻七幅，题诗一幅；

二，《养护的门徒》（原名未详），木刻十三幅。

比国有一个麦绥莱勒（Frans Masereel），是欧洲大战的时候，像罗曼·罗兰一样，因为非战而逃出过外国的。他的作品最多，都是一本书，只有书名，连小题目也没有。现在德国印出了普及版（Bei Kurt Wolff, München），每本三马克半，容易到手了。我所见过的是这几种——

一，《理想》（Diedee），木刻八十三幅；

二，《我的祷告》（Mein Stundenbuch），木刻一百六十五幅；

三，《没字的故事》（Geschichte ohne Worte），木刻六十幅；

四，《太阳》（Die Sonne），木刻六十三幅；

五，《工作》（Das Werk），木刻，幅数失记；

六，《一个人的受难》（Die Passion eines Menschen），木刻二十五幅。

美国作家的作品，我曾见过希该尔木刻的《巴黎公社》（The Paris Commune, A Story in Pictures by William Siegel），是纽约的约翰李特社（John Reed Club）出版的。还有一本石版的格罗沛尔（W. Gropper）所画的书，据赵景深教授说，是"马戏的故事"，另译起来，恐怕要"信而不顺"，只好将原名照抄在下面——

《Alay‐Oop》（Life and Love Among the Acrobats.）

英国的作家我不大知道，因为那作品定价贵。但曾经有一本小书，只有十五幅木刻和不到二百字的说明，作者是有名的吉宾斯（Robert Gibbings），限印五百部，英国绅士是死也不肯重印的，现在恐怕已将绝版，每本要数十元了罢。那书是——

《第七人》（The 7th Man）。

以上，我的意思是总算举出事实，证明了连环图画不但可以成为艺术，并且已经坐在"艺术之宫"的里面了。至于这也和其他的文艺一样，要有好的内容和技术，那是不消说得的。

我并不劝青年的艺术学徒蔑弃大幅的油画或水彩画，但是希望一样看重并且努力于连环图画和书报的插图；自然应该研究欧洲名家的作品，但也更注意于中国旧书上的绣像和画本，以及新的单张的花纸。这些研究和由此而来的创作，自然没有现在的所谓大作家的受着有些人们的照例的叹赏，然而我敢相信：对于这，大众是要看的，大众是感激的！

十月二十五日

（本篇最初发表于一九三二年

十一月十五日《文学月报》第四号）

辱骂和恐吓决不是战斗

——致《文学月报》编辑的一封信

起应兄：

前天收到《文学月报》第四期，看了一下。我所觉得不足的，并非因为它不及别种杂志的五花八门，乃是总还不能比先前充实。但这回提出了几位新的作家来，是极好的，作品的好坏我且不论，最近几年的刊物上，倘不是姓名曾经排印过了的作家，就很有不能登载的趋势，这么下去，新的作者要没有发表作品的机会了。现在打破了这局面，虽然不过是一种月刊的一期，但究竟也扫去一些沉闷，所以我以为是一种好事情。但是，我对于芸生先生的一篇诗，却非常失望。

这诗，一目了然，是看了前一期的别德纳衣的讽刺诗而作的。然而我们来比一比罢，别德纳衣的诗虽然自认为"恶毒"，但其中最甚的也不过是笑骂。这诗怎么样？有辱骂，有恐吓，还有无聊的攻击：其实是大可以不必作的。

例如罢，开首就是对于姓的开玩笑。一个作者自取的别名，自然可以窥见他的思想，譬如"铁血"，"病鹃"之类，固不妨由此开一点小玩笑。但姓氏籍贯，却不能决定本人的功罪，因为这是从上代传下来的，不能由他自主。我说这话还在四年之前，当时曾有人评我为"封建余孽"，其实是捧住了这样的题材，欣欣然自以为得计者，倒是十分"封建的"的。不过这种风气，近几年颇少见了，不料现在竟又复活起来，这确不能不说是一个退步。

尤其不堪的是结末的辱骂。现在有些作品，往往并非必要而偏在对话里写上许多骂语去，好像以为非此便不是无产者作品，骂詈愈多，就愈是无产者作品似的。其实好的工农之中，并不随口骂人的多得很，作者不应该将上海流氓的行为，涂在他们身上的。即使有喜欢骂人的无产者，也只是一种坏脾气，作者应该由文艺加以纠正，万不可再来展开，使将来的无阶级社会中，一言不合，便祖宗三代的闹得不可开交。况且即是笔战，就也如别的兵战或拳斗一样，不妨伺隙乘虚，以一击制敌人的死命，如果一味鼓噪，已是《三国志演义》式战法，至于骂一句爹娘，扬长而去，还自以为胜利，那简直是"阿Q"式的战法了。

接着又是什么"剖西瓜"之类的恐吓，这也是极不对的，我想。无产者的革命，乃是为了自己的解放和消灭阶级，并非因为要杀人，即使是正面的敌人，倘不死于战场，就有大众的裁判，决不是一个诗人所能提笔判定生死的。现在虽然很有什么"杀人放火"的传闻，但这只是一种诬陷。中国的报纸上看不出实话，然而只要一看别国的例子也就可以恍然，德国的无产阶级革命（虽然没有成功），并没有乱杀人；俄国不是连皇帝的宫殿都没有烧掉么？而我们的作者，却将革命的工农用笔涂成一个吓人的鬼脸，由我看来，真是卤莽之极了。

自然，中国历来的文坛上，常见的是诬陷，造谣，恐吓，辱骂，翻一翻大部的历史，就往往可以遇见这样的文章，直到现在，还在应用，而且更加厉害。但我想，这一份遗产，还是都让给叭儿狗文艺家去承受罢，我们的作者倘不竭力的抛弃了它，是会和他们成为"一丘之貉"的。

不过我并非主张要对敌人陪笑脸，三鞠躬。我只是说，战斗的作者应该注重于"论争";倘在诗人，则因为情不可遏而愤怒，而笑骂，自然也无不可。但必须止于嘲笑，止于热骂，而且要"嬉笑怒骂，皆成文章"，使敌人因此受伤或致死，而自己并无卑劣的行为，观者也不以为污秽，这才是战斗的作者的本领。

刚才想到了以上的一些，便写出寄上，也许于编辑上可供参考。总之，我是极希望此后的《文学月报》上不再有那样的作品的。

专此布达，并问好。

鲁迅十二月十日

（本篇最初发表于一九三二年十二月十五日

《文学月报》第一卷第五、六号合刊）

《自选集》自序

我做小说，是开手于一九一八年，《新青年》上提倡"文学革命"的时候的。这一种运动，现在固然已经成为文学史上的陈迹了，但在那时，却无疑地是一个革命的运动。

我的作品在《新青年》上，步调是和大家大概一致的，所以我想，这些确可以算作那时的"革命文学"。

然而我那时对于"文学革命"，其实并没有怎样的热情。见过辛亥革命，见过二次革命，见过袁世凯称帝，张勋复辟，看来看去，就看得怀疑起来，于是失望，颓唐得很了。民族主义的文学家在今年的一种小报上说，"鲁迅多疑"，是不错的，我正在疑心这批人们也并非真的民族主义文学者，变化正未可限量呢。不过我却又怀疑于自己的失望，因为我所见过的人们，事件，是有限得很的，这想头，就给了我提笔的力量。

"绝望之为虚妄，正与希望相同。"

既不是直接对于"文学革命"的热情，又为什么提笔的呢？想起来，大半倒是为了对于热情者们的同感。这些战士，我想，虽在寂寞中，想头是不错的，也来喊几声助助威罢。首先，就是为此。

自然，在这中间，也不免夹杂些将旧社会的病根暴露出来，催人留心，设法加以疗治的希望。但为达到这希望计，是必须与前驱者取同一的步调的，我于是删削些黑暗，装点些欢容，使作品比较的显出若干亮色，那就是后来结集起来的《呐喊》，一共有十四篇。

这些也可以说，是"遵命文学"。不过我所遵奉的，是那时革命的前驱者的命令，也是我自己所愿意遵奉的命令，决不是皇上的圣旨，也不是金元和真的指挥刀。

后来《新青年》的团体散掉了，有的高升，有的退隐，有的前进，我又经验了一回同一战阵中的伙伴还是会这么变化，并且落得一个"作家"的头衔，依然在沙漠中走来走去，不过已经逃不出在散漫的刊物上做文字，叫作随便谈谈。有了小感触，就写些短文，夸大点说，就是散文诗，以后印成一本，谓之《野草》。得到较整齐的材料，则还是做短篇小说，只因为成了游勇，布不成阵了，所以技术虽然比先前好一些，思路也似乎较无拘束，而战斗的意气却冷得不少。新的战友在那里呢？我想，这是很不好的。于是集印了这时期的十一篇作品，谓之《彷徨》，愿以后不再这模样。

"路漫漫其修远兮，吾将上下而求索。"

不料这大口竟夸得无影无踪。逃出北京，躲进厦门，只在大楼上写了几则《故事新编》和十篇《朝花夕拾》。前者是神话，传说及史实的演义，后者则只是回忆的记事罢了。

此后就一无所作，"空空如也"。

可以勉强称为创作的，在我至今只有这五种，本可以顷刻读了的，但出版者要我自选一本集。推测起来，恐怕因为这么一办，一者能够节省读者的费用，二则，以为由作者自选，该能比别人格外明白罢。对于第一层，我没有异议；至第二层，我却觉得也很难。因为我向来就没有格外用力或格外偷懒的作品，所以也没有自以为特别高妙，配得上提拔出来的作品。没有法，就将材料，写法，都有些不同，可供读者参考的东西，取出二十二篇来，凑成了一本，但将给读者一种"重压之感"的作品，却特地竭力抽掉了。这是我现在自有我的想头的：

"并不愿将自以为苦的寂寞，再来传染给也如我那年青时候似的正做着好梦的青年。"

然而这又不似做那《呐喊》时候的故意的隐瞒，因为现在我相信，现在和将来的青年是不会有这样的心境的了。

一九三二年十二月十四日，鲁迅于上海寓居记

（本篇最初印入一九三三年三月上海

天马书店出版的《鲁迅自选集》）

祝中俄文字之交

十五年前，被西欧的所谓文明国人看作半开化的俄国，那文学，在世界文坛上，是胜利的；十五年以来，被帝国主义者看作恶魔的苏联，那文学，在世界文坛上，是胜利的。这里的所谓"胜利"，是说：以它的内容和技术的杰出，而得到广大的读者，并且给予了读者许多有益的东西。

它在中国，也没有出于这例子之外。

我们曾在梁启超所办的《时务报》上，看见了《福尔摩斯包探案》的变幻，又在《新小说》上，看见了焦士威奴（Jules Verne）所做的号称科学小说的《海底旅行》之类的新奇。后来林琴南大译英国哈葛德（H. RiderHaggard）的小说了，我们又看见了伦敦小姐之缠绵和菲洲野蛮之古怪。至于俄国文学，却一点不知道——但有几位也许自己心里明白，而没有告诉我们的"先觉"先生，自然是例外。不过在别一方面，是已经有了感应的。那时较为革命的青年，谁不知道俄国青年是革命的，暗杀的好手？尤其忘不掉的是苏菲亚，虽然大半也因为她是一位漂亮的姑娘。现在的国货的作品中，还常有"苏菲"一类的名字，那渊源就在此。

那时——十九世纪末——的俄国文学，尤其是陀思妥夫斯基

和托尔斯泰的作品，已经很影响了德国文学，但这和中国无关，因为那时研究德文的人少得很。最有关系的是英美帝国主义者，他们一面也翻译了陀思妥夫斯基，都介涅夫，托尔斯泰，契诃夫的选集了，一面也用那做给印度人读的读本来教我们的青年以拉玛和吉利瑟那（Ramaand Krishna）的对话，然而因此也携带了阅读那些选集的可能。包探，冒险家，英国姑娘，菲洲野蛮的故事，是只能当醉饱之后，在发胀的身体上搔搔痒的，然而我们的一部分的青年却已经觉得压迫，只有痛楚，他要挣扎，用不着痒痒的抚摩，只在寻切实的指示了。

那时就看见了俄国文学。

那时就知道了俄国文学是我们的导师和朋友。因为从那里面，看见了被压迫者的善良的灵魂，的酸辛，的挣扎；还和四十年代的作品一同烧起希望，和六十年代的作品一同感到悲哀。我们岂不知道那时的大俄罗斯帝国也正在侵略中国，然而从文学里明白了一件大事，是世界上有两种人：压迫者和被压迫者！

从现在看来，这是谁都明白，不足道的，但在那时，却是一个大发见，正不亚于古人的发现了火的可以照暗夜，煮东西。

俄国的作品，渐渐的介绍进中国来了，同时也得了一部分读者的共鸣，只是传布开去。零星的译品且不说罢，成为大部的就有《俄国戏曲集》十种和《小说月报》增刊的《俄国文学研究》一大本，还有《被压迫民族文学号》两本，则是由俄国文学的启发，而将范围扩大到一切弱小民族，并且明明点出"被压迫"的字样来了。

于是也遭了文人学士的讨伐，有的主张文学的"崇高"，说描写下等人是鄙俗的勾当，有的比创作为处女，说翻译不过是媒婆，而重译尤令人讨厌。的确，除了《俄国戏曲集》以外，那时所有的俄国作品几乎都是重译的。

但俄国文学只是介绍进来，传布开去。

作家的名字知道得更多了，我们虽然从安特来夫（L. Andreev）的作品里遇到了恐怖，阿尔志跋绥夫（M. Artsy‐ba-shev）的作品里看见了绝望和荒唐，但也从珂罗连珂（V. Koro-lenko）学得了宽宏，从戈理基（MaximGorky）感受了反抗。读者大众的共鸣和热爱，早不是几个论客的自私的曲说所能掩蔽，这伟力，终于使先前膜拜曼殊斐儿（KatherineMansfield）的绅士也重译了都介涅夫的《父与子》，排斥"媒婆"的作家也重译着托尔斯泰的《战争与和平》了。

这之间，自然又遭了文人学士和流氓警犬的联军的讨伐。对于绍介者，有的说是为了卢布，有的说是意在投降，有的笑为"破锣"，有的指为共党，而实际上的对于书籍的禁止和没收，还因为是秘密的居多，无从列举。

但俄国文学只是绍介进来，传布开去。

有些人们，也译了《莫索里尼传》，也译了《希特拉传》，但他们绍介不出一册现代意国或德国的白色的大作品，《战后》是不属于希特拉的卐字旗下的，《死的胜利》又只好以"死"自傲。但苏联文学在我们却已有了里培进斯基的《一周间》，革拉特珂夫的《士敏土》，法捷耶夫的《毁灭》，绥拉菲摩微支的《铁流》；此外中篇短篇，还多得很。凡这些，都在御用文人的明枪暗箭之中，大踏步跨到读者大众的怀里去，给——知道了变革，战斗，建设的辛苦和成功。

但一月以前，对于苏联的"舆论"，刹时都转变了，昨夜的魔鬼，今朝的良朋，许多报章，总要提起几点苏联的好处，有时自然也涉及文艺上："复交"之故也。然而，可祝贺的却并不在这里。自利者一淹在水里面，将要灭顶的时候，只要抓得着，是无论"破锣"破鼓，都会抓住的，他绝没有所谓"洁癖"。然而无论他终于灭亡或幸而爬起，始终还是一个自利者。随手来举一个例子罢，上海称为"大报"的《申报》，不是一面甜嘴蜜舌的主张着"组织苏联考察团"（三二年十二月二十八日时评），而一面又将林克多的《苏联闻见录》称为"反动书籍"（同二十七日新闻）么？

可祝贺的，是在中俄的文字之交，开始虽然比中英，中法迟，但在近十年中，两国的绝交也好，复交也好，我们的读者大众却不因此而进退；译本的放任也好，禁压也好，我们的读者也决不因此而盛衰。不但如常，而且扩大；不但虽绝交和禁压还是如常，而且虽绝交和禁压而更加扩大。这可见我们的读者大众，是一向不用自私的"势利眼"来看俄国文学的。我们的读者大众，在朦胧中，早知道这伟大肥沃的"黑土"里，要生长出什么东西来，而这"黑土"却也确实生长了东西，给我们亲见了：忍受，呻吟，挣扎，反抗，战斗，变革，战斗，建设，战斗，成功。

在现在，英国的萧，法国的罗兰，也都成为苏联的朋友了。这，也是当我们中国和苏联在历来不断的"文字之交"的途中，扩大而与世界结成真的"文字之交"的开始。

这是我们应该祝贺的。

十二月三十日

（本篇最初发表于一九三二年十二月十五日
《文学月报》第一卷第五、六号合刊）

听说梦

做梦，是自由的，说梦，就不自由。做梦，是做真梦的，说梦，就难免说谎。

大年初一，就得到一本《东方杂志》新年特大号，临末有"新年的梦想"，问的是"梦想中的未来中国"和"个人生活"，答的有一百四十多人。记者的苦心，我是明白的，想必以为言论不自由，不如来说梦，而且与其说所谓真话之假，不如来谈谈梦话之真，我高兴地翻了一下，知道记者先生却大大的失败了。

当我还未得到这本特大号之前，就遇到过一位投稿者，他比我先看见印本，自说他的答案已被资本家删改了，他所说的梦其实并不如此。这可见资本家虽然还没法禁止人们做梦，而说了出来，倘为权力所及，却要干涉的，决不给你自由。这一点，已是记者的大失败。

但我们且不去管这改梦案子，只来看写着的梦境罢，诚如记者所说，来答复的几乎全部是知识分子。首先，是谁也觉得生活不安定，其次，是许多人梦想着将来的好社会，"各尽所能"呀，"大同世界"呀，很有些"越轨"气息了（末三句是我添的，记者并没有说）。

但他后来就有点"痴"起来，他不知从那里拾来了一种学说，将一百多个梦分为两大类，说那些梦想好社会的都是"载道"之梦，是"异端"，正宗的梦应该是"言志"的，硬把"志"弄成一个空洞无物的东西。然而，孔子曰，"盍各言尔志"，而终于赞成曾点者，就因为其"志"合于孔子之"道"的缘故也。

其实是记者的所以为"载道"的梦，那里面少得很。文章是醒着的时候写的，问题又近于"心理测验"，遂致对答者不能不做出个个适宜于目下自己的职业，地位，身分的梦来（已被删改者自然不在此例），即使看去好像怎样"载道"，但为将来的好社会"宣传"的意思，是没有的。所以，虽然梦"大家有饭吃"者有人，梦"无阶级社会"者有人，梦"大同世界"者有人，而很少有人梦见建设这样社会以前的阶级斗争，白色恐怖，轰炸，虐杀，鼻子里灌辣椒水，电刑……倘不梦见这些，好社会是不会来的，无论怎么写得光明，终究是一个梦，空头的梦，说了出来，也无非教人都进这空头的梦境里面去。

然而要实现这"梦"境的人们是有的，他们不是说，而是做，梦着将来，而致力于达到这一种将来的现在。因为有这事实，这才使许多智识分子不能不说好像"载道"的梦，但其实并非"载道"，乃是给"道"载了一下，倘要简洁，应该说是"道载"的。

为什么会给"道载"呢？曰：为目前和将来的吃饭问题而已。

我们还受着旧思想的束缚，一说到吃，就觉得近乎鄙俗。但我是毫没有轻视对答者诸公的意思的。《东方杂志》记者在《读后感》里，也曾引佛洛伊特的意见，以为"正宗"的梦，是"表现各人的心底的秘密而不带着社会作用的"。但佛洛伊特以被压抑为梦的根柢——人为什么被压抑的呢？这就和社会制度，习惯之类连结了起来，单是做梦不打紧，一说，一问，一分析，可就不妥当了。记者没有想到这一层，于是就一头撞在资本家的朱笔上。但引"压抑说"来释梦，我想，大家必已经不以为忤了罢。

不过，佛洛伊特恐怕是有几文钱，吃得饱饱的罢，所以没有感到吃饭之难，只注意于性欲。有许多人正和他在同一境遇上，就也轰然的拍起手来。诚然，他也告诉过我们，女儿多爱父亲，儿子多爱母亲，即因为异性的缘故。然而婴孩出生不多久，无论男女，就尖起嘴唇，将头转来转去。莫非它想和异性接吻么？不，谁都知道：是要吃东西！

食欲的根柢，实在比性欲还要深，在目下开口爱人，闭口情书，并不以为肉麻的时候，我们也大可以不必讳言要吃饭。因为是醒着做的梦，所以不免有些不真，因为题目究竟是"梦想"，而且如记者先生所说，我们是"物质的需要远过于精神的追求"了，所以乘着Censors（也引用佛洛伊特语）的监护好像解除了之际，便公开了一部分。其实也是在"梦中贴标语，喊口号"，不过不是积极的罢了，而且有些也许倒和表面的"标语"正相反。

时代是这么变化，饭碗是这样艰难，想想现在和将来，有些人也只能如此说梦，同是小资产阶级（虽然也有人定我为"封建余孽"或"土著资产阶级"，但我自己姑且定为属于这阶级），很能够彼此心照，然而也无须秘而不宣的。

至于另有些梦为隐士，梦为渔樵，和本相全不相同的名人，其实也只是豫感饭碗之脆，而却想将吃饭范围扩大起来，从朝廷而至园林，由洋场及于山泽，比上面说过的那些志向要大得远，不过这里不来多说了。

一月一日

（本篇最初发表于一九三三年

四月十五日上海《文学杂志》第一号）

论"赴难"和"逃难"

——寄《涛声》编辑的一封信

编辑先生：

我常常看《涛声》，也常常叫"快哉！"但这回见了周木斋先生那篇《骂人与自骂》，其中说北平的大学生"即使不能赴难，最低最低的限度也应不逃难"，而致慨于五四运动时代式锋芒之销尽，却使我如骨鲠在喉，不能不说几句话。因为我是和周先生的主张正相反，以为"倘不能赴难，就应该逃难"，属于"逃难党"的。

周先生在文章的末尾，"疑心是北京改为北平的应验"，我想，一半是对的。那时的北京，还挂着"共和"的假面，学生嚷嚷还不妨事；那时的执政，是昨天上海市十八团体为他开了"上海各界欢迎段公芝老大会"的段祺瑞先生，他虽然是武人，却还没有看过《莫索里尼传》。然而，你瞧，来了呀。有一回，对着请愿的学生毕毕剥剥的开枪了，兵们最受瞄准的是女学生，这用精神分析学来解释，是说得过去的，尤其是剪发的女学生，这用整顿风俗的学说来解说，也是说得过去的。总之是死了一些"莘莘学子"。然而还可以开追悼会；还可以游行过执政府之门，大叫"打倒段祺瑞"。为什么呢？因为这时又还挂着"共和"的假面。然而，你瞧，又来了呀。现为党国大教授的陈源先生，在《现代评论》上哀悼死掉的学生，说可惜他们为几个卢布送了性命；《语丝》反对了几句，现为党国要人的唐有壬先生在《晶报》上发表一封信，说这些言动是受墨斯科

145

的命令的。这实在已经有了北平气味了。

后来，北伐成功了，北京属于党国，学生们就都到了进研究室的时代，五四式是不对了。为什么呢？因为这是很容易为"反动派"所利用的。为了矫正这种坏脾气，我们的政府，军人，学者，文豪，警察，侦探，实在费了不少的苦心。用诰谕，用刀枪，用书报，用煅炼，用逮捕，用拷问，直到去年请愿之徒，死的都是"自行失足落水"，连追悼会也不开的时候为止，这才显出了新教育的效果。

倘使日本人不再攻榆关，我想，天下是太平了的，"必先安内而后可以攘外"。但可恨的是外患来得太快一点，太繁一点，日本人太不为中国诸公设想之故也，而且也因此引起了周先生的责难。

看周先生的主张，似乎最好是"赴难"。不过，这是难的。倘使早先有了组织，经过训练，前线的军人力战之后，人员缺少了，副司令下令召集，那自然应该去的。无奈据去年的事实，则连火车也不能白坐，而况乎日所学的又是债权论，土耳其文学史，最小公倍数之类。去打日本，一定打不过的。大学生们曾经和中国的兵警打过架，但是"自行失足落水"了，现在中国的兵警尚且不抵抗，大学生能抵抗么？我们虽然也看见过许多慷慨激昂的诗，什么用死尸堵住敌人的炮口呀，用热血胶住倭奴的刀枪呀，但是，先生，这是"诗"呵！事实并不这样的，死得比蚂蚁还不如，炮口也堵不住，刀枪也胶不住。孔子曰："以不教民战，是谓弃之。"我并不全拜服孔老夫子，不过觉得这话是对的，我也正是反对大学生"赴难"的一个。

那么，"不逃难"怎样呢？我也是完全反对。自然，现在是"敌人未到"的，但假使一到，大学生们将赤手空拳，骂贼而死呢，还是躲在屋里，以图幸免呢？我想，还是前一着堂皇些，将来也可以有一本烈士传。不过于大局依然无补，无论是一个或十万个，至多，也只能又向"国联"报告一声罢了。去年十九路军的某某英雄怎样杀敌，大家说得眉飞色舞，因此忘却了全线退出一百里的大事情，可是中国其实还是输了的。而况大学生们连武器也没有。现在中国的新闻上大登"满洲国"的虐政，说是不准私藏军器，但我们大中华民国人民来藏一件护身的东西试试看，也会家破人亡——先生，这是很容易"为反动派所利用"的呵。

施以狮虎式的教育，他们就能用爪牙，施以牛羊式的教育，他们到万分危急时还会用一对可怜的角。然而我们所施的是什么式的教育呢，连小小的角也不能有，则大难临头，唯有兔子似的逃跑而已。自然，就是逃也不见得安稳，谁都说不出那里是安稳之处来，因为到处繁殖了猎狗，诗曰："跃跃毚兔，遇犬获之"，此之谓也。然则三十六计，固仍以"走"为上计耳。

总之，我的意见是：我们不可看得大学生太高，也不可责备他们太重，中国是不能专靠大学生的；大学生逃了之后，却应该想想此后怎样才可以不至于单是逃，脱出诗境，踏上实地去。

但不知先生以为何如？能给在《涛声》上发表，以备一说否？谨听裁择，并请文安。

罗怃顿首。一月二十八夜

再：顷闻十来天之前，北平有学生五十多人因开会被捕，可见不逃的还有，然而罪名是"借口抗日，意图反动"，又可见虽"敌人未到"，也大以"逃难"为是也。

二十九日补记
（本篇最初发表于一九三三年二月
十一日上海《涛声》第二卷第五期）

学生和玉佛

一月二十八日《申报》号外载二十七日北平专电曰："故宫古物即起运，北宁平汉两路已奉令备车，团城白玉佛亦将南运。"

二十九日号外又载二十八日中央社电传教育部电平各大学，

略曰："据各报载榆关告紧之际，北平各大学中颇有逃考及提前放假等情，均经调查确实。查大学生为国民中坚份子，讵容妄自惊扰，败坏校规，学校当局迄无呈报，迹近宽纵，亦属非是。仰该校等迅将学生逃考及提前放假情形，详报核办，并将下学期上课日期，并报为要。"

三十日，"堕落文人"周动轩先生见之，有诗叹曰：

> 寂寞空城在，仓皇古董迁，
> 头儿夸大口，面子靠中坚。
> 惊扰讵云妄？奔逃只自怜：
> 所嗟非玉佛，不值一文钱。

（本篇最初发表于一九三三年二月十六日
上海《论语》第十一期，署名动轩）

为了忘却的记念

一

我早已想写一点文字，来记念几个青年的作家。这并非为了别的，只因为两年以来，悲愤总时时来袭击我的心，至今没有停止，我很想借此算是竦身一摇，将悲哀摆脱，给自己轻松一下，照直说，就是我倒要将他们忘却了。

两年前的此时，即一九三一年的二月七日夜或八日晨，是我们的五个青年作家同时遇害的时候。当时上海的报章都不敢载这件事，或者也许是不愿，或不屑载这件事，只在《文艺新闻》上有一点隐约其辞的文章。那第十一期（五月二十五日）里，有一篇林莽先生作的《白莽印象记》，中间说：

"他做了好些诗，又译过匈牙利和诗人彼得斐的几首诗，当时的《奔流》的编辑者鲁迅接到了他的投稿，便来信要和他会面，但他却是不愿见名人的人，结果是鲁迅自己跑来找他，竭力鼓励他作文学的工作，但他终于不能坐在亭子间里写，又去跑他的路了。不久，他又一次的被了捕……"

这里所说的我们的事情其实是不确的。白莽并没有这么高慢，他曾经到过我的寓所来，但也不是因为我要求和他会面；我也没有这么高慢，对于一位素不相识的投稿者，会轻率的写信去叫他。我们相见的原因很平常，那时他所投的是从德文译出的《彼得斐传》，我就发信去讨原文，原文是载在诗集前面的，邮寄不便，他就亲自送来了。看去是一个二十多岁的青年，面貌很端正，颜色是黑黑的，当时的谈话我已经忘却，只记得他自说姓徐，象山人；我问他为什么代你收信的女士是这么一个怪名字（怎么怪法，现在也忘却了），他说她就喜欢起得这么怪，罗曼谛克，自己也有些和她不大对劲了。就只剩了这一点。

夜里，我将译文和原文粗粗的对了一遍，知道除几处误译之外，还有一个故意的曲译。他像是不喜欢"国民诗人"这个字的，都改成"民众诗人"了。第二天又接到他一封来信，说很悔和我相见，他的话多，我的话少，又冷，好像受了一种威压似的。我便写一封回信去解释，说初次相会，说话不多，也是人之常情，并且告诉他不应该由自己的爱憎，将原文改变。因为他的原书留在我这里了，就将我所藏的两本集子送给他，问他可能再译几首诗，以供读者的参看。他果然译了几首，自己拿来了，我们就谈得比第一回多一些。这传和诗，后来就都登在《奔流》第二卷第五本，即最末的一本里。

我们第三次相见，我记得是在一个热天。有人打门了，我去开门时，来的就是白莽，却穿着一件厚棉袍，汗流满面，彼此都不禁失笑。这时他才告诉我他是一个革命者，刚由被捕而释出，衣服和书籍全被没收了，连我送他的那两本；身上的袍子是从朋友那里借来的，没有夹衫，而必须穿长衣，所以只好这么出汗。我想，这大约就是林莽先生说的"又一次的被了捕"的那一次了。

我很欣幸他的得释，就赶紧付给稿费，使他可以买一件夹衫，但一面又很为我的那两本书痛惜：落在捕房的手里，真是明珠投暗了。那两本书，原是极平常的，一本散文，一本诗集，据德文译者说，这是他搜集起来的，虽在匈牙利本国，也还没有这么完全的本子，然而印在《莱克朗氏万有文库》（Reclam'sUniversal – Bibliothek）中，倘在德国，就随处可得，也值不到一元钱。不过在我是一种宝贝，因为这是三十年前，正当我热爱彼得斐的时候，特地托丸善书店从德国去买来的，那时还恐怕因为书极便宜，店员不肯经手，开口时非常惴惴。后来大抵带在身边，只是情随事迁，已没有翻译的意思了，这回便决计送给这也如我的那时一样，热爱彼得斐的诗的青年，算是给它寻得了一个好着落。所以还郑重其事，托柔石亲自送去的。谁料竟会落在"三道头"之类的手里的呢，这岂不冤枉！

二

我的决不邀投稿者相见，其实也并不完全因为谦虚，其中含着省事的分子也不少。由于历来的经验，我知道青年们，尤其是文学青年们，十之九是感觉很敏，自尊心也很旺盛的，一不小心，极容易得到误解，所以倒是故意回避的时候多。见面尚且怕，更不必说敢有托付了。但那时我在上海，也有一个唯一的不但敢于随便谈笑，而且敢于托他办点私事的人，那就是送书去给白莽的柔石。

我和柔石最初的相见，不知道是何时，在那里。他仿佛说过，曾在北京听过我的讲义，那么，当在八九年之前了。我也忘记了在上海怎么来往起来，总之，他那时住在景云里，离我的寓所不过四五家门面，不知怎么一来，就来往起来了。大约最初的一回他就告诉我是姓赵，名平复。但他又曾谈起他家乡的豪绅的气焰之盛，说是有一个绅士，以为他的名字好，要给儿子用，叫他不要用这名字了。所以我疑心他的原名是"平福"，平稳而有福，才正中乡绅的意，对于"复"字却未必有这么热心。他的家乡，是台州的宁海，这只要一看他那台州式的硬气就知道,而且颇有点迂,有时会令我忽而想到方孝孺,觉得好像也有些这模样的。

他躲在寓里弄文学,也创作,也翻译,我们往来了许多日,说得投合起来了,于是另外约定了几个同意的青年,设立朝华社。目的是在绍介东欧和北欧的文学,输入外国的版画,因为我们都以为应该来扶植一点刚健质朴的文艺。接着就印《朝花旬刊》,印《近代世界短篇小说集》,印《艺苑朝华》,算都在循着这条线,只有其中的一本《蕗谷虹儿画选》,是为了扫荡上海滩上的“艺术家”,即戳穿叶灵凤这纸老虎而印的。

然而柔石自己没有钱,他借了二百多块钱来做印本。除买纸之外,大部分的稿子和杂务都是归他做,如跑印刷局,制图,校字之类。可是往往不如意,说起来皱着眉头。看他旧作品,都很有悲观的气息,但实际上并不然,他相信人们是好的。我有时谈到人会怎样的骗人,怎样的卖友,怎样的吮血,他就前额亮晶晶的,惊疑地圆睁了近视的眼睛,抗议道,“会这样的么?——不至于此罢?……”

不过朝花社不久就倒闭了,我也不想说清其中的原因,总之是柔石的理想的头,先碰了一个大钉子,力气固然白化,此外还得去借一百块钱来付纸账。后来他对于我那“人心惟危”说的怀疑减少了,有时也叹息道,“真会这样的么?……”但是,他仍然相信人们是好的。

他于是一面将自己所应得的朝花社的残书送到明日书店和光华书局去,希望还能够收回几文钱,一面就拼命的译书,准备还借款,这就是卖给商务印书馆的《丹麦短篇小说集》和戈理基作的长篇小说《阿尔泰莫诺夫之事业》。但我想,这些译稿,也许去年已被兵火烧掉了。

他的迂渐渐的改变起来,终于也敢和女性的同乡或朋友一同去走路了,但那距离,却至少总有三四尺的。这方法很不好,有时我在路上遇见他,只要在相距三四尺前后或左右有一个年轻漂亮的女人，我便会疑心就是他的朋友。但他和我一同走路的时候，可就走得近了，简直是扶住我，因为怕我被汽车或电车撞死；我这面也为他近视而又要照顾别人担心，大家都仓皇失措的愁一路，所以倘不是万不得已，我是不大和他一同出去的，我实在看得他吃力，因而自己也吃力。

无论从旧道德，从新道德，只要是损己利人的，他就挑选上，自己背起来。

他终于决定地改变了，有一回，曾经明白的告诉我，此后应该转换作品的内容和形式。我说：这怕难罢，譬如使惯了刀的，这回要他耍棍，怎么能行呢？他简洁的答道：只要学起来！

他说的并不是空话，真也在从新学起来了，其时他曾经带了一个朋友来访我，那就是冯铿女士。谈了一些天，我对于她终于很隔膜，我疑心她有点罗曼谛克，急于事功；我又疑心柔石的近来要做大部的小说，是发源于她的主张的。但我又疑心我自己，也许是柔石的先前的斩钉截铁的回答，正中了我那其实是偷懒的主张的伤疤，所以不自觉地迁怒到她身上去了。——我其实也并不比我所怕见的神经过敏而自尊的文学青年高明。

她的体质是弱的，也并不美丽。

三

直到左翼作家联盟成立之后，我才知道我所认识的白莽，就是在《拓荒者》上做诗的殷夫。有一次大会时，我便带了一本德译的，一个美国的新闻记者所做的中国游记去送他，这不过以为他可以由此练习德文，另外并无深意。然而他没有来。我只得又托了柔石。

但不久，他们竟一同被捕，我的那一本书，又被没收，落在"三道头"之类的手里了。

四

明日书店要出一种期刊，请柔石去做编辑，他答应了；书店还想印我的译著，托他来问版税的办法，我便将我和北新书局所订的合同，抄了一份交给他，他向衣袋里一塞，匆匆地走了。其时是一九三一年一月十六日的夜间，而不料这一去，竟就是我和他相见的末一回，竟就是我们的永诀。

第二天，他就在一个会场上被捕了，衣袋里还藏着我那印书的合同，听说官厅因此正在找寻我。印书的合同，是明明白白的，但我不愿意到那些不明不白的地方去辩解。记得《说岳全传》里讲过一个高僧，当追捕的差役刚到寺门之前，他就"坐化"了，还留下什么"何立从东来，我向西方走"的偈子。这是奴隶所幻想的脱离苦海的唯一的好方法，"剑侠"盼不到，最自在的唯此而已。我不是高僧，没有涅槃的自由，却还有生之留恋，我于是就逃走。

这一夜，我烧掉了朋友们的旧信札，就和女人抱着孩子走在一个客栈里。不几天，即听得外面纷纷传我被捕，或是被杀了，柔石的消息却很少。有的说，他曾经被巡捕带到明日书店里，问是否是编辑；有的说，他曾经被巡捕带往北新书局去，问是否是柔石，手上上了铐，可见案情是重的。但怎样的案情，却谁也不明白。

他在囚系中，我见过两次他写给同乡的信，第一回是这样的——

"我与三十五位同犯（七个女的）于昨日到龙华。并于昨夜上了镣，开政治犯从未上镣之纪录。此案累及太大，我一时恐难出狱，书店事望兄为我代办之。现亦好，且跟殷夫兄学德文，此事可告周先生；望周先生勿念，我等未受刑。捕房和公安局，几次问周先生地址，但我哪里知道。诸望勿念。祝好！

赵少雄一月二十四日。"

以上正面。

"洋铁饭碗，要二三只如不能见面，可将东西望转交赵少雄"

以上背面。

他的心情并未改变，想学德文，更加努力；也仍在纪念我，像在马路上行走时候一般。但他信里有些话是错误的，政治犯而上镣，并非从他们开始，但他向来看得官场还太高，以为文明至

153

今，到他们才开始了严酷。其实是不然的。果然，第二封信就很不同，措词非常惨苦，且说冯女士的面目都浮肿了，可惜我没有抄下这封信。其时传说也更加纷繁，说他可以赎出的也有，说他已经解往南京的也有；毫无确信；而用函电来探问我的消息的也多起来，连母亲在北京也急得生病了，我只得一一发信去更正，这样的大约有二十天。

天气愈冷了，我不知道柔石在那里有被褥不？我们是有的。洋铁碗可曾收到了没有？……但忽然得到一个可靠的消息，说柔石和其他二十三人，已于二月七日夜或八日晨，在龙华警备司令部被枪毙了，他的身上中了十弹。

原来如此！……

在一个深夜里，我站在客栈的院子中，周围是堆着的破烂的什物；人们都睡觉了，连我的女人和孩子。我沉重地感到我失掉了很好的朋友，中国失掉了很好的青年，我在悲愤中沉静下去了，然而积习却从沉静中抬起头来，凑成了这样的几句：

> 惯于长夜过春时，挈妇将雏鬓有丝。
> 梦里依稀慈母泪，城头变幻大王旗。
> 忍看朋辈成新鬼，怒向刀丛觅小诗。
> 吟罢低眉无写处，月光如水照缁衣。

但末二句，后来不确了，我终于将这写给了一个日本的歌人。

可是在中国，那时是确无写处的，禁锢得比罐头还严密。我记得柔石在年底曾回故乡，住了好些时，到上海后很受朋友的责备。他悲愤地对我说，他的母亲双眼已经失明了，要他多住几天，他怎么能够就走呢？我知道这失明的母亲的眷眷的心，柔石的拳拳的心。当《北斗》创刊时，我就想写一点关于柔石的文章，然而不能够，只得选了一幅珂勒惠支（Kthe Kollwitz）夫人的木刻，名曰《牺牲》，是一个母亲悲哀地献出她的儿子去的，算是只有我一个人心里知道

154

的柔石的记念。

同时被困的四个青年文学家之中，李伟森我没有会见过，胡也频在上海也只见过一次面，谈了几句天。较熟的要算白莽，即殷夫了，他曾经和我通过信，投过稿，但现在寻起来，一无所得，想必是十七那夜统统烧掉了，那时我还没有知道被捕的也有白莽。然而那本《彼得斐诗集》却在的，翻了一遍，也没有什么，只在一首《Wahlspruch》（格言）的旁边，有钢笔写的四行译文道：

> "生命诚宝贵，
> 爱情价更高；
> 若为自由故，
> 二者皆可抛!"

又在第二叶上，写着"徐培根"三个字，我疑心这是他的真姓名。

五

前年的今日，我避在客栈里，他们却是走向刑场了；去年的今日，我在炮声中逃在英租界，他们则早已埋在不知哪里的地下了；今年的今日，我才坐在旧寓里，人们都睡觉了，连我的女人和孩子。我又沉重地感到我失掉了很好的朋友，中国失掉了很好的青年，我在悲愤中沉静下去了，不料积习又从沉静中抬起头来，写下了以上那些字。

要写下去，在中国的现在，还是没有写处的。年青时读向子期《思旧赋》，很怪他为什么只有寥寥的几行，刚开头却又煞了尾。然而，现在我懂得了。

不是年青的为年老的写记念，而在这三十年中，却使我目睹许多青年的血，层层淤积起来，将我埋得不能呼吸，我只能用这样的笔墨，写几句文章，算是从泥土中挖一个小孔，自己延口残喘，这是怎样的世界呢。夜正长，路也正长，我不如忘却，不说的好罢。但我知道，即使不是我，将来总会有记起他们，再说他们的时候的……

（本篇最初发表于一九三三年

四月一日《现代》第二卷第六期）

谁的矛盾

萧（George Bernard Shaw）并不在周游世界，是在历览世界上新闻记者们的嘴脸，应世界上新闻记者们的口试——然而落了第。

他不愿意受欢迎，见新闻记者，却偏要欢迎他，访问他，访问之后，却又都多少讲些俏皮话。

他躲来躲去，却偏要寻来寻去，寻到之后，大做一通文章，却偏要说他自己善于登广告。

他不高兴说话，偏要同他去说话，他不多谈，偏要拉他来多谈，谈得多了，报上又不敢照样登载了，却又怪他多说话。

他说的是真话，偏要说他是在说笑话，对他哈哈的笑，还要怪他自己倒不笑。

他说的是直话，偏要说他是讽刺，对他哈哈的笑，还要怪他自以为聪明。

他本不是讽刺家，偏要说他是讽刺家，而又看不起讽刺家，而又用了无聊的讽刺想来讽刺他一下。

他本不是百科全书，偏要当他百科全书，问长问短，问天问地，听了回答，又鸣不平，好像自己原来比他还明白。

他本是来玩玩的，偏要逼他讲道理，讲了几句，听得又不高兴了，说他是来"宣传赤化"了。

有的看不起他，因为他不是一个马克思主义文学者，然而倘是马克思主义文学者，看不起他的人可就不要看他了。

有的看不起他，因为他不去做工人，然而倘若做工人，就不会到上海，看不起他的人可就看不见他了。

有的又看不起他，因为他不是实行的革命者，然而倘是实行者，就会和牛兰一同关在牢监里，看不起他的人可就不愿提他了。

他有钱，他偏讲社会主义，他偏不去做工，他偏来游历，他偏到上海，他偏讲革命，他偏谈苏联，他偏不给人们舒服……

于是乎可恶。

身子长也可恶，年纪大也可恶，须发白也可恶，不受欢迎也可恶，逃避访问也可恶，连和夫人的感情好也可恶。

然而他走了，这一位被人们公认为"矛盾"的萧。

然而我想，还是熬一下子，姑且将这样的萧，当作现在的世界的文豪罢，唠唠叨叨，鬼鬼祟祟，是打不倒文豪的。而且为给大家可以唠叨起见，也还是有他在着的好。

因为矛盾的萧没落时，或萧的矛盾解决时，也便是社会的矛盾解决的时候，那可不是玩意儿也。

二月十九夜

（本篇最初发表于一九三三年

三月一日《论语》第十二期）

看萧和"看萧的人们"记

我是喜欢萧的。这并不是因为看了他的作品或传记，佩服得喜欢起来，仅仅是在什么地方见过一点警句，从什么人听说他往往撕掉绅士们的假面，这就喜欢了他了。还有一层，是因为中国也常有模仿西洋绅士的人物的，而他们却大抵不喜欢萧。被我自己所讨厌的人们所讨厌的人，我有时会觉得他就是好人物。

现在，这萧就要到中国来，但特地搜寻着去看一看的意思倒也并没有。

157

十六日的午后，内山完造君将改造社的电报给我看，说是去见一见萧怎么样。我就决定说，有这样地要我去见一见，那就见一见罢。

十七日的早晨，萧该已在上海登陆了，但谁也不知道他躲着的处所。这样地过了好半天，好像到底不会看见似的。到了午后，得到蔡先生的信，说萧现就在孙夫人的家里吃午饭，教我赶紧去。

我就跑到孙夫人的家里去。一走进客厅隔壁的一间小小的屋子里，萧就坐在圆桌的上首，和别的五个人在吃饭。因为早就在什么地方见过照相，听说是世界的名人的，所以便电光一般觉得是文豪，而其实是什么标记也没有。但是，雪白的须发，健康的血色，和气的面貌，我想，倘若作为肖像画的模范，倒是很出色的。

午餐像是吃了一半了。是素菜，又简单。白俄的新闻上，曾经猜有无数的侍者，但只有一个厨子在搬菜。

萧吃得并不多，但也许开始的时候，已经很吃了一通了也难说。到中途，他用起筷子来了，很不顺手，总是夹不住。然而令人佩服的是他竟逐渐巧妙，终于紧紧地夹住了一块什么东西，于是得意的遍看着大家的脸，可是谁也没有看见这成功。

在吃饭时候的萧，我毫不觉得他是讽刺家。谈话也平平常常。例如说：朋友最好，可以久远的往还，父母和兄弟都不是自己自由选择的，所以非离开不可之类。

午餐一完，照了三张相。并排一站，我就觉得自己的矮小了。虽然心里想，假如再年青三十年，我得来做伸长身体的体操……

两点光景，笔会（Pen Club）有欢迎。也趁了摩托车一同去看时，原来是在叫作"世界学院"的大洋房里。走到楼上，早有为文艺的文艺家，民族主义文学家，交际明星，伶界大王等等，大约五十个人在那里了。合起围来，向他质问各色各样的事，好像翻检

《大英百科全书》似的。

萧也演说了几句：诸君也是文士，所以这玩艺儿是全都知道的。至于扮演者，则因为是实行的，所以比起自己似的只是写写的人来，还要更明白。此外还有什么可说的呢。总之，今天就如看看动物园里的动物一样，现在已经看见了，这就可以了罢。云云。

大家都哄笑了，大约又以为这是讽刺。

也还有一点梅兰芳博士和别的名人的问答，但在这里，略之。

此后是将赠品送给萧的仪式。这是由有着美男子之誉的邵洵美君拿上去的，是泥土做的戏子的脸谱的小模型，收在一个盒子里。还有一种，听说是演戏用的衣裳，但因为是用纸包好了的，所以没有见。萧很高兴的接受了。据张若谷君后来发表出来的文章，则萧还问了几句话，张君也刺了他一下，可惜萧不听见云。但是，我实在也没有听见。

有人问他菜食主义的理由。这时很有了几个来照照相的人，我想，我这烟卷的烟是不行的，便走到外面的屋子去了。

还有面会新闻记者的约束，三点光景便又回到孙夫人的家里来。早有四五十个人在等候了，但放进的却只有一半。首先是木村毅君和四五个文士，新闻记者是中国的六人，英国的一人，白俄一人，此外还有照相师三四个。

在后园的草地上，以萧为中心，记者们排成半圆阵，替代着世界的周游，开了记者的嘴脸展览会。萧又遇到了各色各样的质问，好像翻检《大英百科全书》似的。

萧似乎并不想多话。但不说，记者们是决不干休的，于是终于说起来了，说得一多，这回是记者那面的笔记的分量，就渐渐地减少了下去。

我想，萧并不是真的讽刺家，因为他就会说得那么多。

试验是大约四点半钟完结的。萧好像已经很疲倦，我就和木村君都回到内山书店里去了。

第二天的新闻，却比萧的话还要出色得远远。在同一的时候，同一的地方，听着同一的话，写了出来的记事，却是各不相同的。似乎英文的解释，也会由于听者的耳朵，而变换花样。例如，关于中国的政府罢，英字新闻的萧，说的是中国人应该挑选自己们所佩服的人，作为统治者；日本字新闻的萧，说的是中国政府有好几个；汉字新闻的萧，说的是凡是好政府，总不会得人民的欢心的。

从这一点看起来，萧就并不是讽刺家，而是一面镜。

但是，在新闻上的对于萧的评论，大体是坏的。人们是个个去听自己所喜欢的，有益的讽刺去的，而同时也给听了自己所讨厌的，有损的讽刺。于是就个个用了讽刺来讽刺道，萧不过是一个讽刺家而已。

在讽刺竞赛这一点上，我以为还是萧这一面伟大。

我对于萧，什么都没有问；萧对于我，也什么都没有问。不料木村君却要我写一篇萧的印象记。别人做的印象记，我是常看的，写得仿佛一见便窥见了那人的真心一般，我实在佩服其观察之锐敏。至于自己，却连相书也没有翻阅过，所以即使遇见了名人罢，倘要我滔滔的来说印象，可就穷矣了。

但是，因为是特地从东京到上海来要我写的，我就只得寄一点这样的东西，算是一个对付。

一九三三年二月二十三夜

本篇为日本改造社特约稿，原系日文，发表于一九三三年四月号《改造》。后由许霞（许广平）译成中文，经作者校定，发表于一九三三年五月一日《现代》第三卷第一期

《萧伯纳在上海》序

现在的所谓"人"，身体外面总得包上一点东西，绸缎，毡布，纱葛都可以。就是穷到做乞丐，至少也得有一条破裤子；就是被称为野蛮人的，小肚前后也多有了一排草叶子。要是在大庭广众之前自己脱去了，或是被人撕去了，这就叫作不成人样子。

虽然不像样，可是还有人要看，站着看的也有，跟着看的也有，绅士淑女们一齐掩住了眼睛，然而从手指缝里偷瞥几眼的也有，总之是要看看别人的赤条条，却小心着自己的整齐的衣裤。

人们的讲话，也大抵包着绸缎以至草叶子的，假如将这撕去了，人们就也爱听，也怕听。因为爱，所以围拢来，因为怕，就特地给它起了一个对于自己们可以减少力量的名目，曰"讽刺"，称说这类的话的人曰"讽刺家"。

伯纳·萧一到上海，热闹得比泰戈尔还厉害，不必说毕力涅克（Boris Pllniak）和穆杭（Paul Morand）了，我以为原因就在此。

还有一层，是"专制使人们变成冷嘲"，但这是英国的事情，古来只能"道路以目"的人们是不敢的。不过时候也到底不同了，就要听洋讽刺家来"幽默"一回，大家哈哈一下子。

还有一层，我在这里不想提。

但先要堤防自己的衣裤。于是各人的希望就不同起来了。蹩脚愿意他主张拿拐杖，癫子希望他赞成戴帽子，涂了脂粉的想他讽刺黄脸婆，民族主义文学者要靠他来压服了日本的军队。但结果如何呢？结果只要看唠叨的多，就知道不见得十分圆满了。

萧的伟大可又在这地方。英系报，日系报，白俄系报，虽然造了一些谣言，而终于全都攻击起来，就知道他决不为帝国主义所利用。至于有些中国报，那是无须多说的，因为原是洋大人的跟丁。这跟也跟得长久了，只在"不抵抗"或"战略关系"上，这才走在他们军队的前面。

萧在上海不到一整天，而故事竟有这么多，倘是别的文人，恐怕不见得会这样的。这不是一件小事情，所以这一本书，也确是重要的文献。在前三个部门之中，就将文人，政客，军阀，流氓，叭儿的各式各样的相貌，都在一个平面镜里映出来了。说萧是凹凸镜，我也不以为确凿。

余波流到北平，还给大英国的记者一个教训：他不高兴中国人欢迎他。二十日路透电说北平报章多登关于萧的文章，是"足证华人传统的不感觉苦痛性"。胡适博士尤其超脱，说是不加招待，倒是最高尚的欢迎。

"打是不打，不打是打！"

这真是一面大镜子，真是令人们觉得好像一面大镜子的大镜子，从去照或不愿去照里，都装模作样地显出了藏着的原形。在上海的一部分，虽然用笔和舌的还没有北平的外国记者和中国学者的巧妙，但已经有不少的花样。旧传的脸谱本来也有限，虽有未曾收录的，或后来发表的东西，大致恐怕总在这谱里的了。

一九三三年二月二十八日灯下，鲁迅
（本篇最初印入一九三三年三月上海
野草书屋出版的《萧伯纳在上海》）

我怎么做起小说来

我怎么做起小说来？——这来由，已经在《呐喊》的序文上，约略说过了。这里还应该补叙一点的，是当我留心文学的时候，情形和现在很不同：在中国，小说不算文学，做小说的也决不能称为文学家，所以并没有人想在这一条道路上出世。我也并没有要将小说抬进"文苑"里的意思，不过想利用他的力量，来改良社会。

但也不是自己想创作，注重的倒是在绍介，在翻译，而尤其注重于短篇，特别是被压迫的民族中的作者的作品。因为那时正盛行着排满论，有些青年，都引那叫喊和反抗的作者为同调的。所以"小说作法"之类，我一部都没有看过，看短篇小说却不少，小半是自己也爱看，大半则因了搜寻绍介的材料。也看文学史和批评，这是因为想知道作者的为人和思想，以便决定应否介绍给中国。和学问之类，是绝不相干的。

因为所求的作品是叫喊和反抗，势必至于倾向了东欧，因此所看的俄国，波兰以及巴尔干诸小国作家的东西就特别多。也曾热心的搜求印度，埃及的作品，但是得不到。记得当时最爱看的作者，是俄国的果戈理（N. Gogol）和波兰的显克微支（H. Sienkiewitz）。日本的，是夏目漱石和森鸥外。

回国以后，就办学校，再没有看小说的工夫了，这样的有五六年。为什么又开手了呢？——这也已经写在《呐喊》的序文里，不必说了。但我的来做小说，也并非自以为有做小说的才能，只因为那时是住在北京的会馆里的，要做论文罢，没有参考书，要翻译罢，没有底本，就只好做一点小说模样的东西塞责，这就是《狂人日记》。大约所仰仗的全在先前看过的百来篇外国作品和一点医学上的知识，此外的准备，一点也没有。

但是《新青年》的编辑者，却一回一回的来催，催几回，我就做一篇，这里我必得记念陈独秀先生，他是催促我做小说最着力的一个。

自然，做起小说来，总不免自己有些主见的。例如，说到"为什么"做小说罢，我仍抱着十多年前的"启蒙主义"，以为必须是"为人生"，而且要改良这人生。我深恶先前的称小说为"闲书"，而且将"为艺术的艺术"，看作不过是"消闲"的新式的别号。所以我的取材，多采自病态社会的不幸的人们中，意思是在揭出病苦，引起疗救的注意。所以我力避行文的唠叨，只要觉得够将意思传给别人了，就宁可什么陪衬拖带也没有。中国旧戏上，没有背景，新年卖给孩子看的花纸上，只有主要的几个人（但现在的花纸却多有背景了），我深信对于我的目的，这方法是适宜的，所以我不去描写风月，对话也决不说到一大篇。

我做完之后，总要看两遍，自己觉得拗口的，就增删几个字，一定要它读得顺口；没有相宜的白话，宁可引古语，希望总有人会懂，只有自己懂得或连自己也不懂的生造出来的字句，是不大用的。这一节，许多批评家之中，只有一个人看出来了，但他称我为 Stylist。

所写的事迹，大抵有一点见过或听到过的缘由，但决不全用这事实，只是采取一端，加以改造，或生发开去，到足以几乎完全发表我的意思为止。人物的模特儿也一样，没有专用过一个人，往往嘴在浙江，脸在北京，衣服在山西，是一个拼凑起来的角色。有人说，我的那一篇是骂谁，某一篇又是骂谁，那是完全胡说的。

不过这样的写法，有一种困难，就是令人难以放下笔。一气写下去，这人物就逐渐活动起来，尽了他的任务。但倘有什么分心的事情来一打岔，放下许久之后再来写，性格也许变了样，情景也会和先前所预想的不同起来。例如我做的《不周山》，原意是在描写性的发动和创造，以至衰亡的，而中途去看报章，见了一位道学的批评家攻击情诗的文章，心里很不以为然，于是小说里就有一个小人物跑到女娲的两腿之间来，不但不必有，且将结构的宏大毁坏了。但这些处所，除了自己，大概没有人会觉到的，我们的批评大家成仿吾先生，还说这一篇做得最出色。

我想，如果专用一个人做骨干，就可以没有这弊病的，但自己没有试验过。

忘记是谁说的了，总之是，要极省俭的画出一个人的特点，最好是画他的眼睛。我以为这话是极对的，倘若画了全副的头发，即使细得逼真，也毫无意思。我常在学学这一种方法，可惜学不好。

可省的处所，我决不硬添，做不出的时候，我也决不硬做，但这是因为我那时别有收入，不靠卖文为活的缘故，不能作为通例的。

还有一层，是我每当写作，一律抹杀各种的批评。因为那时中国的创作界固然幼稚，批评界更幼稚，不是举之上天，就是按之入地，倘将这些放在眼里，就要自命不凡，或觉得非自杀不足以谢天

164

下的。批评必须坏处说坏，好处说好，才于作者有益。

但我常看外国的批评文章，因为他于我没有恩怨嫉恨，虽然所评的是别人的作品，却很有可以借镜之处。但自然，我也同时一定留心这批评家的派别。

以上，是十年前的事了，此后并无所作，也没有长进，编辑先生要我做一点这类的文章，怎么能呢。拉杂写来，不过如此而已。

三月五日灯下

（本篇最初印入一九三三年六月
上海天马书店出版的《创作的经验》一书）

关于女人

国难期间，似乎女人也特别受难些。一些正人君子责备女人爱奢侈，不肯光顾国货。就是跳舞，肉感等等，凡是和女性有关的，都成了罪状。仿佛男人都做了苦行和尚，女人都进了修道院，国难就会得救似的。

其实那不是女人的罪状，正是她的可怜。这社会制度把她挤成了各种各式的奴隶，还要把种种罪名加在她头上。西汉末年，女人的"堕马髻"，"愁眉啼妆"，也说是亡国之兆。其实亡汉的何尝是女人！不过，只要看有人出来唉声叹气的不满意女人的装束，我们就知道当时统治阶级的情形，大概有些不妙了。

奢侈和淫靡只是一种社会崩溃腐化的现象，决不是原因。私有制度的社会，本来把女人也当作私产，当作商品。一切国家，一切宗教都有许多稀奇古怪的规条，把女人看作一种不吉利的动物，威吓她，使她奴隶般的服从；同时又要她做高等阶级的玩具。正像现在的正人君子，他们骂女人奢侈，板起面孔维持风化，而同时正在偷偷地欣赏着肉感的大腿文化。

阿剌伯的一个古诗人说："地上的天堂是在圣贤的经书上，马背上，女人的胸脯上。"这句话倒是老实的供状。

自然，各种各式的卖淫总有女人的份。然而买卖是双方的。没有买淫的嫖男，那里会有卖淫的娼女。所以问题还在买淫的社会根源。这根源存在一天，也就是主动的买者存在一天，那所谓女人的淫靡和奢侈就一天不会消灭。男人是私有主的时候，女人自身也不过是男人的所有品。也许是因此罢，她的爱惜家财的心或者比较的差些，她往往成了"败家精"。何况现在买淫的机会那么多，家庭里的女人直觉地感觉到自己地位的危险。民国初年我就听说，上海的时髦是从长三幺二传到姨太太之流，从姨太太之流再传到太太奶奶小姐。这些"人家人"，多数是不自觉地在和娼妓竞争——自然，她们就要竭力修饰自己的身体，修饰到拉得住男子的心的一切。这修饰的代价是很贵的，而且一天一天的贵起来，不但是物质上的，而且有精神上的。

美国一个百万富翁说："我们不怕共匪（原文无匪字，谨遵功令改译），我们的妻女就要使我们破产，等不及工人来没收。"中国也许是唯恐工人"来得及"，所以高等华人的男女这样赶紧的浪费着，享用着，畅快着，那里还管得到国货不国货，风化不风化。然而口头上是必须维持风化，提倡节俭的。

四月十一日

（本篇最初发表于一九三三年六月十五日《申报月刊》第二卷第六号，署名洛文）

真假堂·吉诃德

西洋武士道的没落产生了堂·吉诃德那样的戆大。他其实是个十分老实的书呆子。看他在黑夜里仗着宝剑和风车开仗，的确傻相可掬，觉得可笑可怜。

然而这是真正的吉诃德。中国的江湖派和流氓种子，却会愚弄吉诃德式的老实人，而自己又假装着堂·吉诃德的姿态。《儒林外史》上的几位公子，慕游侠剑仙之为人，结果是被这种堂·吉诃德骗去了几百两银子，换来了一颗血淋淋的猪头——那猪算是侠客的"君父之仇"了。

　　真吉诃德的做傻相是由于自己愚蠢，而堂·吉诃德是故意做些傻相给别人看，想要剥削别人的愚蠢。

　　可是中国的老百姓未必都还这么蠢笨，连这点儿手法也看不出来。

　　中国现在的堂·吉诃德们，何尝不知道大刀不能救国，他们却偏要舞弄着，每天"杀敌几百几千"的乱嚷，还有人"特制钢刀九十九，去赠送前敌将士"。可是，为着要杀猪起见，又舍不得飞机捐，于是乎"武器不精良"的宣传，一面作为节节退却或者"诱敌深入"的解释，一面又借此搜括一些杀猪经费。可惜前有慈禧太后，后有袁世凯——清末的兴复海军捐建设了颐和园，民四的"反日"爱国储金，增加了讨伐当时革命军的军需——不然的话，还可以说现在发现了一个新发明。

　　他们何尝不知道"国货运动"振兴不了什么民族工业，国际的财神爷扼住了中国的喉咙，连气也透不出，甚么"国货"都跳不出这些财神的手掌心。然而"国货年"是宣布了，"国货商场"是成立了，像煞有介事的，仿佛抗日救国全靠一些戴着假面具的买办多赚几个钱。这钱还是从猪狗牛马身上剥削来的。不听见"增加生产力"，"劳资合作共赴国难"的呼声么？原本不把小百姓当人看待，然而小百姓做了猪狗牛马还是要负"救国责任"！结果，猪肉供给堂·吉诃德吃，而猪头还是要斫下来，挂出去，以为"捣乱后方"者戒。

　　他们何尝不知道什么"中国固有文化"咒不死帝国主义，无论念几千万遍"不仁不义"或者金光明咒，也不会触发日本地震，使它陆沉大海。然而他们故意高喊恢复"民族精神"，仿佛得了什么祖传秘诀。意思其实很明白，是要小百姓埋头治心，多读修身教科书。这固有文化本来毫无疑义：是岳飞式的奉旨不抵抗的忠，是听命国联爷爷的孝，是斫猪头，吃猪肉，而又远庖厨的仁爱，是遵守卖身契约的信义，是"诱敌深入"的和平。而且，"固有文化"之外，又提倡什么"学术救国"，引证西哲菲希德之言等类的居心，又何尝不是如此。

堂·吉诃德的这些傻相，真教人哭笑不得；你要是把假痴假呆当作真痴真呆，当真认为可笑可怜，那就未免傻到不可救药了。

四月十一日

（本篇最初发表于一九三三年六月十五日
《申报月刊》第二卷第六号，署名洛文）

《守常全集》题记

我最初看见守常先生的时候，是在独秀先生邀去商量怎样进行《新青年》的集会上，这样就算认识了。不知道他其时是否已是共产主义者。总之，给我的印象是很好的：诚实，谦和，不多说话。《新青年》的同人中，虽然也很有喜欢明争暗斗，扶植自己势力的人，但他一直到后来，绝对的不是。

他的模样是颇难形容的，有些儒雅，有些朴质，也有些凡俗。所以既像文士，也像官吏，又有些像商人。这样的商人，我在南边没有看见过，北京却有的，是旧书店或笺纸店的掌柜。一九二六年三月十八日，段祺瑞们枪击徒手请愿的学生的那一次，他也在群众中，给一个兵抓住了，问他是何等样人。答说是"做买卖的"。兵道："那么，到这里来干什么？滚你的罢！"一推，他总算逃得了性命。

倘说教员，那时是可以死掉的。

然而到第二年，他终于被张作霖们害死了。

段将军的屠戮，死了四十二人，其中有几个是我的学生，我实在很觉得一点痛楚；张将军的屠戮，死的好像是十多人，手头没有记录，说不清楚了，但我所认识的只有一个守常先生。在厦门知道了这消息之后，椭圆的脸，细细的眼睛和胡子，蓝布袍，黑马褂，就时时出现在我的眼前，其间还隐约看见绞首台。痛楚是也有些的，但比先前淡漠了。这是我历来的偏见：见同辈之死，总没有像见青年之死的悲伤。

这回听说在北平公然举行了葬式，计算起来，去被害的时候已经七年了。这是极应该的。我不知道他那时被将军们所编排的罪状——大概总不外乎"危害民国"罢。然而仅在这短短的七年中，事实就铁铸一般的证明了断送民国的四省的并非李大钊，却是杀戮了他的将军！

那么，公然下葬的宽典，该是可以取得的了。然而我在报章上，又看见北平当局的禁止路祭和捕拿送葬者的新闻。我也不知道为什么，但这回恐怕是"妨害治安"了罢。倘其果然，则铁铸一般的反证，实在来得更加神速：看罢，妨害了北平的治安的是日军呢还是人民！

但革命的先驱者的血，现在已经并不稀奇了。单就我自己说罢，七年前为了几个人，就发过不少激昂的空论，后来听惯了电刑，枪毙，斩决，暗杀的故事，神经渐渐麻木，毫不吃惊，也无言说了。我想，就是报上所记的"人山人海"去看枭首示众的头颅的人们，恐怕也未必觉得更兴奋于看赛花灯的罢。血是流得太多了。

不过热血之外，守常先生还有遗文在。不幸对于遗文，我却很难讲什么话。因为所执的业，彼此不同，在《新青年》时代，我虽以他为站在同一战线上的伙伴，却并未留心他的文章，譬如骑兵不必注意于造桥，炮兵无须分神于驭马，那时自以为尚非错误。所以现在所能说的，也不过：一，是他的理论，在现在看起来，当然未必精当的；二，是虽然如此，他的遗文却将永住，因为这是先驱者的遗产，革命史上的丰碑。一切死的和活的骗子的一迭迭的集子，不是已在倒塌下来，连商人也"不顾血本"的只收二三折了么？

以过去和现在的铁铸一般的事实来测将来，洞若观火！

一九三三年五月二十九夜，鲁迅谨记

这一篇，是T先生要我做的，因为那集子要在和他有关系的G书局出版。我义不容辞，只得写了这一点，不久，便在《涛声》上登出来。但后来，听说那遗集稿子的有权者另托C书局去印了，至今没有出版，也许是暂时不会出版的罢，我虽然很后悔乱作题记的孟浪，但我仍然要在自己的集子里存留，记此一件公案。

十二月三十一夜，附识。

（本篇最初发表于一九三三年八月十九日《涛声》第二卷第三十一期）

谈金圣叹

讲起清朝的文字狱来，也有人拉上金圣叹，其实是很不合适的。他的"哭庙"，用近事来比例，和前年《新月》上的引据三民主义以自辩，并无不同，但不特捞不到教授而且至于杀头，则是因为他早被官绅们认为坏货了的缘故。就事论事，倒是冤枉的。

清中叶以后的他的名声，也有些冤枉。他抬起小说传奇来，和《左传》《杜诗》并列，实不过拾了袁宏道辈的残余；而且经他一批，原作的诚实之处，往往化为笑谈，布局行文，也都被硬拖到八股的做法上。这余荫，就使有一批人，堕入了对于《红楼梦》之类，总在寻求伏线，挑剔破绽的泥塘。

自称得到古本，乱改《西厢》字句的案子且不说罢，单是截去《水浒》的后小半，梦想有一个"嵇叔夜"来杀尽宋江们，也就昏庸得可以。虽说因为痛恨流寇的缘故，但他是究竟近于官绅的，他到底想不到小百姓的对于流寇，只痛恨着一半：不在于"寇"，而在于"流"。

百姓固然怕流寇，也很怕"流官"。记得民元革命以后，我在故乡，不知怎地县知事常常掉换了。每一掉换，农民们便愁苦着相告道："怎么好呢？又换了一只空肚鸭来了！"他们虽然至今不知道"欲壑难填"的古训，却很明白"成则为王，败则为贼"的成语，贼者，流着之王，王者，不流之贼也，要说得简单一点，那就是"坐寇"。中国百姓一向自称"蚁民"，现在为便于譬喻起见，姑升为牛罢，铁骑一过，茹毛饮血，蹄骨狼藉，倘可避免，他们自然是总想避免的，但如果肯放任他们自啮野草，苟延残喘，挤出乳来将这些"坐寇"喂得饱饱的，后来能够比较的不复狼吞虎咽，则他们就以为如天之福。所区别的只在"流"与"坐"，却并不在"寇"与"王"。试翻明末的野史，就知道北京民心的不安，在李自成入京的时候，是不及他出京之际的利害的。

宋江据有山寨，虽打家劫舍，而劫富济贫，金圣叹却道应该在童贯高俅辈的爪牙之前，一个个俯首受缚，他们想不通。所以《水浒传》纵然成了断尾巴蜻蜓，乡下人却还要看《武松独手擒方腊》这些戏。

不过这还是先前的事，现在似乎又有了新的经验了。听说四川有一只民谣，大略是"贼来如梳，兵来如篦，官来如剃"的意思。汽车飞艇，价值既远过于大轿马车，租界和外国银行，也是海通以来新添的物事，不但剃尽毛发，就是刮尽筋肉，也永远填不满的。正无怪小百姓将"坐寇"之可怕，放在"流寇"之上了。

事实既然教给了这些，仅存的路，就当然使他们想到了自己的力量。

五月三十一日

（本篇最初发表于一九三三年
七月一日上海《文学》第一卷第一号）

又谈金圣叹

戴望舒先生远远地从法国给我们一封通信，叙述着法国 A. E. A. R.（革命文艺家协会）得了纪德的参加，在三月二十一日召集大会，猛烈的反抗德国法西斯谛的情形，并且介绍了纪德的演说，发表在六月号的《现代》上。法国的文艺家，这样的仗义执言的举动是常有的：较远，则如左拉为德来孚斯打不平，法朗士当左拉改葬时候的讲演；较近，则有罗曼罗兰的反对战争。但这回更使我感到真切的欢欣，因为问题是当前的问题，而我也正是憎恶法西斯谛的一个。不过戴先生在报告这事实的同时，一并指明了中国左翼作家的"愚蒙"和像军阀一般的横暴，我却还想来说几句话。但希望不要误会，以为意在辩解，希图中国也从所谓"第三种人"得到对于德国的被压迫者一般的声援——并不是的。中国的焚禁书报，封闭书店，囚杀作者，实在还远在德国的白色恐怖以前，而且也得到过世界的革命的文艺家的抗议了。我现在要说的，不过那通信里的必须指出的几点。

那通信叙述过纪德的加入反抗运动之后，说道——

"在法国文坛中，我们可以说纪律是'第三种人'，自从他在一八九一年……起，一直到现在为止，他始终是一个忠实于他的艺术的人。然而，忠实于自己的艺术的作者，不一定就是资产阶级的'帮闲者'，法国的革命作家没有这种愚蒙的见解（或者不如说是精明的策略），因此，在热烈的欢迎之中，纪德便在群众之间发言了。"

这就是说："忠实于自己的艺术的作者"，就是"第三种人"，而中国的革命作家，却"愚蒙"到指这种人为全是"资产阶级的帮闲者"，现在已经由纪德证实，是"不一定"的了。

这里有两个问题应该解答。

第一，是中国的左翼理论家是否真指"忠实于自己的艺术的作者"为全是"资产阶级的帮闲者"？据我所知道，却并不然。左翼理论家无论如何"愚蒙"，还不至于不明白"为艺术的艺术"在发生时，是对于一种社会的成规的革命，但待到新兴的战斗的艺术出现之际，还拿着这老招牌来明明暗暗阻碍他的发展，那就成为反动，且不只是"资产阶级的帮闲者"了。至于"忠实于自己的艺术的作者"，却并未视同一律。因为不问那一阶级的作家，都有一个"自己"，这"自己"，就都是他本阶级的一分子，忠实于他自己的艺术的人，也就是忠实于他本阶级的作者，在资产阶级如此，在无产阶级也如此。这是极显明粗浅的事实，左翼理论家也不会不明白的。但这位——戴先生用"忠实于自己的艺术"来和"为艺术的艺术"掉了一个包，可真显得左翼理论家的"愚蒙"透顶了。

第二，是纪德是否真是中国所谓的"第三种人"？我没有读过纪德的书，对于作品，没有加以批评的资格。但我相信：创作和演说，形式虽然不同，所含的思想是决不会两样的。我可以引出戴先生所介绍的演说里的两段来——

"有人会对我说：'在苏联也是这样的。'那是可能的事；但是目的却是完全两样的，而且，为了要建设一个新社会起见，为了把发言权给予那些一向做着受压迫者，一向没有发言权的人们起见，不得已的矫枉过正也是免不掉的事。"

"我为什么并怎样会在这里赞同我在那边所反对的事呢？那就是因为我在德国的恐怖政策中，见到了最可叹最可憎的过去的再演，在苏联的社会创设中，我却见到一个未来的无限的允约。"

173

这说得清清楚楚，虽是同一手段，而他却因目的之不同而分为赞成或反抗。苏联十月革命后，侧重艺术的"绥拉比翁的兄弟们"这团体，也被称为"同路人"，但他们却并没有这么积极。中国关于"第三种人"的文字，今年已经汇印了一本专书，我们可以查一查，凡自称为"第三种人"的言论，可有丝毫近似这样的意见的么？倘其没有，则我敢决定地说，"不可以说纪德是'第三种人'"。

然而正如我说纪德不像中国的"第三种人"一样，戴望舒先生也觉得中国的左翼作家和法国的大有贤愚之别了。他在参加大会，为德国的左翼艺术家同伸义愤之后，就又想起了中国左翼作家的愚蠢横暴的行为。于是他临末禁不住感慨——

"我不知道我国对于德国法西斯谛的暴行有没有什么表示。正如我们的军阀一样，我们的文艺者也是勇于内战的。在法国的革命作家们和纪德携手的时候，我们的左翼作家想必还在把所谓'第三种人'当作唯一的敌手吧！"

这里无须解答，因为事实俱在：我们这里也曾经有一点表示，但因为和在法国两样，所以情形也不同；刊物上也久不见什么"把所谓'第三种人'当作唯一的敌手"的文章，不再内战，没有军阀气味了。戴先生的预料，是落了空的。

然而中国的左翼作家，这就和戴先生意中的法国左翼作家一样贤明了么？我以为并不这样，而且也不应该这样的。如果声音还没有全被削除的时候，对于"第三种人"的讨论，还极有从新提起和展开的必要。戴先生看出了法国革命作家们的隐衷，觉得在这危急时，和"第三种人"携手，也许是"精明的策略"。但我以为单靠"策略"，是没有用的，有真切的见解，才有精明的行为，只要看纪德的讲演，就知道他并不超然于政治之外，决不能贸贸然称之为"第三种人"，加以欢迎，是不必别具隐衷的。不过在中国的所谓"第三种人"，却还复杂得很。

所谓"第三种人"，原意只是说：站在甲乙对立或相斗之外的人。但在实际上，是不能有的。人体有胖和瘦，在理论上，是该能有不胖不瘦的第三种人的，然而事实上却并没有，一加比较，非近于胖，就近于瘦。文艺上的"第三种人"也一样，即使好像不偏不倚罢，其实是总有些偏向的，平时有意的或无意的遮掩起来，而一遇切要的事故，它便会分明的显现。如纪德，他就显出左向来了；别的人，也能从几句话里，分明的显出。所以在这混杂的一群中，有的能和革命前进，共鸣；有的也能乘机将革命中伤，软化，曲解。左翼理论家是有着加以分析的任务的。

如果这就等于"军阀"的内战，那么，左翼理论家就必须更加继续这内战，而将营垒分清，拔去了从背后射来的毒箭！

六月四日

（本篇最初发表于一九三三年

七月一日《文学》第一卷第一号）

"蜜蜂"与"蜜"

陈思先生：

看了《涛声》上批评《蜜蜂》的文章后，发生了两个意见，要写出来，听听专家的判定。但我不再来辩论，因为《涛声》并不是打这类官司的地方。

村人火烧蜂群，另有缘故，并非阶级斗争的表现，我想，这是可能的。但蜜蜂是否会于虫媒花有害，或去害风媒花呢，我想，这也是可能的。

昆虫有助于虫媒花的受精，非徒无害，而且有益，就是极简略的生物学上也都这样说，确是不错的。但这是在常态时候的事。假使蜂多花少，情形可就不同了，蜜蜂为了采粉或者救饥，在一花上，可以有数匹甚至十余匹一拥而入，因为争，将花瓣弄伤，因为饿，将花心咬掉，听说日本的果园，就有遭了这种伤害的。它的到风媒

175

花上去，也还是因为饥饿的缘故。这时酿蜜已成次要，它们是吃花粉去了。

所以，我以为倘花的多少，足供蜜蜂的需求，就天下太平，否则，便会"反动"。譬如蚁是养护蚜虫的，但倘将它们关在一处，又不另给食物，蚁就会将蚜虫吃掉；人是吃米或麦的，然而遇着饥馑，便吃草根树皮了。

中国向来也养蜂，何以并无此弊呢？那是极容易回答的：因为少。近来以养蜂为生财之大道，干这事的愈多。然而中国的蜜价，远逊欧美，与其卖蜜，不如卖蜂。又因报章鼓吹，思养蜂以获利者辈出，故买蜂者也多于买蜜。因这缘故，就使养蜂者的目的，不在于使酿蜜而在于使繁殖了。但种植之业，却并不与之俱进，遂成蜂多花少的现象，闹出上述的乱子来了。

总之，中国倘不设法扩张蜂蜜的用途，及同时开辟果园农场之类，而一味出卖蜂种以图目前之利，养蜂事业是不久就要到了绝路的。此信甚希发表，以冀有心者留意也。专此，顺请著安。

罗怃。六月十一日

（本篇最初发表于一九三三年六月十七日《涛声》第二卷第二十三期，署名罗怃）

经 验

古人所传授下来的经验，有些实在是极可宝贵的，因为它曾经费去许多牺牲，而留给后人很大的益处。

偶然翻翻《本草纲目》，不禁想起了这一点。这一部书，是很普通的书，但里面却含有丰富的宝藏。自然，捕风捉影的记载，也是在所不免的，然而大部分的药品的功用，却由历久的经验，这才能够知道到这程度，而尤其惊人的是关于毒药的叙述。

我们一向喜欢恭维古圣人，以为药物是由一个神农皇帝独自尝出来的，他曾经一天遇到过七十二毒，但都有解法，没有毒死。这种传说，现在不能主宰人心了。人们大抵已经知道一切文物，都是历来的无名氏所逐渐的造成。建筑，烹饪，渔猎，耕种，无不如此；医药也如此。这么一想，这事情可就大起来了：大约古人一有病，最初只好这样尝一点，那样尝一点，吃了毒的就死，吃了不相干的就无效，有的竟吃到了对证的就好起来，于是知道这是对于某一种病痛的药。这样地累积下去，乃有草创的纪录，后来渐成为庞大的书，如《本草纲目》就是。而且这书中的所记，又不独是中国的，还有阿剌伯人的经验，有印度人的经验，则先前所用的牺牲之大，更可想而知了。

　　然而也有经过许多人经验之后，倒给了后人坏影响的，如俗语说"各人自扫门前雪，莫管他家瓦上霜"的便是其一。救急扶伤，一不小心，向来就很容易被人所诬陷，而还有一种坏经验的结果的歌诀，是"衙门八字开，有理无钱莫进来"，于是人们就只要事不干己，还是远远的站开干净。我想，人们在社会里，当初是并不这样彼此漠不相关的，但因豺狼当道，事实上因此出过许多牺牲，后来就自然的都走到这条道路上去了。所以，在中国，尤其是在都市里，倘使路上有暴病倒地，或翻车摔伤的人，路人围观或甚至于高兴的人尽有，肯伸手来扶助一下的人却是极少的。这便是牺牲所换来的坏处。

　　总之，经验的所得的结果无论好坏，都要很大的牺牲，虽是小事情，也免不掉要付惊人的代价。例如近来有些看报的人，对于什么宣言，通电，讲演，谈话之类，无论它怎样骈四俪六，崇论宏议，也不去注意了，甚而还至于不但不注意，看了倒不过做做嘻笑的资料。这那里有"始制文字，乃服衣裳"一样重要呢，然而这一点点结果，却是牺牲了一大片地面，和许多人的生命财产换来的。生命，那当然是别人的生命，倘是自己，就得不着这经验了。所以一切经

178

验，是只有活人才能有的，我的决不上别人讥刺我怕死，就去自杀或拼命的当，而必须写出这一点来，就为此。而且这也是小小的经验的结果。

六月十二日

（本篇最初发表于一九三三年七月十五日

《申报月刊》第二卷第七号，署名洛文）

谚　语

　　粗略的一想，谚语固然好像一时代一国民的意思的结晶，但其实，却不过是一部分的人们的意思。现在就以"各人自扫门前雪，莫管他家瓦上霜"来做例子罢，这乃是被压迫者们的格言，教人要奉公，纳税，输捐，安分，不可怠慢，不可不平，尤其是不要管闲事；而压迫者是不算在内的。

　　专制者的反面就是奴才，有权时无所不为，失势时即奴性十足。孙皓是特等的暴君，但降晋之后，简直像一个帮闲；宋徽宗在位时，不可一世，而被掳后偏会含垢忍辱。做主子时以一切别人为奴才，则有了主子，一定以奴才自命：这是天经地义，无可动摇的。

　　所以被压制时，信奉着"各人自扫门前雪，莫管他家瓦上霜"的格言的人物，一旦得势，足以凌人的时候，他的行为就截然不同，变为"各人不扫门前雪，却管他家瓦上霜"了。

　　二十年来，我们常常看见：武将原是练兵打仗的，且不问他这兵是用以安内或攘外，总之他的"门前雪"是治军，然而他偏来干涉教育，主持道德；教育家原是办学的，无论他成绩如何，总之他的"门前雪"是学务，然而他偏去膜拜"活佛"，绍介国医。小百姓随军充伕，童子军沿门募款。头儿胡行于上，蚁民乱碰于下，结果是各人的门前都不成样，各家的瓦上也一团糟。

　　女人露出了臂膊和小腿，好像竟打动了贤人们的心，我记得曾有许多人絮絮叨叨，主张禁止过，后来也确有明文禁止了。不料到得今年，却又"衣服蔽体已足，何必前拖后曳，消耗布匹，顾念时艰，后患何堪设想"起来，四川的营山县长于是就令公安局派队——剪掉行人的长衣的下截。长衣原是累赘的东西，但以为不穿长衣，或剪去下截，即于"时艰"有补，却是一种特别的经济学。《汉书》上有一句云，"口含天宪"，此之谓也。

某一种人，一定只有这某一种人的思想和眼光，不能越出他本阶级之外。说起来，好像又在提倡什么犯讳的阶级了，然而事实是如此的。谣谚并非全国民的意思，就为了这缘故。古之秀才，自以为无所不晓，于是有"秀才不出门，而知天下事"这自负的漫天大谎，小百姓信以为真，也就渐渐的成了谚语，流行开来。其实是"秀才虽出门，不知天下事"的。秀才只有秀才头脑和秀才眼睛，对于天下事，那里看得分明，想得清楚。清末，因为想"维新"，常派些"人才"出洋去考察，我们现在看看他们的笔记罢，他们最以为奇的是什么馆里的蜡人能够和活人对面下棋。声海圣人康有为，佼佼者也，他周游十一国，一直到得巴尔干，这才悟出外国之所以常有"弑君"之故来了，曰：因为宫墙太矮的缘故。

六月十三日

（本篇最初发表于一九三三年

七月十五日《申报月刊》第二卷第七号，署名洛文）

大家降一级试试看

《文学》第一期的《〈图书评论〉所评文学书部分的清算》，是很有趣味，很有意义的一篇账。这《图书评论》不但是"我们唯一的批评杂志"，也是我们的教授和学者们所组成的唯一的联军。然而文学部分中，关于译注本的批评却占了大半，这除掉那《清算》里所指出的各种之外，实在也还有一个切要的原因，就是在我们学术界文艺界作工的人员，大抵都比他的实力凭空跳高一级。

校对员一面要通晓排版的格式，一面要多认识字，然而看现在的出版物，"己"与"已"，"戮"与"戳"，"剌"与"刺"，在很多的眼睛里是没有区别的。版式原是排字工人的事情，因为他不管，就压在校对员的肩膀上，如果他再不管，那就成为和大家不相干。作文的人首先也要认识字，但在文章上，往往以"战慄"为"战慄"，以"已竟"为"已经"；"非常顽艳"是因妒杀人的情形；"年已鼎盛"的意思，是说这人已有六十多岁了。至于译注的书，那自然，不是"硬译"，就是误译，为了训斥与指正，竟占去了九本《图书评论》中文学部分的书数的一半，就是一个不可动摇的证明。

这些错误的书的出现，当然大抵是因为看准了社会上的需要，匆匆的来投机，但一面也实在为了胜任的人，不肯自贬声价，来做这用力多而获利少的工作的缘故。否则，这些译注者是只配埋首大学，去谨听教授们的指示的。只因为能够不至于误译的人们洁身远去，出版界上空荡荡了，遂使小兵也来挂着帅印，辱没了翻译的天下。

但是，胜任的译注家那里去了呢？那不消说，他也跳了一级，做了教授，成为学者了。"世无英雄，遂使竖子成名"，于是只配做学生的胚子，就乘着空虚，托庇变了译注者。而事同一律，只配做个译注者的胚子，却踞着高座，昂然说法了。杜威教授有他的实验主义，白璧德教授有他的人文主义，从他们那里零零碎碎贩运一点回来的就变了中国的呵斥八极的学者，不也是一个不可动摇的证明么？

要澄清中国的翻译界，最好是大家都降下一级去，虽然那时候是否真是都能胜任愉快，也还是一个没有把握的问题。

七月七日

（本篇最初发表于一九三三年八月十五日《申报月刊》第二卷第八号，署名洛文）

沙

近来的读书人，常常叹中国人好像一盘散沙，无法可想，将倒霉的责任，归之于大家。其实这是冤枉了大部分中国人的。小民虽然不学，见事也许不明，但知道关于本身利害时，何尝不会团结。先前有跪香，民变，造反；现在也还有请愿之类。他们的像沙，是被统治者"治"成功的，用文言来说，就是"治绩"。

那么，中国就没有沙么？有是有的，但并非小民，而是大小统治者。

人们又常常说："升官发财。"其实这两件事是不并列的，其所以要升官，只因为要发财，升官不过是一种发财的门径。所以官僚虽然依靠朝廷，却并不忠于朝廷，吏役虽然依靠衙署，却并不爱护衙署，头领下一个清廉的命令，小喽啰是决不听的，对付的方法有"蒙蔽"。他们都是自私自利的沙，可以肥己时就肥己，而且每一粒都是皇帝，可以称尊处就称尊。有些人译俄皇为"沙皇"，移赠此辈，倒是极确切的尊号。财何从来？是从小民身上刮下来的。小民倘能团结，发财就烦难，那么，当然应该想尽方法，使他们变成散沙才好。以沙皇治小民，于是全中国就成为"一盘散沙"了。

然而沙漠以外，还有团结的人们在，他们"如入无人之境"的走进来了。

这就是沙漠上的大事变。当这时候，古人曾有两句极切贴的比喻，叫作"君子为猿鹤，小人为虫沙"。那些君子们，不是像白鹤的腾空，就如猢狲的上树，"树倒猢狲散"，另外还有树，他们绝不会吃苦。剩在地下的，便是小民的蝼蚁和泥沙，要践踏杀戮都可以，他们对沙皇尚且不敌，怎能敌得过沙皇的胜者呢？

然而当这时候，偏又有人摇笔鼓舌，向着小民提出严重的质问道："国民将何以自处"呢，"问国民将何以善其后"呢？忽然记得了"国民"，别的什么都不说，只又要他们来填亏空，不是等于向着缚了手脚的人，要求他去捕盗么？

但这正是沙皇治绩的后盾，是猿鸣鹤唳的尾声，称尊肥己之余，必然到来的末一着。

七月十二日

（本篇最初发表于一九三三年八月十五日
《申报月刊》第二卷第八号，署名洛文）

关于翻译

今年是"国货年"，除"美麦"外，有些洋气的都要被打倒了。四川虽然正在奉令剪掉路人的长衫，上海的一位慷慨家却因为讨厌洋服而记得了袍子和马褂。翻译也倒了运，得到一个笼统的头衔是"硬译"和"乱译"。但据我所见，这些"批评家"中，一面要求着"好的翻译"者，却一个也没有的。

创作对于自己人，的确要比翻译切身，易解，然而一不小心，也容易发生"硬作"，"乱作"的毛病，而这毛病，却比翻译要坏得多。我们的文化落后，无可讳言，创作力当然也不及洋鬼子，作品的比较的薄弱，是势所必至的，而且又不能不时时取法于外国。所以翻译和创作，应该一同提倡，决不可压抑了一面，使创作成为一时的骄子，反因容纵而脆弱起来。我还记得先前有一个排货的年头，国货家贩了外国的牙粉，摇松了两瓶，装作三瓶，贴上商标，算是国货，而购买者却多损失了三分之一；还有一种痱子药水，模样和洋货完全相同，价钱却便宜一半，然而它有一个大缺点，是搽了之后，毫无功效，于是购买者便完全损失了。

注重翻译，以作借镜，其实也就是催进和鼓励着创作。但几年以前，就有了攻击"硬译"的"批评家"，搔不他旧疮疤上的末屑，少得像膏药上的麝香一样，因为少，就自以为是奇珍。而这风气竟传布开来了，许多新起的论者，今年都在开始轻薄着贩来的洋货。比起武人的大买飞机，市民的拼命捐款来，所谓"文人"也者，真是多么昏庸的人物呵。

我要求中国有许多好的翻译家，倘不能，就支持着"硬译"。理由还在中国有许多读者层，有着并不全是骗人的东西，也许总有人会多少吸收一点，比一张空盘较为有益。而且我自己是向来感谢着翻译的，例如关于萧的毁誉和现在正在提起的题材的积极性的问题，在洋货里，是早有了明确的解答的。关于前者，德国的尉特甫格（KarlWittvogel）在《萧伯纳是丑角》里说过——

"至于说到萧氏是否有意于无产阶级的革命，这并不是一个重要的问题。十八世纪的法国大哲学家们，也并不希望法国的大革命。虽然如此，然而他们都是引导着必至的社会变更的那种精神崩溃的重要势力。"（刘大杰译，《萧伯纳在上海》所载。）

关于后者，则恩格勒在给明那·考茨基（MinnaKautsky，就是现存的考茨基的母亲）的信里，已有极明确的指示，对于现在的中国，也是很有意义的——

"还有，在今日似的条件之下，小说是大抵对于布尔乔亚层的读者的，所以，由我看来，只要正直地叙述出现实的相互关系，毁坏了罩在那上面的作伪的幻影，使布尔乔亚世界的乐观主义动摇，使对于现存秩序的永远的支配起疑，则社会主义的倾向的文学，也就十足地尽了它的使命了——即使作者在这时并未提出什么特定的解决，或者有时连作者站在那一边也不很明白。"（日本上田进原译，《思想》百三十四号所载。）

八月二日

（本篇最初发表于一九三三年
九月一日《现代》第三卷第五期）

【评析：《南腔北调集》是鲁迅的一部杂文集，收录了鲁迅在1932－1933年间所写的杂文51篇。包括《我们不再受骗了》，《听说梦》、《为了忘却的记念》、《关于女人》、《沙》、《上海的儿童》、《火》、《论翻印木刻》、《家庭为中国之基本》等。

　　1932年2月编定，收入了1932年至1933年间创作的杂文51篇。当时上海有一署名"美子"的文人在《作家素描》一文中攻击鲁迅："鲁迅很喜欢演说，只是有些口吃，而且是'南腔北调'。"对此，鲁迅迎头反击道："我不会说绵软的苏白，不会打响亮的京调，不入调不入流，实在是南腔北调。"表明了自己不愿随波逐流，鄙薄无聊文人的立场，信手拈来的这个集名，诙谐幽默之中，寄托了对敌人的鄙视，表示了不妥协的态度。所以先生将1934年3月出版的这个集子命名为《南腔北调集》，是一种自嘲，更是对美子的嘲讽。】

伪自由书

观　斗

我们中国人总喜欢说自己爱和平，但其实，是爱斗争的，爱看别的东西斗争，也爱看自己们斗争。

最普通的是斗鸡，斗蟋蟀，南方有斗黄头鸟，斗画眉鸟，北方有斗鹌鹑，一群闲人们围着呆看，还因此赌输赢。古时候有斗鱼，现在变把戏的会使跳蚤打架。看今年的《东方杂志》，才知道金华又有斗牛，不过和西班牙却两样的，西班牙是人和牛斗，我们是使牛和牛斗。

任他们斗争着，自己不与斗，只是看。

军阀们只管自己斗争着，人民不与闻，只是看。

然而军阀们也不是自己亲身在斗争，是使兵士们相斗争，所以频年恶战，而头儿个个终于是好好的，忽而误会消释了，忽而杯酒言欢了，忽而共同御侮了，忽而立誓报国了，忽而……不消说，忽而自然不免又打起来了。

然而人民一任他们玩把戏，只是看。

但我们的斗士，只有对于外敌却是两样的：近的，是"不抵抗"，远的，是"负弩前驱"云。

"不抵抗"在字面上已经说得明明白白。"负弩前驱"呢，弩机的制度早已失传了，必须待考古学家研究出来，制造起来，然后能够负，然后能够前驱。

还是留着国产的兵士和现买的军火，自己斗争下去罢。中国的

186

人口多得很，暂时总有一些孑遗在看着的。但自然，倘要这样，则对于外敌，就一定非"爱和平"不可。

一月二十四日

（本篇最初发表于一九三三年一月三十一日

上海《申报·自由谈》，署名何家干）

逃的辩护

古时候，做女人大晦气，一举一动，都是错的，这个也骂，那个也骂。现在这晦气落在学生头上了，进也挨骂，退也挨骂。

我们还记得，自前年冬天以来，学生是怎么闹的，有的要南来，有的要北上，南来北上，都不给开车。待到得首都，顿首请愿，却不料"为反动派所利用"，许多头都恰巧"碰"在刺刀和枪柄上，有的竟"自行失足落水"而死了。

验尸之后，报告书上说道，"身上五色"。我实在不懂。

谁发一句质问，谁提一句抗议呢？有些人还笑骂他们。

还要开除，还要告诉家长，还要劝进研究室。一年以来，好了，总算安静了。但不料榆关失了守，上海还远，北平却不行了，因为连研究室也有了危险。住在上海的人们想必记得的，去年二月的暨南大学，劳动大学，同济大学……研究室里还坐得住么？

北平的大学生是知道的，并且有记性，这回不再用头来"碰"刺刀和枪柄了，也不再想"自行失足落水"，弄得"身上五色"了，却发明了一种新方法，是：大家走散，各自回家。

这正是这几年来的教育显了成效。

然而又有人来骂了。童子军还在烈士们的挽联上，说他们"遗臭万年"。

但我们想一想罢：不是连语言历史研究所里的没有性命的古董

都在搬家了么？不是学生都不能每人有一架自备的飞机么？能用本国的刺刀和枪柄"碰"得瘟头瘟脑，躲进研究室里去的，倒能并不瘟头瘟脑，不被外国的飞机大炮，炸出研究室外去么？

阿弥陀佛！

一月二十四日
（本篇最初发表于一九三三年
一月三十日《申报·自由谈》）

崇　实

事实常没有字面这么好看。

例如这《自由谈》，其实是不自由的，现在叫作《自由谈》，总算我们是这么自由地在这里谈着。

又例如这回北平的迁移古物和不准大学生逃难，发令的有道理，批评的也有道理，不过这都是些字面，并不是精髓。

倘说，因为古物古得很，有一无二，所以是宝贝，应该赶快搬走的罢。这诚然也说得通的。但我们也没有两个北平，而且那地方也比一切现存的古物还要古。禹是一条虫，那时的话我们且不谈罢，至于商周时代，这地方却确是已经有了的。为什么倒撇下不管，单搬古物呢？说一句老实话，那就是并非因为古物的"古"，倒是为了它在失掉北平之后，还可以随身带着，随时卖出铜钱来。

大学生虽然是"中坚分子"，然而没有市价，假使欧美的市场上值到五百美金一名口，也一定会装了箱子，用专车和古物一同运出北平，在租界上外国银行的保险柜子里藏起来的。

但大学生却多而新，惜哉！

费话不如少说，只剥崔颢《黄鹤楼》诗以吊之，曰——

阔人已骑文化去，此地空余文化城。

文化一去不复返，古城千载冷清清。

专车队队前门站，晦气重重大学生。

日薄榆关何处抗，烟花场上没人惊。

一月三十一日

（本篇最初发表于一九三三年二月六日

《申报·自由谈》，署名何家干）

电的利弊

日本幕府时代，曾大杀基督教徒，刑罚很凶，但不准发表，世无知者。到近几年，乃出版当时的文献不少。曾见《切利支丹殉教记》，其中记有拷问教徒的情形，或牵到温泉旁边，用热汤浇身；或周围生火，慢慢地烤炙，这本是"火刑"，但主管者却将火移远，改死刑为虐杀了。

中国还有更残酷的。唐人说部中曾有记载，一县官拷问犯人，四周用火遥焙，口渴，就给他喝酱醋，这是比日本更进一步的办法。现在官厅拷问嫌疑犯，有用辣椒煎汁灌入鼻孔去的，似乎就是唐朝遗下的方法，或者是古今英雄，所见略同。曾见一个因在反省院里的青年的信，说先前身受此刑，苦痛不堪，辣汁流入肺脏及心，已成不治之症，即释放亦不免于死云云。此人是陆军学生，不明内脏构造，其实倒挂灌鼻，可以由气管流入肺中，引起致死之病，却不能进入心中；大约当时因在苦楚中，知觉瞀乱，遂疑为已到心脏了。

但现在之所谓文明人所造的刑具，残酷又超出于此种方法万万。上海有电刑，一上，即遍身痛楚欲裂，遂昏去，少顷又醒，则又受刑。闻曾有连受七八次者，即幸而免死，亦从此牙齿皆摇动，神经亦变钝，不能复原。前年纪念爱迪生，许多人赞颂电报电话之有利于人，却没有想到同是一电，而有人得到这样的大害，福人用电气疗病，美容，而被压迫者却以此受苦，丧命也。

外国用火药制造子弹御敌，中国却用它做爆竹敬神；外国用罗盘针航海，中国却用它看风水；外国用鸦片医病，中国却拿来当饭吃。同是一种东西，而中外用法之不同有如此，盖不但电气而已。

一月三十一日

（本篇最初发表于一九三三年二月十六日

《申报·自由谈》，署名何家干）

航空救国三愿

现在各色的人们大喊着各种的救国，好像大家突然爱国了似的。其实不然，本来就是这样，在这样地救国的，不过现在喊了出来罢了。

所以银行家说储蓄救国，卖稿子的说文学救国，画画儿的说艺术救国，爱跳舞的说寓救国于娱乐之中，还有，据烟草公司说，则就是吸吸马占山将军牌香烟，也未始非救国之一道云。

这各种救国，是像先前原已实行过来一样，此后也要实行下去的，决不至于五分钟。

只有航空救国较为别致，是应该刮目相看的，那将来也很难预测，原因是在主张的人们自己大概不是飞行家。

那么，我们不妨预先说出一点愿望来。

看过去年此时的上海报的人们恐怕还记得，苏州不是有一队飞机来打仗的么？后来别的都在中途"迷失"了，只剩下领队的洋烈士的那一架，双拳不敌四手，终于给日本飞机打落，累得他母亲从美洲路远迢迢地跑来，痛哭一场，带几个花圈而去。听说广州也有一队出发的，闺秀们还将诗词绣在小衫上，赠战士以壮行色。然而，可惜得很，好像至今还没有到。

190

所以我们应该在防空队成立之前，陈明两种愿望——

一，路要认清；

二，飞得快些。

还有更要紧的一层，是我们正由"不抵抗"以至"长期抵抗"而入于"心理抵抗"的时候，实际上恐怕一时未必和外国打仗，那时战士技痒了，而又苦于英雄无用武之地，不知道会不会炸弹倒落到手无寸铁的人民头上来的？

所以还得战战兢兢的陈明一种愿望，是——

三，莫杀人民！

二月三日

（本篇最初发表于一九三三年二月五日
《申挤·自由谈》，署名何家干）

不通两种

人们每当批评文章的时候，凡是国文教员式的人，大概是着眼于"通"或"不通"，《中学生》杂志上还为此设立了病院。然而做中国文其实是很不容易"通"的，高手如太史公司马迁，倘将他的文章推敲起来，无论从文字，文法，修辞的任何一种立场去看，都可以发现"不通"的处所。

不过现在不说这些；要说的只是在笼统的一句"不通"之中，还可由原因而分为几种。大概的说，就是：有作者本来还没有通的，也有本可以通，而因了种种关系，不敢通，或不愿通的。

例如去年十月三十一日《大晚报》的记载"江都清赋风潮"，在《乡民二度兴波作浪》这一个巧妙的题目之下，述陈友亮之死云：

"陈友亮见官方军警中，有携手枪之刘金发，竟欲夺刘之手枪，当被子弹出膛，饮弹而毙，警察队亦开空枪一排，乡民始后

191

退……”

“军警”上面不必加上“官方”二字之类的废话，这里也且不说。最古怪的是子弹竟被写得好像活物，会自己飞出膛来似的。但因此而累得下文的“亦”字不通了。必须将上文改作“当被击毙”，才妥。倘要保存上文，则将末两句改为“警察队空枪亦一齐发声，乡民始后退”，这才铢两悉称，和军警都毫无关系——虽然文理总未免有点稀奇。

现在，这样的稀奇文章，常常在刊物上出现。不过其实也并非作者的不通，大抵倒是恐怕“不准通”，因而先就“不敢通”了的缘故。头等聪明人不谈这些，就成了“为艺术的艺术”家；次等聪明人竭力用种种法，来粉饰这不通，就成了“民族主义文学”者，但两者是都属于自己“不愿通”，即“不肯通”这一类里的。

二月三日

【因此引起的通论】

“最通的”文艺

王平陵

鲁迅先生最近常常用何家干的笔名，在黎烈文主编的《申报》的《自由谈》，发表不到五百字长的短文。好久不看见他老先生的文了，那种富于幽默性的讽刺的味儿，在中国的作家之林，当然还没有人能超过鲁迅先生。不过，听说现在的鲁迅先生已跑到十字街头，站在革命的队伍里去了。那么，像他这种有闲阶级的幽默的作风，严格言之，实在不革命。我以为也应该转变一下才是！譬如：鲁迅先生不喜欢第三种人，讨厌民族主义的文艺，他尽可痛快地直说，何必装腔作势，吞吞吐吐，打这么许多弯儿。在他最近所处的环境，自然是除了那些恭颂苏联德政的献词以外，便没有更通的文艺的。他认为第三种人不谈这些，是比较最聪明的人；民族主义文艺者故意找出理由来文饰自己的不通，是比较次聪明的人。其言可谓尽深刻恶毒之能事。不过，现在最通的文艺，是不是仅有那些对苏联当局摇尾求媚的献词，不免还是疑问。如果先生们真是为着解放劳苦大众而呐喊，犹可说也；假使，仅仅是为着个人的出路，故意制造一块容易招摇的金字商标，以资号召而已。那么，我就看不出先生们的苦心孤行，比到被你们所不齿的第三种人，以及民族主义文艺者，究竟是高多少。

其实，先生们个人的生活，由我看来，并不比到被你们痛骂的小资作家更穷苦些。当然，鲁迅先生是例外，大多数的所谓革命的作家，听说，常常在上海的大跳舞场，拉斐花园里，可以遇见他们伴着娇美的爱侣，一面喝香槟，一面吃朱古力，兴高采烈地跳着狐步舞，倦舞意懒，乘着雪亮的汽车，奔赴预定的香巢，度他们真个销魂的生活。明天起来，写工人呵！斗争呵！之类的东西，拿去向书贾们所办的刊物换取稿费，到晚上，照样是生活在红绿的灯光下，沉醉着，欢唱着，热爱着。像这种优裕的生活，我不懂先生们还要叫什么苦，喊什么冤，你们的猫哭耗子的仁慈，是不是能博得劳苦大众的同情，也许，在先生们自己都不免是绝大的疑问吧！

如果中国人不能从文化的本身上做一点基础的工夫，就这样大家空喊一阵口号，胡闹一阵，我想，把世界上无论哪种最新颖最时髦的东西拿到中国来，都是毫无用处。我们承认现在的苏俄，确实是有了他相当的成功，但，这不是偶然。他们从前所遗留下来的一部分文化的遗产，是多么丰富，我们回溯到十月革命以前的俄国文学，音乐，美术，哲学，科学，那一件不是已经到达国际文化的水准。他们有了这些充实的根基，才能产生现在这些学有根蒂的领袖。我们仅仅渴慕人家的成功而不知道努力文化的根本的建树，再等十年百年，乃至千年万年，中国还是这样，也许比现在更坏。

不错，中国的文化运动，也已有二十年的历史了。但是，在这二十年中，在文化上究竟收获到什么。欧美的名著，在中国是否能有一册比较可靠的译本，文艺上的各种派别，各种主义，我们是否都拿得出一种代表作，其他如科学上的发明，思想上的创造，是否能有一种值得我们记忆。唉！中国的文化低落到这步田地，还谈得到什么呢！

要是中国的文艺工作者，如不能从今天起，大家立誓做一番基本的工夫，多多地转运一些文艺的粮食，多多地树艺一些文艺的种子，我敢断言：在现代的中国，决不会产生"最通的"文艺的。

二月二十日《武汉日报》的《文艺周刊》。

【通论的拆通】

官话而已

家干：

这位王平陵先生我不知道是真名还是笔名？但看他投稿的地方，立论的腔调，就明白是属于"官方"的。一提起笔，就向上司下属，控告了两个人，真是十足的官家派势。

说话弯曲不得，也是十足的官话。植物被压在石头底下，只好弯曲的生长，这时俨然自傲的是石头。什么"听说"，什么"如果"，说得好不自在。听了谁说？如果不"如果"呢？"对苏联当局摇尾求媚的献词"是那些篇，"倦舞意懒，乘着雪亮的汽车，奔赴预定的香巢"的"所谓革命作家"是那些人呀？是的，曾经有人当开学之际，命大学生全体起立，向着鲍罗廷一鞠躬，拜得他莫名其妙；也曾经有人做过《孙中山与列宁》，说得他们俩真好像没有什么两样；至于聚敛享乐的人们之多，更是社会上大家周知的事实，但可惜那都并不是我们。平陵先生的"听说"和"如果"，都成了无的放矢，含血喷人了。

于是乎还要说到"文化的本身"上。试想就是几个弄弄笔墨的青年，就要遇到监禁，枪毙，失踪的灾殃，我做了六篇"不到五百字"的短评，便立刻招来了"听说"和"如果"的官话，叫作"先生们"，大有一网打尽之概。则做"基本的工夫"者，现在舍官许的"第三种人"和"民族主义文艺者"之外还能靠谁呢?"唉!"

然而他们是做不出来的。现在只有我的"装腔作势,吞吞吐吐"的文章,倒正是这社会的产物。而平陵先生又责为"不革命",好像他乃是真正老牌革命党,这可真是奇怪了——但真正老牌的官话也正是这样的。

七月十九日

（本篇最初发表于一九三三年
《申报·自由谈》，署名何家干）

赌 咒

"天诛地灭，男盗女娼"——是中国人赌咒的经典，几乎像诗云子曰一样。现在的宣誓，"誓杀敌，誓死抵抗，誓……"似乎不用这种成语了。

但是，赌咒的实质还是一样，总之是信不得。他明知道天不见得来诛他，地也不见得来灭他，现在连人参都"科学化地"含起电气来了，难道"天地"还不科学化么！至于男盗和女娼，那是非但无害，而且有益：男盗——可以多刮几层地皮，女娼——可以多弄几个"裙带官儿"的位置。

我的老朋友说：你这个"盗"和"娼"的解释都不是古义。我回答说——你知道现在是什么时代！现在是盗也摩登，娼也摩登，所以赌咒也摩登，变成宣誓了。

二月九日

（本篇最初发表于一九三三年二月十四日
《申报·自由谈》，署名干）

195

战略关系

首都《救国日报》上有句名言:

"浸使为战略关系,须暂时放弃北平,以便引敌深入……应严厉责成张学良,以武力制止反对运动,虽流血亦所不辞。"(见《上海日报》二月九日转载。)

虽流血亦所不辞! 勇敢哉战略大家也!

血的确流过不少,正在流的更不少,将要流的还不知道有多多少少。这都是反对运动者的血。为着什么? 为着战略关系。

战略家在去年上海打仗的时候,曾经说:"为战略关系,退守第二道防线",这样就退兵;过了两天又说,为战略关系,"如日军不向我军射击,则我军不得开枪,着士兵一体遵照",这样就停战。此后,"第二道防线"消失,上海和议开始,谈判,签字,完结。那时候,大概为着战略关系也曾经见过血;这是军机大事,小民不得而知——至于亲自流过血的虽然知道,他们又已经没有了舌头。究竟那时候的敌人为什么没有"被诱深入"?

现在我们知道了:那次敌人所以没有"被诱深入"者,绝不是当时战略家的手段太不高明,也不是完全由于反对运动者的血流得"太少",而另外还有个原因:原来英国从中调停——暗地里和日本有了谅解,说是日本呀,你们的军队暂时退出上海,我们英国更进一步来帮你的忙,使满洲国不至于被国联否认——这就是现在国联的什么什么草案,什么什么委员的态度。这其实是说,你不要在这里深入——这里是有赃大家分——你先到北方去深入再说。深入还是要深入,不过地点暂时不同。

因此,"诱敌深入北平"的战略目前就需要了。流血自然又要多流几次。

其实,现在一切准备停当,行都陪都色色俱全,文化古物,和大学生,也已经各自乔迁。无论是黄面孔,白面孔,新大陆,旧大陆的

196

敌人，无论这些敌人要深入到什么地方，都请深入罢。至于怕有什么反对运动，那我们的战略家："虽流血亦所不辞"！放心，放心。

二月九日

【附】

奇文共赏

周敬侪：

大人先生们把"故宫古物"看得和命（当然不是小百姓的命）一般坚决南迁，无非因为"古物"价值不止"连城"，并且容易搬动，容易变钱的缘故，这也值得你们大惊小怪，冷嘲热讽！我正这样想着的时候，居然从首都一家报纸上见到赞成"古物南迁"的社论；并且建议"武力制止反对"，"流血在所不辞"，请求政府"保持威信"，"贯彻政策"！这样的宏词高论，我实在不忍使它湮没无闻，因特不辞辛苦，抄录出来，献给大众：

"……北平各团体之反对古物南迁，为有害北平将来之繁荣，此种自私自利完全蔑视国家利益之理由，北平各团体竟敢说出，吾人殊服其厚颜无耻，彼等只为北平之繁荣，必须以数千年古物冒全被敌人劫夺而去之大危险，所见未免太小，使政府为战略关系，须暂时放弃北平，以便引敌深入，聚而歼之，则古物必被敌人劫夺而去，试问将来北平之繁荣何由维持，故不如先行迁移，俟打倒日本，北平安如泰山后，再行迁回，北平各团体自私自利，固可恶可耻，其无远虑，亦可怜也，其反对迁移之又一理由，则谓政府应先顾全土地，此言似是而实非，盖放弃一部分土地供敌人一时之占领，以歼灭敌人，然后再行恢复，古今中外，其例甚多，如一八一二年之役，俄人不但放弃莫斯科，且将莫斯科烧毁，以困拿破仑，欧战时，比利时，塞尔维亚，皆放弃全部领土，供敌人蹂躏，卒将强德击破，盖领土被占，只需不与敌人媾和，签字于割让条约，则敌人固无如该土何，至于故宫古物，若不迁移，设不幸北平被敌人占领，将古物劫夺而去，试问中国将何法以恢复之，行见中国文明结晶，供敌人战利品，可耻孰甚，最后吾人奉告政府，政府迁移古物之政策，既已决定，则不论遇如何阻碍，应求其贯彻，若一经无见识无远虑之群愚反对，即行中止，政府威信何在，故吾主张严责张学良，使以武力制止反对运动，若不得已，虽流血亦所不辞……"

（本篇最初发表于一九三三年二月十三日
《申报·自由谈》，署名何家干）

颂　萧

　　萧伯纳未到中国之前，《大晚报》希望日本在华北的军事行动会因此而暂行停止，呼之曰"和平老翁"。

　　萧伯纳既到香港之后，各报由"路透电"译出他对青年们的谈话，题之曰"宣传共产"。

　　萧伯纳"语路透访员曰，君甚不像华人，萧并以中国报界中人全无一人访之为异，问曰，彼等其幼稚至于未识余乎?"（十一日路透电）

　　我们其实是老练的，我们很知道香港总督的德政，上海工部局的章程，要人的谁和谁是亲友，谁和谁是仇雠，谁的太太的生日是那一天，爱吃的是什么。但对于萧——惜哉，就是作品的译本也只有三四种。

　　所以我们不能识他在欧洲大战以前和以后的思想，也不能深识他游历苏联以后的思想。但只就十四日香港"路透电"所传，在香港大学对学生说的"如汝在二十岁时不为赤色革命家，则在五十岁时将成不可能之僵石，汝欲在二十岁时成一赤色革命家，则汝可得在四十岁时不致落伍之机会"的话，就知道他的伟大。

　　但我所谓伟大的，并不在他要令人成为赤色革命家，因为我们有"特别国情"，不必赤色，只要汝今天成为革命家，明天汝就失掉了性命，无从到四十岁。我所谓伟大的，是他竟替我们二十岁的青年，想到了四五十岁的时候，而且并不离开了现在。

阔人们会搬财产进外国银行，坐飞机离开中国地面，或者是想到明天的罢；"政如飘风，民如野鹿"，穷人们可简直连明天也不能想了，况且也不准想，不敢想。

又何况二十年，三十年之后呢？这问题极平常，然而是伟大的。

此之所以为萧伯纳！

二月十五日

【又招恼了大主笔】

萧伯纳究竟不凡

《大晚报》社论：

"你们批评英国人做事，觉得没有一件事怎样的好，也没有一件事怎样的坏；可是你们总找不出那一件事给英国人做坏了。他做事多有主义的。他要打你，他提倡爱国主义来；他要抢你，他提出公事公办的主义；他要奴役你，他提出帝国主义大道理；他要欺侮你，他又有英雄主义的大道理；他拥护国王，有忠君爱国的主义，可是他要斫掉国王的头，又有共和主义的道理。他的格言是责任；可是他总不忘记一个国家的责任与利益发生了冲突就要不得了。"

这是萧伯纳老先生在《命运之人》中批评英国人的尖刻语。我们举这一个例来介绍萧先生，要读者认识大伟人之所以伟大，也自有其秘诀在。这样子的冷箭，充满在萧氏的作品中，令受者难堪，听者痛快，于是萧先生的名言警句，家传户诵，而一代文豪也确定了他的伟大。

借主义，成大名，这是现代学者一时的风尚，萧先生有嘴说英国人，可惜没有眼估量自己。我们知道萧先生是泛平主义的先进，终身拥护这渐进社会主义，他的戏剧，小说，批评，散文中充塞着这种主义的宣传品，萧先生之于社会主义，可说是个彻头彻尾的忠实信徒。然而，我们又知道，萧先生是铢锱必较的积产专家，是反对慈善事业最力的理论家，结果，他坐拥着百万巨资面团团早成了个富家翁。萧先生唱着平均资产的高调，为被压迫的劳工鸣不平，向寄生物性质的资产家冷嘲热讽，因此而赢得全民众的同情，一书出版，大家抢着买，一剧登场，一百多场做下去，不愁没有人看，于是萧先生坐在提倡共产主义的安乐椅里，笑嘻嘻地自鸣得意，借主义以成名，挂羊头卖狗肉的戏法，究竟巧妙无穷。

现在，萧先生功成名就，到我们穷苦的中国来玩玩了。多谢他提携后进的热诚，在香港告诉我们学生道："二十岁不为赤色革命家，五十岁要成僵石；二十岁做了赤色革命家，四十岁可不致落伍。"原来做赤色革命家的原因，只为自己怕做僵石，怕落伍而已；主义本身的价值如何，本来与个人的前途没有多大关系；我们要在社会里混出头，只求不僵，只求不落伍，这是现代人立身处世的名言，萧先生坦白言之，安得不叫我们五体投地，真不愧"圣之时者也"的现代孔子了。

然而，萧先生可别小看了这老大的中国，像你老先生这样时髦的学者，我们何尝没有。坐在安乐椅里发着尖刺的冷箭来宣传什么主义的，不须先生指教，戏法已耍得十分纯熟了。我想先生知道了，一定要莞尔而笑曰："我道不孤！"

然而，据我们愚蠢的见解，伟大人格的素质，重要的是个诚字。你信仰什么主义，就该诚挚地力行，不该张大了嘴唱着好听。若说，萧先生和他的同志，真信仰共产主义的，就请他散尽了家产再说话。可是，话也得说回来，萧先生散尽了家产，真穿着无产同志的褴褛装束，坐着三等舱来到中国，又有谁去睬他呢？这样一想：萧先生究竟不凡。

二月十七日

前文的案语

乐雯:

这种"不凡"的议论的要点是:(一)尖刻的冷箭,"令受者难堪,听者痛快",不过是取得"伟大"的秘诀;(二)这秘诀还在于"借主义,成大名,挂羊头,卖狗肉的戏法";(三)照《大晚报》的意见,似乎应当为着自己的"主义"——高唱"神武的大文","张开血盆似的大口"去吃人,虽在二十岁就落伍,就变为僵石,亦所不惜;(四)如果萧伯纳不赞成这种"主义",就不应当坐安乐椅,不应当有家财,赞成了那种主义,当然又当别论。

可是,这世界的崩溃,偏偏已经到了这步田地:——小资产的知识阶层分化出一些爱光明不肯落伍的人,他们向着革命的道路上开步走。他们利用自己的种种可能,诚恳的赞助革命的前进。他们在以前,也许客观上是资本主义社会关系的拥护者。但是,他们偏要变成资产阶级的"叛徒"。而叛徒常常比敌人更可恶。

卑劣的资产阶级心理,以为给了你"百万家财",给了你世界的大名,你还要背叛,你还有什么不满意,"实属可恶之至"。这自然是"借主义,成大名"了。对于这种卑劣的市侩,每一件事情一定有一种物质上的荣华富贵的目的。这是地道的"唯物主义"——名利主义。萧伯纳不在这种卑劣心理的意料之中,所以可恶之至。

而《大晚报》还推论到一般的时代风尚,推论到中国也有"坐在安乐椅里发着尖刺的冷箭来宣传什么什么主义的,不须先生指教"。这当然中外相同的道理,不必重新解释了。可惜的是:独有那吃人的"主义",虽然借用了好久,然而还是不能够"成大名",呜呼!

至于可恶可怪的萧——他的伟大,却没有因为这些人"受着难堪",就缩小了些。所以像中国历代的离经叛道的文人似的,活该被皇帝判决"抄没家财"。

《萧伯纳在上海》

（本篇最初发表于一九三三年
二月十七日《申报·自由谈》）

对于战争的祈祷——读书心得

热河的战争开始了。

三月一日——上海战争的结束的"纪念日"，也快到了。"民族英雄"的肖像一次又一次的印刷着，出卖着；而小兵们的血，伤痕，热烈的心，还要被人糟蹋多少时候？回忆里的炮声和几千里外的炮声，都使得我们带着无可奈何的苦笑，去翻开一本无聊的，但是，倒也很有几句"警句"的闲书。这警句是：

"喂，排长，我们到底上那里去哟？"——其中的一个问。

"走吧。我也不晓得。"

"丢那妈，死光就算了，走什么！"

"不要吵，服从命令！"

"丢他妈的命令！"

然而丢那妈归丢那妈，命令还是命令，走也当然还是走。四点钟的时候，中山路复归于沉寂，风和叶儿沙沙地响，月亮躲在青灰色的云海里，睡着，依旧不管人类的事。

这样，十九路军就向西退去。

（黄震遐：《大上海的毁灭》）

什么时候"丢那妈"和"命令"不是这样各归各，那就得救了。

不然呢？还有"警句"可以回答这个问题：

十九路军打，是告诉我们说，除掉空说以外，还有些事好做！

十九路军胜利，只能增加我们苟且，偷安与骄傲的迷梦！

十九路军死，是警告我们活得可怜，无趣！

十九路军失败，才告诉我们非努力，还是做奴隶的好！

（见同书。）

这是警告我们，非革命，则一切战争，命里注定的必然要失败。现在，主战是人人都会的了——这是一二八的十九路军的经验：打是一定要打的，然而切不可打胜，而打死也不好，不多不少刚刚适宜的办法是失败。"民族英雄"对于战争的祈祷是这样的。而战争又的确是他们在指挥着，这指挥权是不肯让给别人的。战争，禁得起主持的人预定着打败仗的计划么？好像戏台上的花脸和白脸打仗，谁输谁赢是早就在后台约定了的。呜呼，我们的"民族英雄"！

二月二十五日

（本篇最初发表于一九三三年二月二十八日
《申报·自由谈》，署名何家干）

从讽刺到幽默

讽刺家，是危险的。

假使他所讽刺的是不识字者，被杀戮者，被囚禁者，被压迫者罢，那很好，正可给读他文章的所谓有教育的智识者嘻嘻一笑，更觉得自己的勇敢和高明。然而现今的讽刺之所以为讽刺家，却正在讽刺这一流所谓有教育的智识者社会。

因为所讽刺的是这一流社会，其中的各分子便各各觉得好像刺着了自己，就一个个的暗暗的迎出来，又用了他们的讽刺，想来刺死这讽刺者。

最先是说他冷嘲，渐渐地又七嘴八舌的说他谩骂，俏皮话，刻毒，可恶，学匪，绍兴师爷，等等，等等。然而讽刺社会的讽刺，却往往仍然会"悠久得惊人"的，即使捧出了做过和尚的洋人或专办了小报来打击，也还是没有效，这怎不气死人也么哥呢！

枢纽是在这里：他所讽刺的是社会，社会不变，这讽刺就跟着存在，而你所刺的是他个人，他的讽刺倘存在，你的讽刺就落空了。

所以，要打倒这样的可恶的讽刺家，只好来改变社会。

然而社会讽刺家究竟是危险的，尤其是在有些"文学家"明明暗暗的成了"王之爪牙"的时代。人们谁高兴做"文字狱"中的主角呢，但倘不死绝，肚子里总还有半口闷气，要借着笑的幌子，哈哈的吐他出来。笑笑既不至于得罪别人，现在的法律上也尚无国民必须哭丧着脸的规定，并非"非法"，盖可断言的。

我想：这便是去年以来，文字上流行了"幽默"的原因，但其中单是"为笑笑而笑笑"的自然也不少。

然而这情形恐怕是过不长久的，"幽默"既非国产，中国人也不是长于"幽默"的人民，而现在又实在是难以幽默的时候。于是虽幽默也就免不了改变样子了，非倾于对社会的讽刺，即堕入传统的"说笑话"和"讨便宜"。

三月二日

（本篇最初发表于一九三三年三月七日
《申报·自由谈》，署名何家干）

从幽默到正经

"幽默"一倾于讽刺，失了它的本领且不说，最可怕的是有些人又要来"讽刺"，来陷害了，倘若堕于"说笑话"，则寿命是可以较为长远，流年也大致顺利的，但愈堕愈近于国货，终将成为洋式徐文长。当提倡国货声中，广告上已有中国的"自造舶来品"，便是一个证据。

而况我实在恐怕法律上不久也就要有规定国民必须哭丧着脸的明文了。笑笑，原也不能算"非法"的。但不幸东省沦陷，举国骚然，爱国之士竭力搜索失地的原因，结果发现了其一是在青年的爱玩乐，

204

学跳舞。当北海上正在嘻嘻哈哈的溜冰的时候，一个大炸弹抛下来，虽然没有伤人，冰却已经炸了一个大窟窿，不能溜之大吉了。

又不幸而榆关失守，热河吃紧了，有名的文人学士，也就更加吃紧起来，做挽歌的也有，做战歌的也有，讲文德的也有，骂人固然可恶，俏皮也不文明，要大家做正经文章，装正经脸孔，以补"不抵抗主义"之不足。

但人类究竟不能这么沉静，当大敌压境之际，手无寸铁，杀不得敌人，而心里却总是愤怒的，于是他就不免寻求敌人的替代。这时候，笑嘻嘻的可就遭殃了，因为他这时便被叫作："陈叔宝全无心肝"。所以知机的人，必须也和大家一样哭丧着脸，以免于难。"聪明人不吃眼前亏"，亦古贤之遗教也，然而这时也就"幽默"归天，"正经"统一了剩下的全中国。

明白这一节，我们就知道先前为什么无论贞女与淫女，见人时都得不笑不言；现在为什么送葬的女人，无论悲哀与否，在路上定要放声大叫。

这就是"正经"。说出来么，那就是"刻毒"。

三月二日

（本篇最初发表于《申报·自由谈》，署名何家干）

王道诗话

"人权论"是从鹦鹉开头的。据说古时候有一只高飞远走的鹦哥儿，偶然又经过自己的山林，看见那里大火，它就用翅膀蘸着些水洒在这山上；人家说它那一点水怎么救得熄这样的大火，它说："我总算在这里住过的，现在不得不尽点儿心。"（事出《栎园书影》，见胡适《人权论集》序所引。）鹦鹉会救火，人权可以粉饰一下反动的统治。这是不会没有报酬的。胡博士到长沙去演讲一次，何将军就送了五千元程仪。价钱不算小，这"叫做”实验主义。

但是，这火怎么救，在“人权论”时期（一九二九——三〇年），还不十分明白，五千元一次的零卖价格做出来之后，就不同了。最近（今年二月二十一日）《字林西报》登载胡博士的谈话说：

“任何一个政府都应当有保护自己而镇压那些危害自己的运动的权利，固然，政治犯也和其他罪犯一样，应当得着法律的保障和合法的审判……”

这就清楚得多了！这不是在说“政府权”了么？自然，博士的头脑并不简单，他不至于只说：“一只手拿着宝剑，一只手拿着经典！”如什么主义之类。他是说还应当拿着法律。

中国的帮忙文人，总有这一套秘诀，说什么王道，仁政。你看孟夫子多么幽默，他教你离得杀猪的地方远远的，嘴里吃得着肉，心里还保持着不忍人之心，又有了仁义道德的名目。不但骗人，还骗了自己，真所谓心安理得，实惠无穷。

诗曰：

> 文化班头博士衔，人权抛却说王权，
> 朝廷自古多屠戮，此理今凭实验传。
> 人权王道两翻新，为感君恩奏圣明，
> 虐政何妨援律例，杀人如草不闻声。
> 先生熟读圣贤书，君子由来道不孤，
> 千古同心有孟子，也教肉食远庖厨。
> 能言鹦鹉毒于蛇，滴水微功漫自夸，
> 好向侯门卖廉耻，五千一掷未为奢。

三月五日

（本篇最初发表于一九三三年三月六日
《申报·自由谈》，署名干）

伸　冤

李顿报告书采用了中国人自己发明的"国际合作以开发中国的计划"，这是值得感谢的——最近南京市各界的电报已经"谨代表京市七十万民众敬致慰念之忱"，称他"不仅为中国好友，且为世界和平及人道正义之保障者"（三月一日南京中央社电）了。

然而李顿也应当感谢中国才好：第一，假使中国没有"国际合作学说"，李顿爵士就很难找着适当的措辞来表示他的意思。岂非共管没有了学理上的根据？第二，李顿爵士自己说的"南京本可欢迎日本之扶助以拒共产潮流"，他就更应当对于中国当局的这种苦心孤诣表示诚恳的敬意。

但是，李顿爵士最近在巴黎的演说（路透社二月二十日巴黎电），却提出了两个问题，一个是："中国前途，似系于如何、何时及何人对于如此伟大人力予以国家意识的统一力量，日内瓦乎，莫斯科乎？"还有一个是："中国现在倾向日内瓦，但若日本坚持其现行政策，而日内瓦失败，则中国纵非所愿，亦将变更其倾向矣。"这两个问题都有点儿侮辱中国的国家人格。国家者政府也。李顿说中国还没有"国家意识的统一力量"，甚至于还会变更其对于日内瓦之倾向！这岂不是不相信中国国家对于国联的忠心，对于日本的苦心？

为着中国国家的尊严和民族的光荣起见，我们要想答复李顿爵士已经好多天了，只是没有相当的文件。这使人苦闷得很。今天突然在报纸上发现了一件宝贝，可以拿来答复李大人：这就是"汉口警部三月一日的布告"。这里可以找着"铁一样的事实"，来反驳李大人的怀疑。

例如这布告（原文见《申报》三月一日汉口专电）说："在外资下劳力之劳工，如劳资间有未解决之正当问题，应禀请我主管机

207

关代表为交涉或救济，绝对不得直接交涉，违者拿办，或受人利用，故意以此种手段，构成严重事态者，处死刑。"这是说外国资本家遇见"劳资间有未解决之正当问题"，可以直接任意办理，而劳工方面如此这般者……就要处死刑。这样一来，我们中国就只剩得"用国家意识统一了的"劳工了。因为凡是违背这"意识"的，都要请他离开中国的"国家"——到阴间去。李大人难道还能够说中国当局不是"国家意识的统一力量"么？

再则统一这个"统一力量"的，当然是日内瓦，而不是莫斯科。"中国现在倾向日内瓦"——这是李顿大人自己说的。我们这种倾向十二万分的坚定，例如那布告上也说："如有奸民流痞受人诱买勾串，或直受驱使，或假托名义，以图破坏秩序安宁，与构成其他不利于我国家社会之重大犯行者，杀无赦。"这是保障"日内瓦倾向"的坚决手段，所谓"虽流血亦所不辞"。而且"日内瓦"是讲世界和平的，因此，中国两年以来都没有抵抗，因为抵抗就要破坏和平；直到一二八，中国也不过装出挡挡炸弹枪炮的姿势；最近的热河事变，中国方面也同样的尽在"缩短阵线"。不但如此，中国方面埋头"剿匪"，已经宣誓在一两个月内肃清"匪共"，"暂时"不管热河。这一切都是要证明"日本……见中国南方共产潮流渐起，为之焦虑"是不必的，日本很可以无须亲自出马。中国方面这样辛苦地忍耐地工作着，无非是为着要感动日本，使它悔悟，达到远东永久和平的目的，国际资本可以在这里分工合作。而李顿爵士要还怀疑中国会"变更其倾向"，这就未免太冤枉了。

总之，"处死刑，杀无赦"，是回答李顿爵士的怀疑的历史文件。请放心吧，请扶助罢。

三月七日

（本篇最初发表于一九三三年三月九日《申报·自由谈》，署名干）

曲的解放

"词的解放"已经有过专号，词里可以骂娘，还可以"打打麻将"。

曲为什么不能解放，也来混账混账？不过，"曲"一解放，自然要"直"——后台戏搬到前台——未免有失诗人温柔敦厚之旨，至于平仄不调，声律乖谬，还在其次。

《平津会》杂剧

（生上）：连台好戏不寻常：攘外期间安内忙。只恨热汤滚得快，未敲锣鼓已收场。（唱）：

〔短柱天净纱〕热汤混账——逃亡！

装腔抵抗——何妨？

（旦上唱）：模仿中央榜样：

——整装西望，

商量奔向咸阳。

（生）：你你你……低声！你看咱们那汤儿呀，他那里无心串演，我这里有口难分，一出好戏，就此糟糕，好不麻烦人也！

（旦）：那有什么：再来一出"查办"好了。咱们一夫一妇，一正一副，也还够唱的。

（生）：好罢！（唱）：

〔颠倒阳春曲〕人前指定可憎张，

骂一声，不抵抗！

（旦背人唱）：百忙里算甚糊涂账？

只不过假装腔，

便骂骂又何妨？

（丑携包裹急上）：阿呀呀，唵唵不得了了！

（旦抱丑介）：我儿呀，你这么心慌！你应当在前面多挡这么几挡，让我们好收拾收拾。（唱）：

〔颠倒阳春曲〕背人搂定可怜汤，

骂一声，枉抵抗。

戏台上露甚慌张相？

只不过理行装，

便等等又何妨？

（丑哭介）：你们倒要理行装！我的行装先就不全了，你瞧。（指包裹介。）

（旦）：我儿快快走扶桑，

（生）：雷厉风行查办忙。

（丑）：如此牺牲还值得，堂堂大汉有风光。（同下。）

三月九日

（本篇最初发表于一九三三年三月十二日

《申报·自由谈》，署名何家干）

文学上的折扣

有一种无聊小报，以登载诬蔑一部分人的小说自鸣得意，连姓名也都给以影射的，忽然对于投稿，说是"如含攻讦个人或团体性质者恕不揭载"了，便不禁想到了一些事——

凡我所遇见的研究中国文学的外国人中，往往不满于中国文章之夸大。这真是虽然研究中国文学，恐怕到死也还不会懂得中国文学的外国人。倘是我们中国人，则只要看过几百篇文章，见过十来个所谓"文学家"的行径，又不是刚刚"从民间来"的老实青年，就决不会上当。因为我们惯熟了，恰如钱店伙计的看见钞票一般，知道什么是通行的，什么是该打折扣的，什么是废票，简直要不得。

譬如说罢，称赞贵相是"两耳垂肩"，这时我们便至少将他打一个对折，觉得比通常也许大一点，可是决不相信他的耳朵像猪猡一样。说愁是"白发三千丈"，这时我们便至少将他打一个二万扣，以为也许有七八尺，但决不相信它会盘在顶上像一个大草囤。这种尺寸，虽然有些模糊，不过总不至于相差太远。反之，我们也能将少的增多，无的化有，例如戏台上走出四个拿刀的瘦伶仃的小戏子，我们就知道这是十万精兵；刊物上登载一篇俨乎其然的像煞有介事的文章，我们就知道字里行间还有看不见的鬼把戏。

又反之，我们并且能将有的化无，例如什么"枕戈待旦"呀，"卧薪尝胆"呀，"尽忠报国"呀，我们也就即刻会看成白纸，恰如还未定影的照片，遇到了日光一般。

但这些文章，我们有时也还看。苏东坡贬黄州时，无聊之至，有客来，便要他谈鬼。客说没有。东坡道："你姑且胡说一通罢。"我们的看，也不过这意思。但又可知道社会上有这样的东西，是费去了多少无聊的眼力。人们往往以为打牌，跳舞有害，实则这种文章的害还要大，因为一不小心，就会给它教成后天的低能儿的。

《颂》诗早已拍马，《春秋》已经隐瞒，战国时谈士蜂起，不是以危言耸听，就是以美词动听，于是夸大，装腔，撒谎，层出不穷。现在的文人虽然改著了洋服，而骨髓里却还埋着老祖宗，所以必须取消或折扣，这才显出几分真实。

"文学家"倘不用事实来证明他已经改变了他的夸大，装腔，撒谎……的老脾气，则即使对天立誓，说是从此要十分正经，否则天诛地灭，也还是徒劳的。因为我们也早已看惯了许多家都钉着"假冒王麻子灭门三代"的金漆牌子的了，又何况他连小尾巴也还在摇摇摇呢。

三月十二日

（本篇最初发表于一九三三年三月十五日《申报·自由谈》，署名何家干）

迎头经

中国现代圣经——迎头经曰："我们……要迎头赶上去，不要向后跟着。"

传曰：追赶总只有向后跟着，普通是无所谓迎头追赶的，然而圣经决不会错，更不会不通，何况这个年头一切都是反常的呢。所以赶上偏偏说迎头，向后跟着，那就说不行！

现在通行的说法是"日军所至，抵抗随之"，至于收复失地与否，那么，当然"既非军事专家，详细计划，不得而知"。不错呀，"日军所至，抵抗随之"，这不是迎头赶上是什么！日军一到，迎头而"赶"：日军到沈阳，迎头赶上北平；日军到闸北，迎头赶上真茹；日军到山海关，迎头赶上塘沽；日军到承德，迎头赶上古北口……以前有过行都洛阳，现在有了陪都西安，将来还有"汉族发源地"昆仑山——西方极乐世界。至于收复失地云云，则虽非军事专家亦得而知焉，于经有之，曰"不要向后跟着"也。证之已往的上海战事，每到日军退守租界的时候，就要"严饬所部切勿越界一步"。这样，所谓迎头赶上和勿向后跟，都是不但见于经典而且证诸实验的真理了。右传之一章。

传又曰：迎头赶和勿后跟，还有第二种的微言大义——

报载热河实况曰："义军皆极勇敢，认扰乱及杀戮日军为兴奋之事……唯张作相接收义军之消息发表后，张作相既不亲往抚慰，热汤又停止供给义军汽油，运输中断，义军大都失望，甚至有认替张作相立功为无谓者。""日军既至凌源，其时张作相已不在，吾人闻讯出走，热汤扣车运物已成目击之事实，证以日军从未派飞机至承德轰炸……可知承德实为妥协之放弃。"（张慧冲君在上海东北难民救济会席上所谈。）虽然据张慧冲君所说，"享名最盛之义军领袖，其忠勇之精神，未能悉如吾人之意想"，然而义军的兵士的确是极勇敢的小百姓。正因为这些小百姓不懂得圣经，所以也不知道迎头式的策略。于是小百姓自己，就自然要碰见迎头的抵抗了：热汤放弃承德之后，北平军委分会下令"固守古北口，如义军有欲入口者，即开枪迎击之"。这是说，我的"抵抗"只是随日军之所至，你要换个样子去抵抗，我就抵抗你；何况我的退后是预先约好了的，你既不肯妥协，那就只有"不要你向后跟着"而要把你"迎头赶上"梁山了。右传之二章。

诗云："惶惶"大军，迎头而奔，"嗤嗤"小民，勿向后跟！赋也。

三月十四日

这篇文章被检查员所指摘，经过改正，这才能在十九日的报上登出来了。

原文是这样的——

第三段"现在通行的说法"至"当然既"，原文为："民国廿二年春×三月某日，当局谈话曰：'日军所至，抵抗随之……至收复失地及反攻承德，须视军事进展如何而定，余。'"又"不得而知"下有注云：（《申报》三月十二日第三张）。

第四段"报载热河……"上有"民国廿二年春×三月"九字。

三月十九夜记

（本篇最初发表于一九三三年三月十九日《申报·自由谈》，署名何家干）

"光明所到……"

中国监狱里的拷打，是公然的秘密。上月里，民权保障同盟曾经提起了这问题。

但外国人办的《字林西报》就揭载了二月十五日的《北京通信》，详述胡适博士曾经亲自看过几个监狱，"很亲爱的"告诉这位记者，说"据他的慎重调查，实在不能得最轻微的证据，他们很容

213

易和犯人谈话，有一次胡适博士还能够用英国话和他们会谈。监狱的情形，他（胡适博士——原注）说，是不能满意的，但是，虽然他们很自由的（哦，很自由的——干注）诉说待遇的恶劣侮辱，然而关于严刑拷打，他们却连一点儿暗示也没有……"

我虽然没有随从这回的"慎重调查"的光荣，但在十年以前，是参观过北京的模范监狱的。虽是模范监狱，而访问犯人，谈话却很不"自由"，中隔一窗，彼此相距约三尺，旁边站一狱卒，时间既有限制，谈话也不准用暗号，更何况外国话。

而这回胡适博士却"能够用英国话和他们会谈"，真是特别之极了。莫非中国的监狱竟已经改良到这地步，"自由"到这地步；还是狱卒给"英国话"吓倒了，以为胡适博士是李顿爵士的同乡，很有来历的缘故呢？

幸而我这回看见了《招商局三大案》上的胡适博士的题辞：

"公开检举，是打倒黑暗政治的唯一武器，光明所到，黑暗自消。"（原无新式标点，这是我后加的——原注。）

我于是大彻大悟。监狱里是不准用外国话和犯人会谈的，但胡适博士一到，就开了特例，因为他能够"公开检举"，他能够和外国人"很亲爱的"谈话，他就是"光明"，所以"光明"所到，"黑暗"就"自消"了。他于是向外国人"公开检举"了民权保障同盟，"黑暗"倒在这一面。

但不知这位"光明"回府以后，监狱里可从此也永远允许别人用"英国话"和犯人会谈否？

如果不准，那就是"光明一去，黑暗又来"了也。

而这位"光明"又因为大学和庚款委员会的事务忙，不能常跑到"黑暗"里面去，在第二次"慎重调查"监狱之前，犯人们恐怕未必有"很自由的"再说"英国话"的幸福了罢。呜呼，光明只跟着"光明"走，监狱里的光明世界真是暂时得很！

但是，这是怨不了谁的，他们千不该万不该是自己犯了"法"。

"好人"就决不至于犯"法"。倘有不信，看这"光明"！

三月十五日

（本篇最初发表于一九三三年三月二十二日
《申报·自由谈》，署名何家干）

止哭文学

前三年，"民族主义文学"家敲着大锣大鼓的时候，曾经有一篇《黄人之血》说明了最高的愿望是在追随成吉思皇帝的孙子拔都元帅之后，去剿灭"斡罗斯"。斡罗斯者，今之苏俄也。那时就有人指出，说是现在的拔都的大军，就是日本的军马，而在"西征"之前，尚须先将中国征服，给变成从军的奴才。

当自己们被征服时，除了极少数人以外，是很苦痛的。这实例，就如东三省的沦亡，上海的爆击，凡是活着的人们，毫无悲愤的怕是很少很少罢。但这悲愤，于将来的"西征"是大有妨碍的。于是来了一部《大上海的毁灭》，用数目字告诉读者以中国的武力，决定不如日本，给大家平平心；而且以为活着不如死亡（"十九路军死，是警告我们活得可怜，无趣！"），但胜利又不如败退（"十九路军胜利，只能增加我们苟且、偷安与骄傲的迷梦！"）。总之，战死是好的，但战败尤其好，上海之役，正是中国的完全的成功。

现在第二步开始了。据中央社消息，则日本已有与满洲国签订一种"中华联邦帝国密约"之阴谋。那方案的第一条是"现在世界只有两种国家，一种系资本主义、英、美、日、意、法，一种系共产主义，苏俄。现在要抵制苏俄，非中日联合起来……不能成功"云（详见三月十九日《申报》）。

要"联合起来"了。这回是中日两国的完全的成功，是从"大上海的毁灭"走到"黄人之血"路上去的第二步。

固然，有些地方正在爆击，上海却自从遭到爆击之后，已经有

216

了一年多，但有些人民不悟"西征"的必然的步法，竟似乎还没有完全忘掉前年的悲愤。这悲愤，和目前的"联合"就大有妨碍的。在这景况中，应运而生的是给人们一点爽利和慰安，好像"辣椒和橄榄"的文学。这也许正是一服苦闷的对症药罢。为什么呢？就因为是"辣椒虽辣，辣不死人，橄榄虽苦，苦中有味"的。明乎此，也就知道苦力为什么吸鸦片。

而且不独无声的苦闷而已，还据说辣椒是连"讨厌的哭声"也可以停止的。王慈先生在《提倡辣椒救国》这一篇名文里告诉我们说：

"……还有北方人自小在母亲怀里，大哭的时候，倘使母亲拿一只辣茄子给小儿咬，很灵验的可以立止大哭……"

"现在的中国，仿佛是一个在大哭时的北方婴孩，倘使要制止他讨厌的哭声，只要多多的给辣茄子他咬。"（《大晚报》副刊第十二号）

辣椒可以止小儿的大哭，真是空前绝后的奇闻，倘是真的，中国人可实在是一种与众不同的特别"民族"了。然而也很分明的看见了这种"文学"的企图，是在给人一辣而不死，"制止他讨厌的哭声"，静候着拔都元帅。

不过，这是无效的，远不如哭则"格杀勿论"的灵验。此后要防的是"道路以目"了，我们等待着遮眼文学罢。

三月二十日

【附】

提倡辣椒救国

王慈：

记得有一次跟着一位北方朋友上天津点心馆子里去，坐定了以后，堂倌跑过来问道：

"老乡！吃些什么东西？"

"两盘锅贴儿！"那位北方朋友用纯粹的北方口音说。

随着锅贴儿端来的，是一盆辣椒。

我看见那位北方朋友把锅贴和着多量的辣椒津津有味的送进嘴里去，触起了我的好奇心，探险般的把一个锅贴悄悄地蘸上一点儿辣椒，送下肚去，只觉得舌尖顿时麻木得失了知觉，喉间痒辣得怪难受，眼眶里不自主涌着泪水，这时，我大大的感觉到痛苦。

那位北方朋友看见了我这个样子，大笑了起来，接着他告诉我，北方人的善吃辣椒是出于天性，他们是抱着"饭菜可以不要，辣椒不能不吃"的主义的；他们对于辣椒已经是仿佛吸鸦片似的上了瘾！还有北方人自小在母亲怀里，大哭的时候，倘使母亲拿一只辣茄子给小儿咬，很灵验的可以立止大哭……

现在的中国，仿佛是一个大哭时的北方婴孩，倘使要制止他讨厌的哭声，只要多多的给辣茄子他咬。

中国的人们，等于我的那位北方朋友，不吃辣椒是不会兴奋的！

三月十二日，《大晚报》副刊《辣椒与橄榄》

【硬要用辣椒止哭】

不要乱咬人

王慈：

当心咬着辣椒

上海近来多了赵大爷赵秀才一批的人，握了尺棒，拼命想找到"阿Q相"的人来出气。还好，这一批文人从有色的近视眼镜里望出来认为"阿Q相"的，偏偏不是真正的阿Q。

不知道是什么来历的何家干，看了我的《提倡辣椒救国》（见本刊十二号），认北方小孩的爱嗜辣椒，为"空前绝后"的"奇闻"。倘使我那位北方朋友告诉我，是吹的牛皮，那么，的确可以说空前。而何家干既不是数千年前的刘伯温，在某报上做文章，却是像在造《推背图》。北方小孩子爱嗜辣椒，若使可以算是"奇闻"，那么吸鸦片的父母，生育出来的婴孩，为什么也有烟瘾呢？

何家干既抓不到可以出气的对象，他在扑了一个空之后，却还

218

要振振有词，说什么："倘使是真的，中国人可实在是一种与众不同的特别民族了。"

敢问何家干，戴了有色近视眼镜捧读《提倡辣椒救国》的时候，有没有看见"北方"两个字？（何家干既把有这两个字的句子，录在他的谈话里，显然的是看到了。）既已看到了，那么，请问斯德丁是不是可以代表整个的日耳曼？亚伯丁是不是可以代表整个的不列颠群岛？

在这里我真怀疑，何家干的脑筋，怎的是这么简单？会前后矛盾到这个地步！

赵大爷和赵秀才一类的人，想结党来乱咬人。我可以先告诉他们：我和《辣椒与橄榄》的编者是素不相识的，我也从没有写过《黄人之血》，请何家干若使一定要咬我一口，我劝他再架一副可以透视的眼镜，认清了目标再咬。否则咬着了辣椒，哭笑不得的时候，我不能负责。

三月二十八日，《大晚报》副刊《辣椒与橄榄》。

【但到底是不行的】

这叫作愈出愈奇

家干：

斯德丁实在不可以代表整个的日耳曼的，北方也实在不可以代表全中国。然而北方的孩子不能用辣椒止哭，却是事实，也实在没有法子想。

吸鸦片的父母生育出来的婴孩，也有烟瘾，是的确的。然而嗜辣椒的父母生育出来的婴孩，却没有辣椒瘾，和嗜醋者的孩子，没有醋瘾相同。这也是事实，无论谁都没有法子想。

凡事实，靠发少爷脾气是还是改不过来的。格里莱阿说地球在回旋，教徒要烧死他，他怕死，将主张取消了。但地球仍然在回旋。为什么呢？就因为地球是实在在回旋的缘故。

所以，即使我不反对，倘将辣椒塞在哭着的北方孩子的嘴里，他不但不止，还要哭得更加厉害的。

七月十九日

（本篇最初发表于一九三三年三月二十四日

《申报·自由谈》，署名何家干）

"人话"

记得荷兰的作家望蔼覃（F. Van Eeden）——可惜他去年死掉了——所做的童话《小约翰》里，小约翰听两种菌类相争论，从旁批评了一句"你们俩都是有毒的"，菌们便惊喊道："你是人么？这是人话呵！"

从菌类的立场看起来，的确应该惊喊的。人类因为要吃它们，才首先注意于有毒或无毒，但在菌们自己，这却完全没有关系，完全不成问题。

虽是意在给人科学知识的书籍或文章，为要讲得有趣，也往往太说些"人话"。这毛病，是连法布耳（J. H. Fabre）做的大名鼎鼎的《昆虫记》（Souvenirs Entomologiques），也是在所难免的。随手抄撮的东西不必说了。近来在杂志上偶然看见一篇教青年以生物学上的知识的文章，内有这样的叙述——

"鸟粪蜘蛛……形体既似鸟粪，又能伏着不动，自己假作鸟粪的样子。"

"动物界中，要残食自己亲丈夫的很多，但最有名的，要算前面所说的蜘蛛和现今要说的螳螂了……"

这也未免太说了"人话"。鸟粪蜘蛛只是形体原像鸟粪，性又不大走动罢了，并非它故意装作鸟粪模样，意在欺骗小虫豸。螳螂界中也尚无五伦之说，它在交尾中吃掉雄的，只是肚子饿了，在吃东西，何尝知道这东西就是自己的家主公。但经用"人话"一写，一个就成了阴谋害命的凶犯，一个是谋死亲夫的毒妇了。实则都是冤枉的。

"人话"之中，又有各种的"人话"：有英人话，有华人话。华人话中又有各种：有"高等华人话"，有"下等华人话"。浙西有一个讥笑乡下女人之无知的笑话——

"是大热天的正午，一个农妇做事做得正苦，忽而叹道：'皇后娘娘真不知道多么快活。这时还不是在床上睡午觉，醒过来的时候，就叫道：太监，拿个柿饼来！'"

然而这并不是"下等华人话"，倒是高等华人意中的"下等华人话"，所以其实是"高等华人话"。在下等华人自己，那时也许未必这么说，即使这么说，也并不以为笑话的。

再说下去，就要引起阶级文学的麻烦来了，"带住"。

现在很有些人做书，格式是写给青年或少年的信。自然，说的一定是"人话"了。但不知道是那一种"人话"？为什么不写给年龄更大的人们？年龄大了就不屑教诲么？还是青年和少年比较的纯厚，容易诓骗呢？

三月二十一日

（本篇最初发表于一九三三年三月一十八日

《申报·自由谈》，署名何家干）

出卖灵魂的秘诀

几年前，胡适博士曾经玩过一套"五鬼闹中华"的把戏，那是说：这世界上并无所谓帝国主义之类在侵略中国，倒是中国自己该着"贫穷""愚昧"等五个鬼，闹得大家不安宁。现在，胡适博士又发现了第六个鬼，叫做仇恨。这个鬼不但闹中华，而且祸延友邦，闹到东京去了。因此，胡适博士对症发药，预备向"日本朋友"上条陈。

据博士说："日本军阀在中国暴行所造成之仇恨，到今日已颇难消除","而日本决不能用暴力征服中国"（见报载胡适之的最近谈话，下同）。这是值得忧虑的：难道真的没有方法征服中国么？不，法子是有的。"九世之仇，百年之友，均在觉悟不觉悟之关系头上"——"日本只有一个方法可以征服中国，即悬崖勒马，彻底停止侵略中国，反过来征服中国民族的心。"

这据说是"征服中国的唯一方法"。不错，古代的儒教军师，总说"以德服人者王，其心诚服也"。胡适博士不愧为日本帝国主义的军师。但是，从中国小百姓方面说来，这却是出卖灵魂的唯一秘诀。中国小百姓实在"愚昧"，原不懂得自己的"民族性"，所以他们一向会仇恨，如果日本陛下大发慈悲，居然采用胡博士的条陈，那么，所谓"忠孝仁爱信义和平"的中国固有文化，就可以恢复——因为日本不用暴力而用软功的王道，中国民族就不至于再生仇恨，因为没有仇恨，自然更不抵抗，因为更不抵抗，自然就更和平，更忠孝……中国的肉体固然买到了，中国的灵魂也被征服了。

可惜的是这"唯一方法"的实行，完全要靠日本陛下的觉悟。如果不觉悟，那又怎么办？胡博士回答道："到无可奈何之时，真的接受一种耻辱的城下之盟"好了。那真是无可奈何的呵——因为那时候"仇恨鬼"是不肯走的，这始终是中国民族性的污点，即为日本计，也非万全之道。

因此，胡博士准备出席太平洋会议，再去"忠告"一次他的日本朋友：征服中国并不是没有法子的，请接受我们出卖的灵魂罢，何况这并不难，所谓"彻底停止侵略"，原只要执行"公平的"李顿报告——仇恨自然就消除了！

三月二十二日

（本篇最初发表于一九三三年三月二十六日
《申报·自由谈》，署名何家干）

文人无文

在一种姓"大"的报的副刊上，有一位"姓张的"在"要求中国有为的青年，切勿借了'文人无行'的幌子，犯着可诟病的恶癖"。这实在是对透了的。但那"无行"的界说，可又严紧透顶了。据说："所谓无行，并不一定是指不规则或不道德的行为，凡一切不近人情的恶劣行为，也都包括在内。"

接着就举了一些日本文人的"恶癖"的例子，来做中国的有为的青年的殷鉴，一条是"宫地嘉六爱用指爪搔头发"，还有一条是"金子洋文喜舐嘴唇"。

自然，嘴唇干和头皮痒，古今的圣贤都不称它为美德，但好像也没有斥为恶德的。不料一到中国上海的现在，爱搔喜舐，即使是自己的嘴唇和头发罢，也成了"不近人情的恶劣行为"了。如果不舒服，也只好熬着。要做有为的青年或文人，真是一天一天的艰难起来了。

但中国文人的"恶癖"，其实并不在这些，只要他写得出文章来，或搔或舐，都不关紧要，"不近人情"的并不是"文人无行"，而是"文人无文"。

我们在两三年前，就看见刊物上说某诗人到西湖吟诗去了，某文豪在做五十万字的小说了，但直到现在，除了并未预告的一部《子夜》而外，别的大作都没有出现。

拾些琐事，做本随笔的是有的；改首古文，算是自作的是有的。讲一通昏话，称为评论；编几张期刊，暗捧自己的是有的。收罗猥谈，写成下作；聚集旧文，印作评传的是有的。甚至于翻些外国文坛消息，就成为世界文学史家；凑一本文学家辞典，连自己也塞在里面，就成为世界的文人的也有。然而，现在到底也都是中国的金字招牌的"文人"。

文人不免无文，武人也一样不武。说是"枕戈待旦"的，到夜还没有动身，说是"誓死抵抗"的，看见一百多个敌兵就逃走了。只是通电宣言之类，却大做其骈体，"文"得异乎寻常。"偃武修文"，古有明训，文星全照到营子里去了。于是我们的"文人"，就只好不舐嘴唇，不搔头发，揣摩人情，单落得一个"有行"完事。

三月二十八日

【附】

恶　癖

若谷：

"文人无行"久为一般人所诟病。

所谓"无行"，并不一定是不规则或不道德的行为，凡一切不近人情的恶劣行为，也都包括在内。

只要是人，谁都容易沾染不良的习惯，特别是文人，因为专心文字著作的缘故，在日常生活方面，自然免不了有怪异的举动，而且，或者也因为工作劳苦的缘故，十人中九人是染着不良嗜好，最普通的，是喜欢服用刺激神经的兴奋剂，卷烟与咖啡，是成为现代文人流行的嗜好品了。

现代的日本文人，除了抽烟喝咖啡之外，各人都犯着各样的怪奇恶癖。前田河广一郎爱酒若命，醉后呶鸣不休；谷崎润一郎爱闻女人的体臭和尝女人的痰涕；今东光喜欢自炫学问宣传自己；金子洋文喜舐嘴唇；细田源吉喜作猥谈，朝食后熟睡两小时；宫地嘉六爱用指爪搔头发；宇野浩二醺醉后侮慢侍妓；林房雄有奸通癖；山本有三乘电车时喜横膝斜坐；胜本清一郎谈话时喜用拇指挖鼻孔。形形色色，不胜枚举。

日本现代文人所犯的恶癖，正和中国旧时文人辜鸿鸣喜闻女人金莲同样的可厌，我要求现代中国有为的青年，不但是文人，都要保持着健全的精神，切勿借了"文人无行"的幌子，再犯着和日本文人同样可诟病的恶癖。

三月九日，《大晚报》副刊《辣椒与橄榄》

第四种人

周木斋：

四月四日《申报》《自由谈》，载有何家干先生《文人无文》一文，论中国的文人，有云：

"'不近人情'的并不是'文人无行'，而是'文人无文'。拾些琐事，做本随笔的是有的；改首古文，算是自作是有的。进一通昏话，称为评论；编几张期刊，暗捧自己的是有的。收罗猥谈，写成下作；聚集旧文，印作评传的是有的。甚至于翻些外国文坛消息，就成为世界文学史专家；凑一本文学家辞典，连自己也塞在里面，就成为世界的文人的也有。然而，现在到底也都是中国的金字招牌的文人。"

诚如这文所说，"这实在是对透了的"。

然而例外的是：

"直到现在，除了并未预告的一部《子夜》而外，别的大作却没有出现。"

"文"的"界说"，也可借用同文的话，"可又严紧透顶了"。

该文的动机，从开首的几句，可以知道直接是因"一种姓'大'的报的副刊上一位'姓×的'"关于"文人无行"的话而起的。此外，听说"何家干"就是鲁迅先生的笔名。

可是议论虽"对透"，"文"的"界说"虽"严紧透顶"，但正惟因为这样，却不提防也把自己套在里面了；纵然鲁迅先生是以"第四种人"自居的。

中国文坛的充实而又空虚，无可讳言也不必讳言。不过在矮子中间找长人，比较还是有的。我们企望先进比企图谁某总要深切些，正因熟田比荒地总要容易收获些。以鲁迅先生的素养及过去的造就，总还不失为中国的金刚钻招牌的文人吧。但近年来又是怎样？单就他个人的发展而言，却中画了，现在不下一道罪己诏，顶倒置身事外，说些风凉话，这是"第四种人"了。名的成人！

"不近人情"的固是"文人无文",最要紧的还是"文人不行"（"行"为动词）。"进，吾往也!"

【乘凉】

两误一不同

家干：

这位木斋先生对我有两种误解，和我的意见有一点不同。

第一是关于"文"的界说。我的这篇杂感，是由《大晚报》副刊上的《恶癖》而来的，而那篇中所举的文人，都是小说作者。这事木斋先生明明知道，现在混而言之者，大约因为作文要紧，顾不及这些了罢，《第四种人》这题目，也实在时新得很。

第二是要我下"罪己诏"。我现在作一个无聊的声明：何家干诚然就是鲁迅，但并没有做皇帝。不过好在这样误解的人们也并不多。

意见不同之点，是：凡有所指责时，木斋先生以自己包括在内为"风凉话"；我以自己不包括在内为"风凉话"，如身居上海，而责北平的学生应该赴难，至少是不逃难之类。

但由这一篇文章，我可实在得了很大的益处。就是：凡有指摘社会全体的症结的文字，论者往往谓之"骂人"。先前我是很以为奇的。至今才知道一部分人们的意见，是认为这类文章，决不含自己在内，因为如果兼包自己，是应该自下罪己诏的，现在没有诏书而有攻击，足见所指责的全是别人了，于是乎谓之"骂"。且从而群起而骂之，使其人背着一切所指摘的症结，沉入深渊，而天下于是乎太平。

七月十九日

（本篇最初发表于一九三三年四月四日
《申报·自由谈》，署名何家干）

最艺术的国家

我们中国的最伟大最永久，而且最普遍的"艺术"是男人扮女人。这艺术的可贵，是在于两面光，或谓之"中庸"——男人看见"扮女人"，女人看见"男人扮"。表面上是中性，骨子里当然还是男的。然而如果不扮，还成艺术么？譬如说，中国的固有文化是科举制度，外加捐班之类。当初说这太不像民权，不合时代潮流，于是扮成了中华民国。然而这民国年久失修，连招牌都已经剥落殆尽，仿佛花旦脸上的脂粉。同时，老实的民众真个要起政权来了，竟想革掉科甲出身和捐班出身的参政权。这对于民族是不忠，对于祖宗是不孝，实属反动之至。现在早已回到恢复固有文化的"时代潮流"，那能放任这种不忠不孝。因此，更不能不重新扮过一次，草案如下：第一，谁有代表国民的资格，须由考试决定。第二，考出了举人之后，再来挑选一次，此之谓选（动词）举人；而被挑选的举人，自然是被选举人了。照文法而论，这样的国民大会的选举人，应称为"选举人者"，而被选举人，应称为"被选之举人"。但是，如果不扮，还成艺术么？因此，他们得扮成宪政国家的选举的人和被选举人，虽则实质上还是秀才和举人。这草案的深意就在这里：叫民众看见是民权，而民族祖宗看见是忠孝——忠于固有科举的民族，孝于制定科举的祖宗。此外，像上海已经实现的民权，是纳税的方有权选举和被选，使偌大上海只剩四千四百六十五个大市民。这虽是捐班——有钱的为主，然而他们一定会考中举人，甚至不补考也会赐同进士出身的，因为洋大人膝下的榜样，理应遵照，何况这也并不是一面违背固有文化，一面又扮得很像宪政民权呢？此其一。

其二，一面交涉，一面抵抗：从这一方面看过去是抵抗，从那一面看过来其实是交涉。其三，一面做实业家，银行家，一面自称"小贫而已"。其四，一面日货销路复旺，一面对人说是"国货年"……诸如此类，不胜枚举，而大都是扮演得十分巧妙，两面光滑的。

呵，中国真是个最艺术的国家，最中庸的民族。

然而小百姓还要不满意，呜呼，君子之中庸，小人之反中庸也！

三月三十日

（本篇最初发表于一九三三年四月二日

《申报·自由谈》，署名何家干）

现代史

从我有记忆的时候起，直到现在，凡我所曾经到过的地方，在空地上，常常看见有"变把戏"的，也叫作"变戏法"的。

这变戏法的，大概只有两种——

一种，是教一个猴子戴起假面，穿上衣服，耍一通刀枪；骑了羊跑几圈。还有一匹用稀粥养活，已经瘦得皮包骨头的狗熊玩一些把戏。末后是向大家要钱。

一种，是将一块石头放在空盒子里，用手巾左盖右盖，变出一只白鸽来；还将纸塞在嘴巴里，点上火，从嘴角鼻孔里冒出烟焰。其次是向大家要钱。要了钱之后，一个人嫌少，装腔作势的不肯变了，一个人来劝他，对大家说再五个。果然有人抛钱了，于是再四个，三个……

抛足之后，戏法就又开了场。这回是将一个孩子装进小口的坛子里面去，只见一条小辫子，要他再出来，又要钱。收足之后，不知怎么一来，大人用尖刀将孩子刺死了，盖上被单，直挺挺躺着，要他活过来，又要钱。

"在家靠父母，出家靠朋友……Huazaa！Huazaa！"变戏法的装出撒钱的手势，严肃而悲哀的说。

别的孩子，如果走近去想仔细的看，他是要骂的；再不听，他就会打。

228

果然有许多人 Huazaa 了。待到数目和预料的差不多，他们就捡起钱来，收拾家伙，死孩子也自己爬起来，一同走掉了。

看客们也就呆头呆脑的走散。

这空地上，暂时是沉寂了。过了些时，就又来这一套。俗语说："戏法人人会变，各有巧妙不同。"其实是许多年间，总是这一套，也总有人看，总有人 Huazaa，不过其间必须经过沉寂的几日。

我的话说完了，意思也浅得很，不过说大家 Huazaa Huazaa 一通之后，又要静几天了，然后再来这一套。

到这里我才记得写错了题目，这真是成了"不死不活"的东西。

四月一日

（本篇最初发表于一九三三年四月八日
《申报·自由谈》，署名何家干）

推背图

我这里所用的"推背"的意思，是说：从反面来推测未来的情形。

上月的《自由谈》里，就有一篇《正面文章反看法》，这是令人毛骨悚然的文字。因为得到这一个结论的时候，先前一定经过许多苦楚的经验，见过许多可怜的牺牲。本草家提起笔来，写道：砒霜，大毒。字不过四个，但他却确切知道了这东西曾经毒死过若干性命的了。

里巷间有一个笑话：某甲将银子三十两埋在地里面，怕人知道，就在上面竖一块木板，写道："此地无银三十两。"隔壁的阿二因此却将这掘去了，也怕人发觉，就在木板的那一面添上一句道："隔壁阿二勿曾偷。"这就是在教人"正面文章反看法"。

但我们日日所见的文章，却不能这么简单。有明说要做，其实不做的；有明说不做，其实要做的；有明说做这样，其实做那样的；

有其实自己要这么做，倒说别人要这么做的；有一声不响，而其实倒做了的。然而也有说这样，竟这样的。难就在这地方。

例如近几天报章上记载着的要闻罢：

一，××军在××血战，杀敌××××人。

二，××谈话：决不与日本直接交涉，仍然不改初衷，抵抗到底。

三，芳泽来华，据云系私人事件。

四，共党联日，该伪中央已派干部××赴日接洽。

五，××××……

倘使都当反面文章看，可就太骇人了。但报上也有"莫干山路草棚船百余只大火"，"×××廉价只有四天了"等大概无须"推背"的记载，于是乎我们就又胡涂起来。

听说，《推背图》本是灵验的，某朝某帝怕他淆惑人心，就添了些假造的在里面，因此弄得不能豫知了，必待事实证明之后，人们这才恍然大悟。

我们也只好等着看事实，幸而大概是不很久的，总出不了今年。

四月二日

（本篇最初发表于一九三三年四月六日

《申报·自由谈》，署名何家干）

《杀错了人》异议

看了曹聚仁先生的一篇《杀错了人》，觉得很痛快，但往回一想，又觉得有些还不免是愤激之谈了，所以想提出几句异议——

袁世凯在辛亥革命之后，大杀党人，从袁世凯那方面看来，是一点没有杀错的，因为他正是一个假革命的反革命者。

错的是革命者受了骗，以为他真是一个筋斗，从北洋大臣变了革命家了，于是引为同调，流了大家的血，将他浮上总统的宝位去。到二次革命时，表面上好像他又是一个筋斗，从"国民公仆"变了吸血魔王似的。其实不然，他不过又显了本相。

于是杀，杀，杀。北京城里，连饭店客栈中，都满布了侦探；还有"军政执法处"，只见受了嫌疑而被捕的青年送进去，却从不见他们活着走出来；还有，《政府公报》上，是天天看见党人脱党的广告，说是先前为友人所拉，误入该党，现在自知迷谬，从此脱离，要洗心革面的做好人了。

不久就证明了袁世凯杀人的没有杀错，他要做皇帝了。

这事情，一转眼竟已经是二十年，现在二十来岁的青年，那时还在吸奶，时光是多么飞快呵。

但是，袁世凯自己要做皇帝，为什么留下他真正对头的旧皇帝呢？这无须多议论，只要看现在的军阀混战就知道。他们打得你死我活，好像不共戴天似的，但到后来，只要一个"下野"了，也就会客客气气的，然而对于革命者呢，即使没有打过仗，也决不肯放过一个。他们知道得很清楚。

所以我想，中国革命的闹成这模样，并不是因为他们"杀错了人"，倒是因为我们看错了人。

临末，对于"多杀中年以上的人"的主张，我也有一点异议，但因为自己早在"中年以上"了，为避免嫌疑起见，只将眼睛看着地面罢。

四月十日

记得原稿在"客客气气的"之下，尚有"说不定在出洋的时候，还要大开欢送会"这类意思的句子，后被删去了。

四月十二日记

【附】

杀错了人

曹聚仁：

前日某报载某君述长春归客的谈话，说：日人在伪国已经完成

"专卖鸦片"和"统一币制"的两大政策。这两件事，从前在老张小张时代，大家认为无法整理，现在他们一举手之间，办得有头有绪。所以某君叹息道："愚尝与东北人士论币制紊乱之害，咸以积重难返，诿为难办；何以日人一刹那间，即毕乃事？'是不为也，非不能也。'此为国人一大病根！"

岂独"病根"而已哉！中华民族的灭亡和中华民国的颠覆，也就在这肺痨病上。一个社会，一个民族，到了衰老期，什么都"积重难返"，所以非"革命"不可。革命是社会的突变过程；在过程中，好人，坏人，与不好不坏的人，总要杀了一些。杀了一些人，并不是没有代价的：于社会起了隔离作用，旧的社会和新的社会截然分成两段，恶的势力不会传染到新的组织中来。所以革命杀人应该有标准，应该多杀中年以上的人，多杀代表旧势力的人。法国大革命的成功，即在大恐慌时期的扫荡旧势力。

可是中国每一回的革命，总是反了常态。许多青年因为参加革命运动，做了牺牲；革命进程中，旧势力一时躲开去，一些也不曾铲除掉；革命成功以后，旧势力重复涌了出来，又把青年来做牺牲品，杀了一大批。孙中山先生辛辛苦苦做了十来年革命工作，辛亥革命成功了，袁世凯拿大权，天天杀党人，甚至连十五六岁的孩子都要杀；这样的革命，不但不起隔离作用，简直替旧势力作保镖；因此民国以来，只有暮气，没有朝气，任何事业，都不必谈改革，一谈改革，必"积重难返，诿为难办"。其恶势力一直住到现在。

这种反常状态，我名之曰"杀错了人"。我常和朋友说："不流血的革命是没有的，但'流血'不可流错了人。早杀溥仪，多杀郑孝胥之流，方是邦国之大幸。若乱杀二十五岁以下的青年，倒行逆施，斫丧社会元气，就可以得'亡国灭种'的'眼前报'。"

《自由谈》，四月十日
（本篇最初发表于一九三三年四月十二日
《申报·自由谈》，署名何家干）

中国人的生命圈

"蝼蚁尚知贪生"，中国百姓向来自称"蚁民"，我为暂时保全自己的生命计，时常留心着比较安全的处所，除英雄豪杰之外，想必不至于讥笑我的罢。

不过，我对于正面的记载，是不大相信的，往往用一种另外的看法。例如罢，报上说，北平正在设备防空，我见了并不觉得可靠；但一看见载着古物的南运，却立刻感到古城的危机，并且由这古物的行踪，推测中国乐土的所在。

现在，一批一批的古物，都集中到上海来了，可见最安全的地方，到底也还是上海的租界上。

然而，房租是一定要贵起来的了。

这在"蚁民"，也是一个大打击，所以还得想想另外的地方。

想来想去，想到了一个"生命圈"。这就是说，既非"腹地"，也非"边疆"，是介乎两者之间，正如一个环子，一个圈子的所在，在这里倒或者也可以"苟延性命于×世"的。

"边疆"上是飞机抛炸弹。据日本报，说是在剿灭"兵匪"；据中国报，说是屠戮了人民，村落市廛，一片瓦砾。"腹地"里也是飞机抛炸弹。据上海报，说是在剿灭"共匪"，他们被炸得一塌糊涂；"共匪"的报上怎么说呢，我们可不知道。但总而言之，边疆上是炸，炸，炸；腹地里也是炸，炸，炸。虽然一面是别人炸，一面是自己炸，炸手不同，而被炸则一。只有在这两者之间的，只要炸弹不要误行落下来，倒还有可免"血肉横飞"的希望，所以我名之曰"中国人的生命圈"。

再从外面炸进来，这"生命圈"便收缩而为"生命线"；再炸进来，大家便都逃进那炸好了的"腹地"里面去，这"生命圈"便完结而为"生命○"。

其实，这预感是大家都有的，只要看这一年来，文章上不大见有"我中国地大物博，人口众多"的套话了，便是一个证据。而有一位先生，还在演说上自己说中国人是"弱小民族"哩。

但这一番话，阔人们是不以为然的，因为他们不但有飞机，还有他们的"外国"！

四月十日

（本篇最初发表于一九三三年四月十四日《申报·自由谈》，署名何家干）

内 外

古人说内外有别，道理个个不同。丈夫叫"外子"，妻叫"贱内"。伤兵在医院之内，而慰劳品在医院之外，非经查明，不准接收。对外要安，对内就要攘，或者嚷。

何香凝先生叹气："当年唯恐其不起者，今日唯恐其不死。"然而死的道理也是内外不同的。

庄子曰："哀莫大于心死，而身死次之。"次之者，两害取其轻也。所以，外面的身体要它死，而内心要它活；或者正因为那心活，所以把身体治死。此之谓治心。

治心的道理很玄妙：心固然要活，但不可过于活。

心死了，就明明白白地不抵抗，结果，反而弄得大家不镇静。心过于活了，就胡思乱想，当真要闹抵抗：这种人，"绝对不能言抗日"。

为要镇静大家，心死的应该出洋，留学是到外国去治心的方法。

而心过于活的，是有罪，应该严厉处置，这才是在国内治心的方法。

何香凝先生以为"谁为罪犯是很成问题的"——这就因为她不

234

懂得内外有别的道理。

四月十一日

（本篇最初发表于一九三三年四月十七日

《申报·自由谈》，署名何家干）

透　底

凡事彻底是好的，而"透底"就不见得高明。因为连续的向左转，结果碰见了向右转的朋友，那时候彼此点头会意，脸上会要辣辣的。要自由的人，忽然要保障复辟的自由，或者屠杀大众的自由——透底是透底的了，却连自由的本身也漏掉了，原来只剩得一个无底洞。

譬如反对八股是极应该的。八股原是蠢笨的产物。一来是考官嫌麻烦——他们的头脑大半是阴沉木做的——甚么代圣贤立言，甚么起承转合，文章气韵，都没有一定的标准，难以捉摸，因此，一股一股地定出来，算是合于功令的格式，用这格式来"衡文"，一眼就看得出多少轻重。二来，连应试的人也觉得又省力，又不费事了。这样的八股，无论新旧，都应当扫荡。但是，这是为着要聪明，不是要更蠢笨些。

不过要保存蠢笨的人，却有一种策略。他们说："我不行，而他和我一样。"——大家活不成，拉倒大吉！而等"他"拉倒之后，旧的蠢笨的"我"却总是偷偷地又站起来，实惠是属于蠢笨的。好比要打倒偶像，偶像急了，就指着一切活人说，"他们都像我"，于是你跑去把貌似偶像的活人，统统打倒；回来，偶像会赞赏一番，说打倒偶像而打倒"打倒"者，确是透底之至。其实，这时候更大的蠢笨，笼罩了全世界。

开口诗云子曰，这是老八股；而有人把"达尔文说，蒲力汗诺夫曰"也算做新八股。于是要知道地球是圆的，人人都要自己去环

235

游地球一周；要制造汽机的，也要先坐在开水壶前格物……这自然透底之极。其实，从前反对卫道文学，原是说那样吃人的"道"不应该卫，而有人要透底，就说什么道也不卫；这"什么道也不卫"难道不也是一种"道"么？所以，真正最透底的，还是下列的一个故事：

古时候一个国度里革命了，旧的政府倒下去，新的站上来。旁人说："你这革命党，原先是反对有政府主义的，怎么自己又来做政府？"那革命党立刻拔出剑来，割下了自己的头；但是，他的身体并不倒，而变成了僵尸，直立着，喉管里吞吞吐吐地似乎是说：这主义的实现原本要等三千年之后呢。

四月十一日

来　信

家干先生：

昨阅及大作《透底》一文，有引及晚前发表《论新八股》之处，至为欣幸。惟所"譬"云云，突出误会。鄙意所谓新八股者，系指有一等文，本无充实内容，只有时髦幌子，或利用新时装包裹旧皮囊而言。因为是换汤不换药，所以"这个空虚的宇宙"，仍与"且夫天地之间"同为八股。因为是挂羊头卖狗肉，所以"达尔文说""蒲力汗诺夫说"，仍与"子曰诗云"毫无二致。故攻击不在"达尔文说""蒲力汗诺夫说"，与"这个宇宙"本身（其实"子曰""诗云"，如做起一本中国文学史来，仍旧要引用，断无所谓八股之理），而在利用此而成为新八股之形式。先生所举"地球""机器"之例，"透底""卫道"之理，三尺之童，亦知其非，以此作比，殊觉曲解。

今日文坛，虽有蓬勃新气，然一切狐鼠魍魉，仍有改头换面，衣锦逍遥，如礼拜六礼拜五派等以旧货新装出现者，此种新皮毛旧骨髓之八股，未审先生是否认为应在扫除之列？

又有借时代招牌，歪曲革命学说，口念阿弥，心存罔想者，此种借他人边幅，盖自己臭脚之新八股，未审先生亦是否认为应在扫除之列？

"透底"言之，"譬如，古之皇帝，今之主席，在实质上固知大有区别，但仍有今之主席与古之皇帝一模一样者，则在某一意义上非难主席，其意自明，苟非志在捉虱，未必不能两目了然也"。

予生也晚，不学无术，但虽无"彻底"之聪明，亦不致如"透底"之蠢笨，容或言而未"透"，致招误会耳。尚望赐教到"底"，感"透"感"透"！

祝秀侠上

回　信

秀侠先生：

接到你的来信，知道你所谓新八股是礼拜五六派等流。其实礼拜五六派的病根并不全在他们的八股性。

八股无论新旧，都在扫荡之列，我是已经说过了；礼拜五六派有新八股性，其余的人也会有新八股性。例如只会"辱骂""恐吓"甚至于"判决"，而不肯具体地切实地运用科学所求得的公式，去解释每天的新的事实，新的现象，而只抄一通公式，往一切事实上乱凑，这也是一种八股。即使明明是你理直，也会弄得读者疑心你空虚，疑心你已经不能答辩，只剩得"国骂"了。

至于"歪曲革命学说"的人，用些"蒲力汗诺夫曰"等来掩盖自己的臭脚，那他们的错误难道就在他写了"蒲……曰"等等么？我们要具体的证明这些人是怎样错误，为什么错误。假使简单地把"蒲力汗诺夫曰"等等和"诗云子曰"等量齐观起来，那就一定必然地要引起误会。先生来信似乎也承认这一点。这就是我那《透底》里所以要指出的原因。

最后，我那篇文章是反对一种虚无主义的一般倾向的，你的《论新八股》之中的那一句，不过是许多例子之中的一个，这是必须解除的一个"误会"。而那文章却并不是专为这一个例子

237

写的。

家干

（本篇最初发表于一九三三年四月十九日

《申报·自由谈》，署名何家干）

"以夷制夷"

我还记得，当去年中国有许多人，一味哭诉国联的时候，日本的报纸上往往加以讥笑，说这是中国祖传的"以夷制夷"的老手段。粗粗一看，也仿佛有些像的，但是，其实不然。那时的中国的许多人，的确将国联看作"青天大老爷"，心里何尝还有一点儿"夷"字的影子。

倒相反，"青天大老爷"们却常常用着"以华制华"的方法的。

例如罢，他们所深恶的反帝国主义的"犯人"，他们自己倒是不做恶人的，只是松松爽爽的送给华人，叫你自己去杀去。他们所痛恨的腹地的"共匪"，他们自己是并不明白表示意见的，只将飞机炸弹卖给华人，叫你自己去炸去。对付下等华人的有黄帝子孙的巡捕和西崽，对付知识阶级的有高等华人的学者和博士。

我们自夸了许多日子的"大刀队"，好像是无法制伏的了，然而四月十五日的《××报》上，有一个用头号字印《我斩敌二百》的题目。粗粗一看，是要令人觉得胜利的，但我们再来看一看本文罢——

"（本报今日北平电）昨日喜峰口右翼，仍在滦阳城以东各地，演争夺战。敌出现大刀队千名，系新开到者，与我大刀队对抗。其刀特长，敌使用不灵活。我军挥刀砍抹，敌招架不及，连刀带臂，被我砍落者纵横满地，我军伤亡亦达二百余……"

那么，这其实是"敌斩我军二百"了，中国的文字，真是像"国步"一样，正在一天一天的艰难起来。但我要指出来的却并不在此。

我要指出来的是"大刀队"乃中国人自夸已久的特长，日本人员有击剑，大刀却非素习。现在可是"出现"了，这不必迟疑，就可决定是满洲的军队。满洲从明末以来，每年即大有直隶山东人迁居，数代之后，成为土著，则虽是满洲军队，而大多数实为华人，也决无疑义。现在已经各用了特长的大刀，在滦东相杀起来，一面是"连刀带臂，纵横满地"，一面是"伤亡亦达二百余"，开演了极显著的"以华制华"的一幕了。

至于中国的所谓手段，由我看来，有是也应该说有的，但决非"以夷制夷"，倒是想"以夷制华"。然而"夷"又那有这么愚笨呢，却先来一套"以华制华"给你看。

这例子常见于中国的历史上，后来的史官为新朝作颂，称此辈的行为曰："为王前驱"！

近来的战报是极可诧异的，如同日同报记冷口失守云："十日以后，冷口方面之战，非常激烈，华军……顽强抵抗，故继续未曾有之大激战"，但由宫崎部队以十余兵士，作成人梯，前仆后继，"卒越过长城，因此宫崎部队牺牲二十三名之多云"。越过一个险要，而日军只死了二十三人，但已云"之多"，又称为"未曾有之大激战"，也未免有些费解。所以大刀队之战，也许并不如我所猜测。但既经写出，就姑且留下以备一说罢。

四月十七日

【跳踉】

"以华制华"

李家作：

报纸不可不看。在报上不但可以看到虔修功德如念念阿弥陀佛，选拔国士如征求飞檐走壁之类的"善"文，还可以随时长许多见识。譬如说杀人，以前只知道有斫头绞颈子，现在却知道还有吃人肉，而且还有"以夷制夷""以华制华"等等的分别。经明眼人一说，是越想越觉得不错的。

尤其是"以华制华"，那样的手段真是越想越觉得多的。原因是人太多了，华对华并不会亲热；而且为了自身的利害要坐大交椅，当然非解决别人不可。所以那"制"是，无论如何要"制"的。假如因为制人而能得到好处，或是因为制人而能讨得上头的欢心，那自然更其起劲。这心理，夷人就很善于利用，从侵略土地到卖卖肥皂，都是用的这"华人"善于"制华"的美点。然而，华人对华人，其实也很会利用这种方法，而且非常巧妙。双方不必明言，彼此心照，各得其所；旁人看来，不露痕迹。据说那被利用的人便是哈吧狗，即走狗。但细细甄别起来，倒并不只是哈吧狗一种，另外还有一种是警犬。

做哈吧狗与做警犬，当然都是"以华制华"，但其中也不无分别。哈吧狗只能听主人吩咐，向仇人摇摇尾，狂吠几声。他知道他是什么样的身份。警犬则不然：老于世故者往往如此。他只认定自己是一个好汉，是一个权威，是一个执大义以绳天下者。在那门庭间的方寸之地上，只有他可以彷徨彷徨，呐喊呐喊。他的威风没有人敢冒犯，和哈吧狗比较起来，哈吧狗真是浅薄得可怜。但何以也是"以华制华"呢？那是因为虽然老于世故，也不免露出破绽。破绽是：他俨若嫉恶如仇，平时蹲在地上冷眼旁观，一看到有类乎"可杀"的情形时，就纵身向前，猛咬一口；可是，他决不是乱咬，他早已看得分明，凡在他寄身的地段上的（他当然不能不有一个寄身的地方），他决不伤害，有了也只当不看见，以免引起"不便"。他咬，是咬圈子外头的，尤其是，圈子外头最碍眼的仇人。这便是勇，这便是执大义，同时，既可显出自己的权威，又可博得主人底欢心：因为，他所咬的，往往会是他和他东家的共同的敌人。主人对于他所痛恨，自己是并不明白表示意见的，只给你一些供养和地位，叫你自己去咬去。因此有接二连三的奋勇，和吹毛求疵的找机会。旁观者不免有点不明白，觉得这仇太深，却不知道这正是老于世故者的做人之道，所谓向恶社会"搏战""周旋"是也。那样的用心，真是很苦！

所可哀者，为了要挣扎在替天行道的大旗之下，竟然不惜受员外府君之类的供奉，把那旗子斜插在庄院的门楼边，暂且作个"江湖一应水碗不得骚扰"的招贴纸儿。也可见得做中国人的不容易，和"以华制华"的效劳，虽贤者亦不免焉。

二二，四，二一

四月二十二日，《大晚报》副刊《火炬》

【摇摆】

过而能改

傅红蓼：

孔老夫子，在从前教训着那么许多门生说："过而能改，善莫大焉！"意思是错误人人都有，只要能够回头。我觉得孔老夫子这句话尚有未尽意处，譬如说："过而能改，善莫大焉"之后，再加上一句"知过不改，罪孽深重"，那便觉得天衣无缝了。

譬如说现在前线打得落花流水的时候，而有人觉得这种为国牺牲是残酷，是无聊，便主张不要打，而且更主张不要讲和，只说索性藏起头来，等个五十年。俗谚常有"十年生聚，十年教训"，看起来五十年的教训，大概什么都够了。凡事有了错误，才有教训，可见中国人尚还有些救药，国事弄得乌烟瘴气到如此，居然大家都恍然大觉大悟自己内部组织的三大不健全，更而发现武器的不充足。眼前须要几十个年头，来作准备。言至此，吾人对于热河一直到滦东的失守，似乎应当有些感到失得不大冤枉。因为吾党（借用）建基以至于今日，由军事而至于宪政，尚还没有人肯认过错，则现在失掉几个国土，使一些负有自信天才的国家栋梁学贯中西的名儒，居然都肯认错，所谓"过而能改，善莫大焉"，塞翁失马，又安知非福的聊以自慰，也只得闭着眼睛喊两声了，不过假使今后"知过尚不能改，罪孽的深重"，比写在讣文上，大概也更要来得使人注目了。

譬如再说，四月二十二日本刊上李家作的"以华制华"里说的警犬。警犬咬人，是蹲在地上冷眼旁观，等到有可杀的时候，便一跃上前，猛咬一口，不过，有的时候那警犬被人们提起棍子，向着当头一棒，也会把专门咬人的警犬，打得藏起头来，伸出舌头在暗地里发急。这种发急，大概便又是所谓"过"了。因为警犬虽然野性，但有时被棍子当头一击，也会被打出自己的错误来的，于是"过而能改"的警犬，在暗地里发急时，自又便会想忏悔，假使是不大晓得改过的警犬，在暗地发急之余，还想乘机再试，这种犬，大概是"罪孽深重"的了。

中国人只晓得说过而能改，善莫大焉，可惜都忘记了底下那一句。

四月二十六日，《大晚报》副刊《火炬》

【只要几句】

案 语

家干：

以上两篇，是一星期之内，登在《大晚报》附刊《火炬》上的文章，为了我的那篇《"以夷制夷"》而发的，揭开了"以华制华"的黑幕，他们竟有如此的深恶痛绝，莫非真是太伤了此辈的心么？

但是，不尽然的。大半倒因为我引以为例的《××报》其实是《大晚报》，所以使他们有这样的跳踉和摇摆。然而无论怎样的跳踉和摇摆，所引的记事具在，旧的《大晚报》也具在，终究挣不脱这一个本已扣得紧紧的笼头。

此外也无须多话了，只要转载了这两篇，就已经由他们自己十足的说明了《火炬》的光明，露出了他们真实的嘴脸。

七月十九日

（本篇最初发表于一九三三年四月二十一日
《申报·自由谈》，署名何家干）

言论自由的界限

看《红楼梦》，觉得贾府上是言论颇不自由的地方。焦大以奴才的身分，仗着酒醉，从主子骂起，直到别的一切奴才，说只有两个石狮子干净。结果怎样呢？结果是主子深恶，奴才痛嫉，给他塞了一嘴马粪。

其实是，焦大的骂，并非要打倒贾府，倒是要贾府好，不过说主奴如此，贾府就要弄不下去罢了。然而得到的报酬是马粪。所以这焦大，实在是贾府的屈原，假使他能做文章，我想，恐怕也会有一篇《离骚》之类。

三年前的新月社诸君子，不幸和焦大有了相类的境遇。他们引经据典，对于党国有了一点微词，虽然引的大抵是英国经典，但何尝有丝毫不利于党国的恶意，不过说"老爷，人家的衣服多么干净，您老人家的可有些儿脏，应该洗它一洗"罢了。不料"荃不察余之中情兮"，来了一嘴的马粪：国报同声致讨，连《新月》杂志也遭殃。但新月社究竟是文人学士的团体，这时就也来了一大堆引据三民主义，辨明心迹的"离骚经"。现在好了，吐出马粪，换塞甜头，有的顾问，有的教授，有的秘书，有的大学院长，言论自由，《新月》也满是所谓"为文艺的文艺"了。

这就是文人学士究竟比不识字的奴才聪明，党国究竟比贾府高明，现在究竟比乾隆时候光明：三明主义。

然而竟还有人在嚷着要求言论自由。世界上没有这许多甜头，我想，该是明白的罢，这误解，大约是在没有悟到现在的言论自由，只以能够表示主人的宽宏大度的说些"老爷，你的衣服……"为限，而还想说开去。

这是断乎不行的。前一种，是和《新月》受难时代不同，现在好像已有的了，这《自由谈》也就是一个证据，虽然有时还有几位拿着马粪，前来探头探脑的英雄。至于想说开去，那就足以破坏言论自由的保障。要知道现在虽比先前光明，但也比先前利害，一说开去，是连性命都要送掉的。即使有了言论自由的明令，也千万大意不得。这我是亲眼见过好几回的，非"卖老"也，不自觉其做奴才之君子，幸想一想而垂鉴焉。

四月十七日

（本篇最初发表于一九三三年四月二十二日

《申报·自由谈》，署名何家干）

大观园的人才

早些年，大观园里的压轴戏是刘姥姥骂山门。那是要老旦出场的，老气横秋地大"放"一通，直到裤子后穿而后止。当时指着手无寸铁或者已被缴械的人大喊"杀，杀，杀！"那呼声是多么雄壮。所以它——男角扮的老婆子，也可以算得一个人才。

而今时世大不同了，手里象刀，而嘴里却需要"自由，自由，自由"，"开放××"云云。压轴戏要换了。

于是人才辈出，各有巧妙不同，出场的不是老旦，却是花旦了，而且这不是平常的花旦，而是海派戏广告上所说的"玩笑旦"。这是一种特殊的人物，他（她）要会媚笑，又要会撒泼，要会打情骂俏，又要会油腔滑调。总之，这是花旦而兼小丑的角色。不知道是时世造英雄（说"美人"要妥当些），还是美人儿多年阅历的结果？

美人儿而说"多年"，自然是阅人多矣的徐娘了，她早已从窑姐儿升任了老鸨婆；然而她丰韵犹存，虽在卖人，还兼自卖。自卖容易，而卖人就难些。现在不但有手无寸铁的人，而且有了……况且又遇见了太露骨的强奸。要会应付这种非常之变，就非有非常之才不可。你想想：现在的压轴戏是要似战似和，又战又和，不降不守，亦降亦守！这是多么难做的戏。没有半推半就假作娇痴的手段是做

不好的。孟夫子说，"以天下与人易。"其实，能够简单地双手捧着"天下"去"与人"，倒也不为难了。问题就在于不能如此。所以要一把眼泪一把鼻涕，哭哭啼啼，而又刁声浪气地诉苦说：我不入火坑，谁入火坑。

然而娼妓说她自己落在火坑里，还是想人家去救她出来；而老鸨婆哭火坑，却未必有人相信她，何况她已经申明：她是敞开了怀抱，准备把一切人都拖进火坑的。虽然，这新鲜压轴戏的玩笑却开得不差，不是非常之才，就是挖空了心思也想不出的。

老旦进场，玩笑旦出场，大观园的人才着实不少！

四月二十四日

（本篇最初发表于一九三三年四月二十六日《申报·自由谈》，署名干）

文章与题目

一个题目，做来做去，文章是要做完的，如果再要出新花样，那就使人会觉得不是人话。然而只要一步一步的做下去，每天又有帮闲的敲边鼓，给人们听惯了，就不但做得出，而且也行得通。

譬如近来最主要的题目，是"安内与攘外"罢，做的也着实不少了。有说安内必先攘外的，有说安内同时攘外的，有说不攘外无以安内的，有说攘外即所以安内的，有说安内即所以攘外的，有说安内急于攘外的。

做到这里，文章似乎已经无可翻腾了，看起来，大约总可以算是做到了绝顶。

所以再要出新花样，就使人会觉得不是人话，用现在最流行的谥法来说，就是大有"汉奸"的嫌疑。为什么呢？就因为新花样的文章，只剩了"安内而不必攘外"，"不如迎外以安内"，"外就是内，本无可攘"这三种了。

这三种意思，做起文章来，虽然实在稀奇，但事实却有的，而且不必远征晋宋，只要看看明朝就够。满洲人早在窥伺了，国内却是草菅民命，杀戮清流，做了第一种。李自成进北京了，阔人们不甘给奴子做皇帝，索性请"大清兵"来打掉他，做了第二种。至于第三种，我没有看过《清史》，不得而知，但据老例，则应说是爱新觉罗氏之先，原是轩辕黄帝第几子之苗裔，遁于朔方，厚泽深仁，遂有天下，总而言之，咱们原是一家子云。

　　后来的史论家，自然是力斥其非的，就是现在的名人，也正痛恨流寇。但这是后来和现在的话，当时可不然，鹰犬塞途，干儿当道，魏忠贤不是活着就配享了孔庙么？他们那种办法，那时都有人来说得头头是道的。

　　前清末年，满人出死力以镇压革命，有"宁赠友邦，不给家奴"的口号，汉人一知道，更恨得切齿。其实汉人何尝不如此？吴三桂之请清兵入关，便是一想到自身的利害，即"人同此心"的实例了……

　　　　　　　　　　　　　　　　　　　　　四月二十九日

附记：
原题是《安内与攘外》。

　　　　　　　　　　　　　　　　　　　　　五月五日
　　　　　　　　　　　（本篇最初发表于一九三三年五月五日
　　　　　　　　　　　《申报·自由谈》，署名何家干）

新　药

　　说起来就记得，诚然，自从九一八以后，再没有听到吴稚老的妙语了，相传是生了病。现在刚从南昌专电中，飞出一点声音来，却连改头换面的，也是自从九一八以后，就再没有一丝声息的民族主义文学者们，也来加以冷冷的讪笑。

为什么呢？为了九一八。

想起来就记得，吴稚老的笔和舌，是尽过很大的任务的，清末的时候，五四的时候，北伐的时候，清党的时候，清党以后的还是闹不清白的时候。然而他现在一开口，却连躲躲闪闪的人物儿也来冷笑了。九一八以来的飞机，真也炸着了这党国的元老吴先生，或者是，炸大了一些躲躲闪闪的人物儿的小胆子。

九一八以后，情形就有这么不同了。

旧书里有过这么一个寓言，某朝某帝的时候，宫女们多数生了病，总是医不好。最后来了一个名医，开出神方道：壮汉若干名。皇帝没有法，只得照他办。若干天之后，自去察看时，宫女们果然个个神采焕发了，却另有许多瘦得不像人样的男人，拜伏在地上。皇帝吃了一惊，问这是什么呢？宫女们就嗫嚅的答道：是药渣。

照前几天报上的情形看起来，吴先生仿佛就如药渣一样，也许连狗子都要加以践踏了。然而他是聪明的，又很恬淡，决不至于不顾自己，给人家熬尽了汁水。不过因为九一八以后，情形已经不同，要有一种新药出卖是真的，对于他的冷笑，其实也就是新药的作用。

这种新药的性味，是要很激烈，而和平。譬之文章，则须先讲烈士的殉国，再叙美人的殉情；一面赞希特勒的组阁，一面颂苏联的成功；军歌唱后，来了恋歌；道德谈完，就讲妓院；因国耻日而悲杨柳，逢五一节而忆蔷薇；攻击主人的敌手，也似乎不满于它自己的主人……总而言之，先前所用的是单方，此后出卖的却是复药了。

复药虽然好像万应，但也常无一效的，医不好病，即毒不死人。不过对于误服这药的病人，却能够使他不再寻求良药，拖重了病症而至于糊里糊涂的死亡。

四月二十九日

（本篇最初发表于一九三三年五月七日

《申报·自由谈》，署名丁萌）

"多难之月"

前月底的报章上，多说五月是"多难之月"。这名目，以前是没有见过的。现在这"多难之月"已经临头了。从经过了的日子来想一想，不错，五一是"劳动节"，可以说很有些"多难"；五三是济南惨案纪念日，也当然属于"多难"之一的。但五四是新文化运动的发扬，五五是革命政府成立的佳日，为什么都包括在"难"字堆里的呢？这可真有点儿稀奇古怪！

不过只要将这"难"字，不作国民"受难"的"难"字解，而作令人"为难"的"难"字解，则一切困难，可就涣然冰释了。

时势也真改变得飞快，古之佳节，后来自不免化为难关。先前的开会，是听大众在空地上开的，现在却要防人"乘机捣乱"了，所以只得函请代表，齐集洋楼，还要由军警维持秩序。先前的要人，虽然出来要"清道"（俗名"净街"），但还是走在地上的，现在却更要防人"谋为不轨"了，必得坐着飞机，须到出洋的时候，才能放心送给朋友。名人逛一趟古董店，先前也不算奇事情的，现在却"微服"，"微服"的嚷得人耳聋，只好或登名山，或入古庙，比较的免掉大惊小怪。总而言之，可靠的国之柱石，已经多在半空中，最低限度也上了高楼峻岭了，地上就只留着些可疑的百姓，实做了"下民"，且又民匪难分，一有庆吊，总不免"假名滋扰"。向来虽靠"华洋两方当局，先事严防"，没有闹过什么大乱子，然而总比平时费力的，这就令人为难，而五月也成了"多难之月"，纪念的是好是坏，日子的为戚为喜，都不在话下。

但愿世界上大事件不要增加起来；但愿中国里惨案不要再有；但愿也不再有什么政府成立；但愿也不再有伟人的生日和忌日增添。否则，日积月累，不久就会成个"多难之年"，不但华洋当局，老是为难，连我们走在地面上的小百姓，也只好永远身带"嫌疑"，奉陪戒严，呜呼哀哉，不能喘气了。

五月五日

（本篇最初发表于一九三三年五月八日

《申报·自由谈》，署名丁萌）

　【评析：《伪自由书》是鲁迅的一部杂文集，收录了鲁迅在1933年所写的杂文四十三篇。包括《观斗》《电的利弊》《赌咒》等。

　《伪自由书》是1933年1月底至5月中旬，鲁迅写给《申报》副刊《自由谈》的短评合集。《伪自由书》是鲁迅在特定的历史时代，以杂文为武器进行政治斗争和思想批判的战斗记录；然而，它透过个别事件揭示的客观规律，它剖析具体事物的精湛的马克思主义思想，却超越了时间和空间的限制，使它成为具有普遍意义的马克思主义的文学武器。】

附录：真的猛士——鲁迅先生

真的猛士，敢于直面惨淡的人生，敢于正视淋漓的鲜血。——题记

古人云：百无一用是书生。此言差矣，实则不然。书生有一种硬度：骨头最硬；书生有一种态度：壮志凌云；书生有一种志向：敢为天下先。而鲁迅先生弃医从文，以一介书生用一根笔杆子在封建社会力挽狂澜。他不卑不亢，任重而道远。

他把笔杆子当匕首来使用，让人不得不望而生畏。他成为中学生的"三怕"之一，即奥数、英文和周树人。他的小说让中学生既害怕又产生兴趣，原因在于其内容晦涩难懂，并且还制造了许多悬念。

他有一种批判精神，就连他死后的灵魂都将是整个中华民族的灵魂。他的讽刺一针见血，以至于人性的致命弱点都被他给捅破了。他甚至被苏联作家誉为"中国的高尔基"。他不愧为猛士，而且还是真正的猛士。

先生说："不在沉默中爆发，就在沉默中灭亡。"我觉得痛彻淋漓，一语道破。"惨象，已使我目不忍视了；流言，尤使我耳不忍闻"这句足以让人感到震撼、唏嘘。毛主席对鲁迅先生有过高度评价——鲁迅的方向，就是中华民族新文化的方向。"

先生以为：最悲哀的莫过于病态社会中人们的"看客"意识。诚然，呜呼！《祝福》里的祥林嫂便是一个典型的形象。祥林嫂被视为封建社会的"谬种"。她的悲哀正是鲁迅先生的心声啊！然而，这一切仿佛是命中注定似的，无奈地让人摸不着底。

唉，世事无常，岂可拘泥？小说《阿Q正传》更是一种"看

客"意识的体现。"看客"是一种不良风气，是一种守旧观念，是一种丑陋行为。先生刻画人物形象时很注重细节——"造反是要被抓到县里杀头的，'咔——嚓'。"阿Q最终被枪毙，没被杀头让"看客"们很不爽。嗟乎！原来斩首早已经成为人们心中最根深蒂固的死刑了。这是病，得治！

毛主席还说过，孔子是封建社会的圣人，而先生则是现代社会中的圣人。可见鲁迅的地位如此之高，德高望重。凡是先生说过的话，都将成为名言警句，治愈世人脆弱的心灵。先生生不逢时，恰似当年的三闾大夫屈原。先生为革命呐喊，为革命彷徨；先生鞠躬尽瘁，死而后已。先生是20世纪的文化巨人，是文化界一颗耀眼的巨星，更是伟大的民族英雄。

郭沫若说："形成天才的决定因素应该是勤奋。"而鲁迅却说："哪里有天才，我只是把别人喝咖啡的工夫用在工作上了。鲁迅的幽默语言，是震撼我们的一碗心灵鸡汤，启迪我们勇敢前进，不畏困难与挫折。

鲁迅之所以名气那么大，成就那么高，那是因为他有一个伟大的母亲。他的母亲姓鲁，所以周树人笔名鲁迅了，表达出对母亲的敬佩。

鲁迅的逝世震惊世界，他母亲含泪"白发人送黑发人。"然而当她在电报上看见国内外人士自发在上海护送先生灵柩的时候，就感到很欣慰：儿子死得不太冤枉。

真的猛士是先生的化身，他非先生莫属啊！